KB018305

# 사건은 식후에 벌어진다

제3·4회
테이스티 문학상 작품집

## 테이스티 문학상

음식 테마 장르소설 공모전인 테이스티 문학상은
황금가지에서 주관하는 이색 소규모 문학상의 하나입니다.
3회는 '디저트', 4회는 '커피/차'를 주제로 공모전을
진행하였으며 매회 새로운 주제로 다양한 개성과
스펙트럼을 지닌 작품을 발굴하려 노력하고 있습니다.

# 사건은 식후에 벌어진다

제3·4회 테이스티 문학상 작품집

김노랑
김태민
한켠
박하루
범유진
유사본
전효원

황금가지

차례

# 소금 사탕

제3회 테이스티 문학상 당선작

김노랑

제3회 테이스티 문학상을 수상하였으며, 이번이 첫 출간작이다.

빨간 크리스마스 장식이 달린 빌딩 옆으로 찬바람이 휘돈다. 거리를 걷는 사람들이 옷깃을 여미고 그 사이로 유난히 작고 마른 여자가 지나간다. 여자의 이름은 김예리. 열일곱 번째 면접을 보러 가는 길이다. 높은 빌딩 뒷골목으로 들어간 김예리는 반쯤 얼굴을 가린 머플러 위로 고개를 들었다. 그의 눈이 부지런히 건물 간판을 읽는다. 김예리는 스마트폰을 꺼내 캡처해 온 거리뷰를 확인했다. 골목이 끝날 때쯤 길을 꺾어 들어가 다른 골목으로 접어들었다. 집과 머지않은 익숙한 동네라 잘 안다고 생각했는데 걸을수록 이런 곳이 있었나 싶고 낯설다. 김예리의 발걸음이 빨라진다. 땀 맺힌 겨드랑이가 간질간질하다. 다행히 골목을 나가기 전, 사진과 똑같은 건물을 찾았다.

김예리는 빌딩 숲 사이에 홀로 푹 꺼진 2층짜리 건물 앞에 섰다. 붉은 타일이 군데군데 깨진 건물은 사진보다 훨씬 더 작고 초라했다. 더러운 갈색 알루미늄 문과 창틀은 얼마나 오래된 것인지 가늠할 수도 없었다. 김예리는 목을 빼고 위를 올려다보았다. 빨간 볼 위로 입김이 하얗게 퍼졌다. 창문을 죄다 불투명한 회색 선팅지로 막은 2층에는 부동산 간판이 달려 있었다.

'우리 사무실은 입구가 따로 있어요. 식당 골목 쪽으로.'

김예리는 며칠 전 직원과 통화한 내용을 떠올리며 건물을 돌았다. 작은 식당들이 다닥다닥 붙은 좁은 골목은 길가에 내놓은 세움 간판과 커다란 냄비에서 나는 비릿한 냄새로 가득 차 있었다. 선짓국이었다. 식당 주인이 연 냄비 속 검붉은 선지를 본 김예리는 얼른 눈을 돌렸다. 그 눈에 건물에 걸맞은 낡은 알루미늄 문이 걸렸다. 문 옆에는 번쩍이는 작은 황동 간판이 있었다.

월드-와이드 컴퍼니.

김예리가 찾고 있는 회사였다. 건강보조식품 수입업체. 사무보조 구함, 경력 자격 무관. 월 이백 보장. 구직 사이트에 올라온 월드-와이드 컴퍼니의 구인 문구였다. 과한 회사명만큼 만만찮은 간판을 보며 김예리는 입술을 깨물었다. 다른 곳보다 제시한 월급도 많았다는 것이 새삼 마음에 걸렸다. 그러나 그 월급 때문에 발길을 돌릴 수가 없다. 월 이백. 어떤 곳인지 보고 결정해도 되지 않을까.

문을 당겨 열자 어두운 계단이 보이고 건조한 시멘트 냄새가 코를 찔렀다. 다시 주춤하는 김예리 뒤로 짐 자전거가 달려오며 벨을 울렸다. 찌르릉. 그 소리에 놀란 그가 건물 안으로 몸을 들이자 문이 닫혔다. 철커덕. 사방이 고요했다. 계단도 환했다. 공기마저 따뜻하게 느껴졌다. 기분이 좋지 않았다. 김예리의 입술이 달싹거렸다. 월 이백, 월 이백. 계단을 올라갔다.

똑똑.

문틀에서 살짝 빗겨져 있던 문이 김예리의 노크에 틈이 벌어졌다. 그 사이로 닫힌 창문 아래 짙은 갈색 소파가 보였다. 김예리는 허리를 꼿꼿이 펴고 문을 열었다.

"실례합니다."

아무도 없었다. 김예리는 강한 석유 냄새에 얼굴을 찡그렸다. 사무실 가운데 벌건 불꽃이 이는 둥근 석유 난로가 있었다. 소파, 책상과 캐비닛, 프린터와 냉장고, 텔레비전, 책상 위에 놓인 컴퓨터 모니터. 이름만 놓고 보면 이상할 리 없는 것들인데 김예리는 자기 눈에 보이는 광경을 믿을 수가 없었다.

"뭐야, 이게."

하나같이 건물만큼 오래된 물건이었다. 앉으면 무릎이 올라올 것같이 낮은 소파도, 짙은 회색의 철제 책상과 캐비닛도, 덩치 큰 브라운관 텔레비전과 컴퓨터 모니터까지. 드라마 「응답하라」 세트장도 아니고.

"김예리 씨?"

누군가의 목소리에 김예리가 놀라 돌아보았다. 길쭉한 남자가 그를 내려다보고 있었다. 사실 김예리가 워낙 작아서 그렇지 남자의 키는 평균보다 조금 큰 정도였다. 붕 띄워 세운 긴 앞머리와 쨍한 하늘색 셔츠, 빛바랜 청바지. 촌스러운 깔맞춤. 이 공간에 딱 맞는 90년대 대학생 같았다. 그는 손수건에 손을 닦으며 벽을 보았다. 금색 봉황 그림이 있는 동그란 시계가 오후 2시를 가리키고 있었다.

"시간 딱 맞춰 오셨네요. 제가 박 대립니다."

박 대리, 어제 통화했던 사람이었다. 김예리가 고개를 까딱하자 박 대리가 입술만 과하게 벌려 어색하게 웃었다. 그는 김예리를 소파로 안내하고 책상 위의 전화기를 들었다.

"면접 오셨어요. 김예리 씨."

박 대리의 말에 칸막이벽 뒤에서 누군가 웅웅거리며 대답했다. 이어 문 열리는 소리와 슬리퍼를 질질 끄는 소리가 벽을 울리며 점점 가까워지더니 깡마르고 키 큰 남자가 손을 비비며 들어왔다. 2 대 8의 가르마 머리, 하얀 셔츠에

칼 주름 세운 정장 바지. 시대를 거슬러도 어색하지 않을 흔한 중년 아저씨였다. 그도 김예리를 보더니 박 대리처럼 입만 웃었다.

"오오, 앉아요."

그가 사장이라고 했다. 사장은 안경을 코끝으로 내리고 김예리가 건넨 서류를 보았다. 그는 혼자 오, 그렇군, 음, 아하 같은 소리를 내며 고개를 끄덕거렸다. 김예리는 불안했다. 설마 이상한 곳은 아니겠지? 무역회사 맞겠지? 그냥 옛날 물건이 좋아서 해 놓은 걸 거야. 아니 그렇다고 보기엔 미감이 너무 없잖아. 아냐 사장이 지독한 구두쇠일지도 몰라. 그때 박 대리가 김예리 앞에 커피를 내려놓았다. 종이컵이 두 개가 겹쳐 있었다.

"나는?"

사장이 커피와 박 대리를 번갈아 보았다. 박 대리가 말했다.

"아까 드셨잖아요."

사장이 치사하다며 입을 내밀었으나 박 대리는 자리로 돌아가 세상 관심 없다는 표정으로 키보드를 두드렸다. 타닥타닥. 박 대리가 보는 뒤통수가 툭 튀어나온 옛날 모니터를 보며 김예리는 고개를 갸웃했다. 아무리 구두쇠여도 저건 아니지 않나. 제대로 표시는 되는 걸까. 설마 인터넷도 안 되는 건 아니겠지?

"우리 회사 참 멋지지 않아요?"

사장이 소파에 등을 기대고 뿌듯한 표정으로 말했다. 김예리가 마지못해 고개를 끄덕이자 사장의 말이 이어졌다. 혼자 작은 오퍼상으로 시작하여 갖은 고생을 다 하다가 피부미용사인 부인의 조언에 다이어트 제품을 수입해서 팔아 대박이 났다는 것, 그 후로 누구보다 먼저 클로렐라니 스피루리나니 하는 건강보조식품을 수입해서 업계 선두에 나섰다는 둥 큰 회사 못지않게 매출이 급증하여 어쩌고저쩌고. 사장의 자랑이 끝없이 이어졌다.

지루했다. 사무보조가 그런 것까지 알아야 할까. 김예리는 박 대리의 키보드 소리에 집중했다. 타닥타닥. 박 대리의 긴 손가락이 내는 소리가 사장의 말보다 재미있다. 김예리는 사무실을 둘러보는 척하며 박 대리를 관찰했다. 무표정한 얼굴, 집중한 눈동자, 갈색이다. 그가 타 준 커피를 마셨다. 달다. 사장이 김예리에게 바로 일하라고 했다.

"별일 없으면 온 김에 일하고 가요. 오늘부터 월급 쳐 줄 테니까."

당사자의 의사 따윈 상관없다는 말투다. 말끔하게 다린 셔츠 가운데 커피 튄 자국이 선명하다. 흘리고 닦을 생각도 없는 걸 보니 세탁도 다림질도 본인이 해 본 적이 없을 가능성이 크겠지. 말하면서 휘젓는 손에서 나는 짙은 담배 냄새는 손 한 번 안 씻었다는 말이고. 뭐 하나 자기 손으로 못 하면서 남 부리는 데만 익숙한, 게으르고 오만한 흔해 빠진 중년 남자. 김예리는 어느 곳이든 어딜 가든 끼어 있는 이 부류들은 피하려 해도 피할 수 없다고 생각한다. 그는 결정에 앞서 슬쩍 운을 뗐다.

"출퇴근 시간 지킬 거예요."

김예리의 말에 사장이 멈칫하더니 허허 웃었다.

"그거 뭐, 어려울 것 있나. 또?"

"월급은 제날짜에 주시는 거죠?"

사장은 허세 넘치는 표정으로 고개를 크게 끄덕였다. 자기는 그깟 월급 가지고 쪼잔한 짓 안 하는 통 큰 남자라고 말했다. 통 큰 남자. 크크큭, 갑자기 박 대리가 책상에 고개를 박고 웃었다. 순간 사장의 입술이 일그러졌지만, 박 대리를 흘겨볼 뿐 뭐라고 할 생각은 없어 보였다. 김예리는 그런 둘의 모습이 조금 우스웠다. 커피 줄 때도 지금도 박 대리는 자신의 행동에 거리낌이 없고, 사장은 그런 박 대리가 그리 불쾌하지 않은 것 같고. 둘이 가족일까. 마른 체형 외엔 비슷한 점이 없어 보이는데. 하긴 둘이 친인척 관계라 해도, 박 대리가 자신을 비웃었다 해도 김예리에겐 의미 없는 일이다. 조그만 회사에 가족 경영이야 흔한 일이고

이 나라에서 출퇴근 시간을 지킨다는 것이 얼마나 허황한 말인지 모르지 않으니까.

"그럼 된 거지? 나머지는 박 대리한테 물어봐."

사장은 다시 사무실을 나갔다. 그의 슬리퍼 소리가 다시 벽을 타고 돌아갔다. 박 대리는 얼굴을 쓸어 닦고 언제 웃었냐는 듯 천연덕스럽게 김예리를 보았다. 친절한 톤으로 사장은 출장 아니면 옆 부동산 사무실에서 바둑을 둔다며 평상시엔 사무실에 잘 없다고 말했다. 그의 갈색 눈이 선해 보였다.

"야근도 해요?"

"아뇨. 그럴 일 없어요."

"제가 할 일은 뭐죠?"

"영수증 정리랑 은행 심부름 같은 거요. 잠깐만요."

박 대리는 책상 서랍을 뒤적거렸다.

"하나밖에 없네. 좀만 기다려요."

그는 밖으로 나갔다. 사무실이 금방 고요해졌다. 김예리는 가슴에 손을 얹었다. 파닥거리는 심장이 느껴졌다. 너무 세게 나갔나. 괜찮은 걸까. 김예리는 일어나 박 대리의 책상을 살펴보았다. 모니터 옆으로 관세법과 수출입 통관에서 세무 회계 관련까지 온갖 책과 서류가 빽빽이 꽂혀 있었으나 전체적으로 깔끔했다. 그에 반해 사장의 것으로 보이는 책상은 일한 흔적이 없이 너저분했다. 겹쳐 세워진 가족사진, 신문, 금연 보조제, 학창 시절에 보고 안 봤을 것 같은 오래된 에센스 영어사전. 무심히 사전을 꺼내 본 김예리가 얼굴을 찡그렸다. 93년 수정보완판이었다. 김예리보다 고작 몇 살 많은 사전이라니.

"이거, 건물 입구 열쇠예요. 저 아래."

박 대리가 돌아와 열쇠를 내밀었다. 반짝거리는 작은 쇳덩이를 받은 김예리는 생각을 굳혔다. 어차피 어떤 회사든 가릴 처지가 아니었다. 지금까지 한 말들이 다 거짓이 아니라면 이 회사는 김예리가 원하던 회사다. 꼬박꼬박 월급 나오고 야근 없이 인간관계 단출한 곳. 어딜 가나 이상한 인간들은 있기 마련이다. 김예리는 오지랖으로 한마디 얹으려 기웃대는 시선이 없을수록 좋다. 월 이백, 월 이백. 그는 남아 있던 불안함을 그렇게 잠재웠다.

박 대리가 자리에 앉아 이마의 땀을 닦더니 책상 서랍을 열었다. 서랍 가득 투명 비닐에 싸인 하얀 사탕이 들어 있었다. 소금 사탕이었다. 박 대리는 하나를 까서 입에 넣더니 입안에서 도로록 굴렸다.

다음 날 아침 9시 3분 전. 김예리는 사무실에 도착했다. 입구 문이 열려 있어 박 대리에게 받은 열쇠를 쓸 일이 없었다. 박 대리가 벌써 와서 소파 테이블 정리를 하고 있었다. 손에 든 쓰레기봉투에 담배꽁초와 과자 봉지가 가득했다. 혼자 피우고 먹었다고 보기엔 양이 많았다. 그는 어제 밤새워 일했다고 말했다.

"다른 나라 시간에 맞춰야 해서 일하는 시간이 일정치 않아요. 아, 저만요."

박 대리가 부연 설명을 했다. 김예리는 며칠 모은 쓰레기겠거니 하고 자기 자리로 갔다. 김예리의 책상은 박 대리 책상 옆이었다. 그는 학생 때부터 들고 다녔던 낡은 책가방을 등에서 내려놨다. 거기엔 9급 공무원 시험 대비 문제집과 점심이 들어 있었다. 김예리는 필통만 꺼내고 의자 뒤에 가방을 걸었다. 박 대리가 커피를 타 왔다. 또 종이컵이 두 개였다.

"이거, 왜 두 개 써요?"

김예리의 물음에 박 대리는 별걸 다 물어본다는 듯 대답했다.

"뜨거워서요."

"청소는요?"

"청소요? 아, 그건 제가 해요. 신경 쓰지 말아요."

보통 사무보조, 즉 말단 직원이 청소하는 게 아니었던가. 김예리는 커피를 마시며 빠르게 사무실을 훑었다. 청소로 모든 것이 반들반들 윤이 나는 것만 빼면 어제와 같았다. 옛것이지만 새것 같은 가구들이 당당해 보였다. 처음부터 자기 자리였다는 것처럼, 다른 곳에 가 보지 않았다는 것처럼. 김예리는 혼자 떨어져 붕 떠 있는 것 같다. 오래 다니려면 빨리 익숙해져야 한다고 생각했다.

박 대리는 계속 일했다. 서류 복사 같은 간단한 일도 김예리에게 맡기지 않고 혼자 다 했다. 김예리가 할 일은 별로 없었다. 고작 박 대리가 쓰던 영수증 장부를 넘겨받아 어제 영수증을 정리하고 캐비닛 속에 있는 사무용품과 소모품들을 확인해 두고 그러고는 할 일이 없어 눈치 보다 슬쩍 문제집을 꺼내 풀기도 했으니 말이다.

사장은 느지막이 출근해서 얼굴만 비추고 바로 부동산 사무실로 갔다. 가끔 사무실에 와서 출석 도장 찍듯 밀린 결제를 했다. 하지만 대충 사인만 할 뿐 박 대리에게 이것저것 물어보는 일이 더 중요해 보였다. 그것도 어제 야구는 봤냐, 드라마는 봤냐. 왜 텔레비전을 안 보느냐 같은 시답잖은 내용이었다. 박 대리는 사장의 말에 건성으로 대답하거나 아예 말을 안 했다. 그러자 사장은 김예리에게 눈을 돌렸다. 그 눈이 새로운 기대로 반짝거렸음은 말할 필요도 없다.

"우리 미스 김은 가족 관계가 어떻게 되나?"

사장이 느물스럽게 웃었다. 우리, 미스 김, 가족 관계. 세 가지의 무례함이 질문 하나에 다 들어 있었다. 김예리는 머리칼이 쭈뼛 섰다.

"왜요?"

"아, 궁금하잖아."

대체 남의 가족 관계가 왜 궁금한 걸까. 김예리는 입술에 힘을 주었다.

"사장님, 저번에 그 서류 한 번 더 봐야겠는데요."

김예리의 침묵에 박 대리가 일어났다. 사장이 멀뚱히 보고만 있자 박 대리는 사장 책상으로 가더니 아무렇게 놓여 있는 서류 뭉치들을 뒤적거렸다. 사장의 얼굴이 짜증으로 구겨졌다.

"무슨 서륜데 그래?"

"그거 있잖습니까, 사장님이 수입면장 B/L 번호 잘못 적으셔서……."

박 대리의 말에 사장이 벌떡 몸을 일으켰다.

"아, 그거 알아. 그만 말해."

사장이 박 대리를 밀어내고 서류를 찾기 시작했다. 그는 계속 뭐라고 혼자 중얼거렸는데 대충 박 대리 흉이었다. 무슨 사람이 그리 기억력도 좋고 안 해도 될 말을 하고 그걸 왜 이제 찾고 어쩌고 손해를 봐도 내가 봤는데 왜 자꾸 들먹이고 어쩌고.

"사장님 없으면 놔두세요. 제가 다시 알아보죠."

박 대리의 말은 사장을 더 열성적으로 움직이게 했다. 그 서류를 찾을 때까지 한마디도 안 했다. 10여 분이 지나 마침내 찾은 사장은 박 대리에게 서류를 건넴과 동시에 사무실을 나갔다. 점심시간이었다.

"우리도 밥 먹으러 가요. 요기 선짓국 맛있어요."

박 대리가 구제시장에서 건져 온 것 같은 코트를 입었다. 짙은 카멜색이 박 대리의 갈색 눈과 잘 어울렸다. 김예리는 대답 대신 가방에서 비닐봉지를 꺼냈다. 두 개 묶음으로 파는 삼각김밥이 들어 있었다. 박 대리의 눈이 검은 비닐봉지에 꽂혔다. 김예리가 비닐을 잡은 손을 풀지 않고 박 대리를 보았다.

"저는 점심 싸 왔어요."

"아, 맛있게 먹어요."

박 대리가 허둥지둥 사무실을 나갔다. 제대로 닫히지 않은 문을 다시 닫으며 그는 창문을 절대 열지 말라고 했다.

"먼지 들어와요."

박 대리의 발소리가 계단에서 사라지자 김예리는 비닐봉지를 열었다. 커피를 타 와서 차디찬 삼각김밥과 함께 먹었다. 김예리는 새삼스러운 눈으로 사무실을 찬찬히 둘러보왔다. 좀 이상하지만, 사장이 좀 걸리지만 그렇다고 별다른 사장이 있나. 그나마 박 대리는 좋은 사람 같으니 이만하면 괜찮다고 생각했다.

두 달 전, 김예리는 1년 넘게 일하던 편의점에서 나왔다. 교대로 일하던 학생이 돈을 훔친 것이 발단이었다. 학생은 3일 만에 잡혔으나 돈은 다 쓴 후였다. 점장은 김예리에게 책임을 물었다. 시시티브이에 찍힌 장면이 문제였다. 교대 시간에 잠깐 학생과 이야기하며 마주 보고 있었는데 시시티브이를 가려 준 게 아니냐는 거였다. 그 학생이 돈을 꺼내는 장면이 뒤에 분명히 찍혀 있는데도 말이다. 경찰 조사에서 '혐의없음'이 나오자 점장은 김예리가 재수가 없어 그런 일을 당했다고 했다. 인정머리 없이 시간 지켜 일하고 시급 따져 따박따박 제날짜에 월급을 받아 가서 그렇다고. 점장의 괴롭힘에도 김예리는 월급날까지 악착같이 일하고 그 편의점을 나왔다. 점장은 떠나는 김예리의 뒤통수에 소금을 뿌렸다.

그 후로 두 달 동안 집 근처 회사마다 이력서를 내밀었다. 어느 곳은 김예리의 어중간한 나이를 문제 삼고, 다른 곳은 김예리의 작은 키를 걸어 채용하지 않았다. 일주일간 일하다 칼퇴근한다며 잘린 곳도 있고, 얼굴이 어둡다며 출근하자마자 나와야 했던 곳도 있었다.

"여기선 오래 일해야 할 텐데."

김예리는 넘어가지 않는 밥을 커피로 삼켰다. 그리고 거울을 보며 웃는 모습을 연습했다. 박 대리나 사장만큼 어색한 표정에 피식했다. 피식거린 그 웃음이 제일 자연스러웠다. 쓰레기를 치우며 김예리는 코를 킁킁거렸다. 석유 냄새와 김밥 냄새가 뒤섞여 좋지 않았다. 그는 창문을 보며 고민했다. 잠깐 열었다가 닫으면 안 될까 하는데 박 대리가 돌아왔다. 김예리가 화장실에 다녀오자 책상 위에 소금 사탕이 한 움큼 올려져 있었다. 박 대리가 말했다.

"먹어요. 짜고 달고 맛있어요."

박 대리가 사탕을 입에 넣고 도로록 굴렸다.

사장은 오후 늦게 돌아와 김예리의 한 달 생활비만큼 쓴 한우식당 영수증을 내밀었다. 네 사람이 같이 먹은 영수증이었다. 나중에 박 대리가 사장이 자기 식구들 데리고 가서 먹었을 거라고 알려 줬다. 김예리가 왜 같이 안 먹었냐고 물었다.

"어후, 누나랑 밥 못 먹어요. 어찌나 잔소리가 심한지."

그럼 그렇지. 사장과 박 대리는 매형과 처남 사이였다.

박 대리는 바쁠 땐 정말 정신없이 바빴다. 혼자 서류 작성하고 관세청에 전화하고 또 직접 가기도 했다. 그사이에 사장이 일을 어그러뜨리는 때도 있었는데 그걸 수습하는 것도 박 대리였다. 박 대리는 서류를 들고 직접 관세청에 가고 식품검사소를 가고 거래처에 샘플을 가지고 갔다. 팩스나 인터넷도 없고 하다못해 택배를 이용하지도 않았다. 모든 것이 비효율적이었다. 그걸 거래처에서도 용인해 준다는 것이 이해되지 않았다. 무엇보다 이상한 건 은행 업무였다. 직접 창구에 가서 입출금과 이체를 해야 했다. ATM 기계 사용도 금지였다.

"사장님이 기계를 못 믿어요."

사람이 더 못 믿을 존재 아닌가.

"혹시, 월급도 현금으로 줘요?"

"네."

박 대리의 대답이 너무 자연스러워서 김예리는 어안이 벙벙했다. 단순한 취미가 아니었다. 구두쇠도 아니었다. 디지털 시대를 거부하는 걸까. 아날로그로의 회귀를 꿈꾸는 뭐 그딴 거.

"왜 그래요?"

김예리는 궁금했다. 그래서 어깨를 으쓱하고 마는 박 대리의 답에 실망했다. 누구보다 박 대리가 불편하고 힘들 것인데 왜 참고 있는 걸까. 그러고 보니 한 번도 박 대리가 스마트폰을 쓰는 걸 보지 못했다. 그건 사장도 마찬가지였지만, 온종일 바깥으로 도는 사람이니 알 수 없는 일이다. 하지만 박 대리는 다르다. 외근을 안 나가는 날에도 박 대리의 손에 스마트폰은 없었다. 김예리의 의구심은 사장에서 박 대리로 옮겨 갔다.

그래도 김예리는 박 대리가 싫지 않았다. 고마울 때가 많았다. 외근 갈 때 들러 간다며 은행 일을 대신 해 주기도 하고 들어올 땐 호빵이나 군고구마 같은 간식을 사 오기도 했다. 사장이 쓸데없는 꼬장을 부릴 때 막아 주는 것도 박 대리였다.

그날은 사장이 식품 성분표를 잃어버려 사달이 났다. 수입 신고에 빠져서는 안 될 서류였다. 무표정한 얼굴로 설렁설렁 쉽게 일을 해내던 박 대리 얼굴이 무섭게 굳었다. 쉴 새 없이 떠들던 사장도 조용히 박 대리 눈치를 보았다. 박 대리가 식품검사소와 연락하고 다시 서류를 꾸려 신고만 남은 시점이었다. 사장이 안도의 숨을 뱉으며 냉장고 쪽으로 가더니 갑자기 소리를 벅 질렀다.

"아니, 이걸 이렇게 두면 어쩌냐고. 미스 김은 집에서 살림 안 배웠나?"

사장이 냉장고 속을 들여다보고 있었다. 누가 언제 사 넣었는지 모르는 참외가 썩어 가고 있었다. 칼도 접시도 없는 사무실에서 먹기 힘든 참외를 누가 사 왔을까. 김예리의 기억에는 없는 일이다. 사장은 잔소리만 해 댈 뿐, 치울 생각은 없어 보였다. 김예리는 말없이 썩은 참외를 꺼내 비닐봉지에 넣었다. 사장이 계속 투덜거렸다.

"이래서 시집가겠어? 집에서는 안 그러지? 하긴 집에서 손이나 까딱하겠어? 아이고 냄새야, 썩은 물 흐르잖아."

손 하나 까딱하지 않고 서서 잔소리해 대는 품이 여간 밉상이 아니었다. 게다가 살림이니, 시집이니 대체 어느 시대 케케묵은 소리를 해 대는 걸까. 구닥다리 옛날 방식대로 사니까 사고방식도 구리지. 김예리가 잔뜩 골이 난 얼굴로 냉장고 속 썩은 물을 닦을 때였다. 박 대리가 불쑥 고개를 내밀었다.

"에이, 이거 지난달에 사장님 친구분이 사 오신 거잖아요."

그 말에 김예리의 손이 멈췄고 사장은 아닐 텐데 하고 말을 흐린다. 지난달이면 김예리가 오기 전이다. 박 대리가 김예리에게서 봉지를 받아들려 했지만 김예리는 거칠게 거부했다. 사장은 먼 산을 보고 박 대리는 머쓱해져 자리로 돌아갔다. 김예리는 사장의 손에 썩은 참외를 쥐여 주는 상상을 한다. 손가락 사이로 뚝뚝 떨어질 누렇고 푸른 덩어리. 참외만큼 썩어 갈 사장의 얼굴을 떠올린 김예리는 냉장고를 닦아 냈다. 월 이백, 월 이백. 주문을 외웠다.

"냄새 빠지게 창문 좀 열어야겠어요."

김예리의 말에 남자 둘이 동시에 외쳤다.

"안 돼!"

사장이 김예리의 손에 들린 참외 봉지를 잽싸게 낚아채어 사무실을 나갔다. 박 대리는 멍하니 있는 김예리에게 중언부언 설명을 했다. 요약하자면 코는 냄새에 익숙해지면 무뎌진다. 사장은 먼지 알레르기도 있다. 춥다. 밖에서 들어오는 냄새가 더 심하다. 그런 내용이었다. 김예리는 무안하고 찜찜한 기분으로 책상에 앉았다. 참외 썩은 냄새는 금세 석유 냄새에 섞여 무뎌졌지만 계속 손에서 냄새가 나는 것 같았다. 세 번째 손을 씻고 들어왔을 때 김예리의 책상 위로 박 대리의 긴 팔이 올라왔다. 살집 없는 그의 손 위에 힘줄이 도드라져 보였다. 그 손이 사탕을 와르르 내려놓았다.

짜고 달고 맛있다는 소금 사탕.

왜 사탕을 주는 걸까. 왜 하필 소금 사탕일까. 김예리는 사탕을 가방에 넣었다.

* * *

다닥다닥 붙은 주택가 골목길 안, 담벼락에 난 쪽문을

열자 묵은 곰팡내가 훅 코를 찔렀다. 예리가 인상을 쓰고 들어간다. 방 하나, 부엌 하나, 화장실 하나. 예리가 사는 집이다. 좁은 부엌 옆에 달린 덜덜거리는 미닫이문을 열면 작은 방이 있다. 그 안에는 방만큼 큰 텔레비전으로 드라마를 보고 누운 엄마가 있다. 예리는 구석에서 가방을 정리하고 옷을 갈아입고 머리를 질끈 묶었다. 드라마 주인공이 아이를 안고 운다. 잃어버린 아이를 찾은 모양이다. 그걸 보는 엄마의 눈가가 젖어 있다. 예리는 입이 쓰다. 엄마의 뒤를 돌아 부엌으로 나갔다. 3년, 아니 그 이상, 예리의 짐인 병든 엄마의 눈은 단 한 번도 예리를 쫓지 않는다.

"밥 먹자."

예리는 죽을 데워 가져왔다. 힘겹게 일어나는 엄마를 거들어 앉혔다. 죽을 떠서 후후 불어 엄마의 입에 넣었다. 노란 엄마 눈이 끔벅이며 예리를 보았다. 그러더니 입에 들어온 죽을 혀로 밀어냈다. 왜 집을 온종일 비워 뒀냐는 시위였다. 하얀 죽이 엄마의 턱으로 흐르고, 이런 일이 익숙한 예리는 화장지로 흐른 죽을 닦았다. 다시 들어가는 죽과 또 나오는 죽 사이에서 엄마도 예리도 기계처럼 움직인다. 엄마의 고집은 열 번쯤 반복하면 지쳐 꺾이기 마련이었다. 그런데 오늘은 영 끝날 기미가 보이지 않는다. 취직했다고 그렇게 말해 줬건만 엄마는 기억하지 못했다.

예리는 죽그릇을 내려놓았다. 바닥의 냉기와 죽그릇의 찬기가 맞먹었다. 팔이 저린다. 엄마의 거뭇한 눈 밑이 푹 꺼져 보였다. 예리만큼 엄마도 지쳤을 것이다.

"달력 좀 떼."

이가 하나도 없는 엄마가 푹푹 새는 발음으로 말했다. 예리는 일어나 보름 넘게 11월에 머무른 달력을 떼어 냈다. 달갑지 않은 12월이 엄마와 예리 앞에 보였다. 엄마가 그 남자를 만난 날도, 예리가 태어난 날도 그리고 엄마가 쓰러진 날도 다 12월이었다.

"소포 왔어?"

"……."

"주인집으로 갔나?"

"……."

엄마는 입을 다물었다. 안쪽으로 밀려 들어간 엄마의 입은 노인의 그것처럼 주름이 가득하다. 나는 왜 아빠도 없고 크리스마스 선물도 없냐는 일곱 살 예리에게 엄마는 커다란 상자를 내밀었다. 일본에 있는 아빠가 보낸 소포라 했다. 상자 속에는 일본 과자들이 가득했다. 엄마는 거기서 소금 사탕을 꺼내 보이며 말했었다.

네 아빠를 만나게 해 준 사탕이야, 널 태어나게 해 준 사탕이야.

그 말을 하는 엄마는 환하게 웃었다. 일본 여행에서 만났다고, 편의점에서 엄마가 떨어뜨린 사탕 봉지를 주워 줬다고, 엄마는 혼자 말하고 혼자 행복해했다. 그래서 상자에 적힌 빨간 글자를 모른 척했다. 상자엔 일본어가 아닌 한글이 적혀 있었다. 취급 주의. 예리는 그 상자를 멀리했다. 그걸 모르는 엄마는, 아니 어쩌면 알면서도 매년 크리스마스가 되면 일본 과자를 채운 상자를 들고 왔다. 식당이며 마트며 엄마 혼자 일해 먹고사는 형편 탓에 조금씩 상자 크기가 작아졌지만, 소금 사탕은 빠지지 않고 들어 있었다. 나중엔 아예 소금 사탕만 있었다. 그즈음의 엄마는 아빠가 보낸 소포라는 말도 안 했다. 웃지도 않고 밤마다 울었다.

내 아빠라는 사람이 있긴 한 거야? 엄마가 지어낸 거지? 소포처럼 거짓말한 거지?

예리가 쏘아붙여도 엄마는 대답하지 않았다. 예리가 거들떠보지도 않는 소금 사탕을 먹기 시작했다. 밤마다 입에 사탕을 물고 잤다. 그러다 3년 전, 엄마는 빙판길에서 넘어져 다리를 다쳤다. 일하던 마트에서 잘렸고 예리가 다니던 대학을 휴학하고 돈을 벌었다.

엄마는 집에서 종일 누워 사탕을 먹었다. 이가 다 썩어 문드러져도 고집스레 병원을 가지 않았다. 예리가 울고불고 매달리고, 사회복지사의 도움을 받아 병원에 갔지만 이미 늦은 후였다. 이를 몽땅 뺀 엄마는 홀쭉한 입으로 텔레비전만 보았다. 엄마는 몸이 마르고, 예리는 마음이 말랐다.

사랑이 뭘까. 어떤 사랑이면 저렇게 오랜 세월 기다릴 수 있는 걸까. 어린 예리는 그 사랑이 영롱하여 원망했고 엄마를 동정했다. 그 사랑이 돌아와 불쌍한 엄마를 구원하리라 믿었다. 하지만 그런 일은 없었고 엄마는 끝내 자기 안에 갇혀 버렸다. 사랑이 그런 건가. 책임지지 않을 마음이면 보이지도 말아야지. 감출 수도 있어야 사랑이지. 멋대로 사랑하고 마음대로 버리고, 엄마도 똑같다. 그런 엄마를 끌고 20대를 살아가야 하는 예리는 버거웠다. 모든 것이 귀찮다.

"사탕 줄까?"

예리는 박 대리가 준 사탕을 꺼냈다. 이제 기다릴 소포도 없는데, 더 썩을 이도 없는데. 예리는 사탕 하나를 까서 엄마의 홀쭉한 입속으로 밀어 넣었다. 엄마의 눈이 커지더니 곧 턱을 움직였다. 사탕이 엄마의 입속에서 이리저리 굴러다녔다. 도로록, 도로록. 엄마의 입술 주름이 오물거렸다. 춤추듯 펄럭거렸다. 예리는 사탕을 모두 꺼내 엄마 옆에 두었다.

다 먹어. 맘대로 해.

새벽녘에 숨이 넘어갈 듯한 소리에 잠이 깼다. 엄마가 꺽꺽대며 몸부림치고 있었다. 옆으로 사탕 껍질이 굴러다녔다. 예리는 엄마 등을 두드리다 배를 잡고 안아 올렸다. 어디선가 목에 걸린 걸 빼려면 그렇게 하라고 했던 것이 생각나서였다. 하지만 작은 예리가 감당하기엔 엄마는 너무 길었다. 엄마를 들다 같이 넘어졌고 그 충격으로 목에 걸린 사탕이 빠졌다. 엄마의 낡은 스웨터에 하얀 소금 사탕이 굴러 찐득하니 붙었다. 엄마가 그걸 떼어 내며 울었다.

"누가 한 번에 다 먹으래!"

으허어어어어. 예리의 말에 엄마의 울음이 길어진다. 찐득해진 손을 휘젓는다. 예리는 절망하여 바닥에 주저앉았다. 이건 아니잖아. 엄마. 이러지 마.

퉁퉁, 벽이 울렸다. 옆방에 사는 아저씨가 쉰 목소리로 외쳤다.

"야, 이 미친년아, 지금 몇 시야!"

예리는 황급히 이불로 엄마를 덮었다. 엄마, 자자. 그만하자. 가슴이 뭉친다. 엄마의 울음이 이불 속에서 웅웅거리고 예리는 이불을 온몸으로 꾹 눌렀다. 조용히 해. 주인집까지 들리겠어. 여기 아니면 엄마가 싫어하는 복지관밖에 갈 데가 없어. 아니 이젠 병원에 가자. 나 너무 힘들다. 엄마, 내가 너무 힘들어서 못 살겠어.

아빠 만나지 말지. 나 낳지 말지. 그 사랑이 뭔데 나를 낳았어. 그냥 엄마 인생 살지. 노래 불렀다며. 노래하고 살지.

엄마의 울음소리가 잦아들고 예리는 이불을 감싼 채 잠이 들었다.

* * *

박 대리는 항상 김예리보다 먼저 출근했다. 밤을 새우기도 하고 원래 일찍 온다고도 했다. 하는 일도 거의 없는데 박 대리가 청소까지 해 놓는 덕에 김예리는 불안해졌다. 정말 이렇게 편해도 되는 걸까. 나중에 딴소리하는 건 아닐까. 초조해진 김예리는 급기야 30분이나 일찍 집을 나왔다. 하지만 박 대리가 어김없이 사무실에 있었다.

"왜 이렇게 일찍 와요? 그럴 필요 없는데."

박 대리의 말에 김예리는 얼굴을 붉혔다. 출퇴근 시간 지키겠다고 해 놓고 일찍 왔으니 이상하지.

"저기, 청소 제가 하면 안 될까요."

박 대리의 눈이 동그래졌다. 일하겠다는 것이 이상한가. 김예리의 얼굴이 더 붉어졌다. 박 대리는 잠시 뭔가를 생각하더니 미소를 지었다. 입만 웃는 그 과한 웃음이 아니었다. 살며시 작아지는 눈이 매력 있었다.

"그래요. 근데 절대 창문 열면 안 돼요."

그러고는 1224이라는 숫자를 알려 줬다.

"사무실 자물쇠 비밀번호예요. 크리스마스이브."

박 대리는 커다란 비밀번호 자물쇠를 보여 줬다. 아래 입구의 노란 쇠 열쇠도 그렇고 번호를 돌려 여는 자물쇠라니. 김예리는 어색하게 웃었다. 그래. 그럴 수도 있지. 옛날 방식을 더 믿을 수 있지. 이 이상한 사무실에서는 이상한 일이 아니지.

다음 날부터 김예리가 사무실 문을 제일 먼저 열었다. 환기를 시키고 싶은 마음을 용케 잘 넘기고 모든 가구를 빡빡 닦아 박 대리가 청소하는 것을 얼추 흉내 내었다. 9시 정각에 출근한 박 대리는 야근할 땐 자기가 할 테니 그다음 날은 일찍 오지 말라고만 했다.

"그럼 야근하실 땐 문자 주세요."

김예리의 말에 박 대리는 당황한 눈으로 김예리를 보았다. 정말 스마트폰이 없단 말인가. 설마 번호 알려 주기 싫어서는 아니겠지. 김예리는 물러나지 않고 계속 답을 기다렸다. 박 대리의 얼굴이 하얗게 질려 갔다.

"그, 그 들고 다니는 전화기 말이죠. 제가 그게 없어요. 일반 전화로 할게요."

김예리는 귀를 의심했다. 박 대리에게 스마트폰이 없다

는 건 이해할 수 있었다. 그건 자유니까. 하지만 휴대폰도 아니고 들고 다니는 전화기라니. 김예리는 그 말이 걸렸다.

"근데, 사장님이나 대리님은 옛날 스타일을 좋아하시나 봐요."

"아, 네. 그렇죠."

"불편하지 않으세요? 친구분들은 다 스마트폰 쓰실 거잖아요."

박 대리는 쓰게 웃을 뿐 말을 안 했다.

"너무 비효율적이에요. 인터넷은 왜 없어요? 거래처에선 괜찮대요?"

"좀 불편하긴 하죠. 아무리 시간을 넘어왔다 해도……."

박 대리는 말을 하다 말고 주먹으로 입을 가리고 헛기침을 했다. 그러고는 서랍에서 사탕을 꺼내 먹었다. 그의 눈에 핏발이 섰다.

"사탕 좋아하시나 봐요."

김예리의 말에 박 대리의 얼굴이 환해졌다.

"네."

하지만 대답과 동시에 박 대리는 바로 무표정한 평상시 얼굴로 돌아왔다. 김예리는 괜한 소리를 했다며 후회했다. 사탕 이야기는 왜 했지. 묻던 거나 더 물었어야지. 김예리는 공연히 어제 정리한 장부를 꺼내 다시 확인했다. 요즘

장부 정리 프로그램도 잘 나와 있는데 손으로 일일이 적어야 한다니. 정말 불편하다. 사무실의 컴퓨터는 박 대리밖에 없고, 서류 작성해서 인쇄하는 용도 외엔 쓰는 일도 없다. 인터넷이 안 되니 와이파이도 안 되고.

점심시간이 되어 박 대리가 나가자 김예리는 스마트폰을 꺼내 회사 이름을 검색했다. 작은 회사라 그런지 별다른 정보는 나오지 않았다. 당연하고 흔한 일이었다. 김예리는 다시 수입제품명을 검색했다. 오로라 다이어트, 바르기만 해도 살이 빠지는 크림 월드-와이드 컴퍼니의 스테디셀러. 돈을 주고 쓰게 한 것 같은 블로그 광고들이 나왔다. 김예리는 께름칙한 마음으로 삼각김밥을 먹었다. 점심을 먹고 온 박 대리는 김예리에게 소금 사탕 한 봉지를 내밀었다. 김예리는 그것을 가방에 넣었다.

* * *

엄마는 요즘 밥을 잘 먹었다. 예리가 밥을 다 먹으면 소금 사탕을 하나씩 주기 때문이다. 밥을 먹어서인지 엄마는 차츰 기운을 차려 가고 가끔 예리가 올 때면 먼저 인사를 건네기도 했다. 비록 사탕 가져왔냐는 채근이었지만.

크리스마스를 앞둔 주말이었다. 그날 엄마는 일어나 앉

아 있었다. 머리를 곱게 빗어 묶었고 세수도 한 듯 얼굴도 깨끗했다. 예리는 섬뜩한 기분에 엄마에게 다가가지 못했다. 머리꼭지부터 발꿈치까지 대못으로 박힌 것 같았다. 무서웠다. 사람이 죽기 전에 멀쩡해진다던데, 그런 건 아니겠지. 너무 힘들어서 바란 일이었지만 정말 그러라고 빈 건 아니었는데, 좋아지고 있었는데, 더 좋아지면 되는 건데 왜.

꼿꼿하게 서서 자신을 보는 예리에게 엄마는 손을 내밀었다.

"사탕 줘."

예리의 대못이 훌렁 빠졌다.

"밥 먹고!"

예리는 툴툴대며 저녁을 차렸다. 며칠 전부터 엄마의 죽은 묽은 죽에서 조금 덜 무른 죽으로 바뀌었다. 엄마는 숟가락질도 혼자 했고 잇몸으로 죽 알갱이를 씹기도 했다. 그날따라 유달리 더 열심히 먹었다. 정신도 말짱한 것처럼 보였다. 예리에게 왜 젊은 애가 흰머리가 났냐고 물을 정도였다.

"엄마 닮아 그렇잖아."

"아냐, 나는 그 나이 땐 흰머리 없었어. 네 아빠가 많았지."

"뭐?"

"너 새치 그거 아빠 닮았어."

예리는 그게 뭐냐고 그런 걸 왜 말해 주냐고 타박하려다 참았다. 엄마가 전에 없이 자신과 대화하고 있다는 사실에 기뻐서였다. 그래서였다. 소금 사탕을 밥 먹는 도중에 꺼내 보인 건. 엄마가 더 기분 좋아져서 말을 더할 것 같아서였다. 그렇게 갑자기 사탕을 집어 들어 포장째 입안에 쑤셔 넣을 줄은 몰랐다. 예리가 놀라 엄마에게 덤벼들었다. 엄마는 입안에 들어온 예리의 손가락을 깨물고 자신의 손을 넣었다. 그리고 소리를 질렀다. 그것은 말이 아니었으나 예리에게 하는 말이기도 했다.

내 사탕이야. 내 사랑이야.

예리는 아픈 손을 잡고 엄마가 진정할 때까지 기다렸다. 이윽고 엄마가 입안에서 손을 빼고 사탕 포장을 뱉었다. 그리고 말했다.

"소포 왔나 가 봐. 사탕 올 때 되었어."

예리는 절망으로 다시 꼿꼿하게 굳었다. 도로록도로록, 엄마 입에서 구르는 사탕 소리가 예리의 머리를 두드려 박았다. 이젠 정말 안 돼. 예리는 스마트폰을 꺼내 몇 번이고 검색만 했던 정신병원 전화번호를 찾았다. 번호를 꾹 누르니 통화하겠느냐는 메시지가 뜬다. 예리는 또 누르지 못하고 눈을 감았다. 크리스마스잖아. 그것만 지나고, 며칠만 더 있다가.

크리스마스이브 저녁. 박 대리에게서 받은 소금 사탕이 다 떨어졌다. 사탕이 없다는 걸 안 엄마는 먹은 밥을 토해 내려 했다. 예리는 기가 막혀 말리지도 않았다.

"사탕 줘. 내 사랑 줘. 온다고 했는데, 크리스마스엔 꼭 온다 했는데."

엄마는 어린애처럼 울었다. 예리는 목도리를 빙빙 감고 집을 나왔다. 집 근처 슈퍼에는 소금 사탕이 없어서 빙빙 돌다 회사 근처 편의점까지 갔다. 캐럴 소리가 요란한 편의점에, 반짝이는 알전구를 둘둘 감은 크리스마스트리 옆에 박 대리가 작은 상자를 들고 서 있었다.

"사탕이 떨어졌을 것 같아서……."

예리는 박 대리에게 다가갔다. 상자 속에 소금 사탕 봉지가 가득 있었다. 상자 위에 적힌 '취급 주의'라는 빨간 글자. 예리의 입술이 덜덜 떨렸다.

"너무 늦었지."

박 대리가 웃었다. 입만이 아닌 눈까지, 아니 얼굴 전체가 다.

"미안해."

"뭐, 뭐가요?"

"다."

순간, 눈앞이 울렁대기 시작했다. 아니 형광등이 번쩍거린 걸지도 모른다. 박 대리의 머리카락 아래가 하얗게 보였던 것도 아마 형광등 불빛 때문이었을 것이다. 박 대리의 울 듯 말 듯한 웃음에서 자신의 그 무엇을 발견한 것도 우연일 것이다. 사탕이 떨어졌을 것 같다니, 너무 늦은 건 무엇이고, 왜 미안해. 예리는 고개를 저었다.

"말도 안 돼."

박 대리는 예리의 손에 상자를 들려주려 했다. 예리가 격하게 상자를 밀치자 상자와 사탕 봉지가 바닥에 떨어졌다. 박 대리는 허리를 숙여 상자를 줍고 사탕을 담았다.

"엄마에게 전해 줘. 그리고 믿으라 해 줘. 나는 죽은 사람이란 걸."

죽은 사람?

예리는 뛰었다. 사무실로 뛰었다. 문을 열고 좁은 계단을 지나고 사무실 문을 열었다. 어두운 사무실엔 퀴퀴한 석유 냄새만 가득했다. 문손잡이를 잡고 있던 예리는 곧 자신이 방금 지나온 문들을 열쇠 없이 열었다는 사실을 깨달았다. 예리는 문손잡이를 놓았다. 문이 저절로 닫힌다. 사무실 안의 공기가 예리를 눌렀다. 살갗을 누르고 스며든다. 아프다. 쓰리다. 숨을 쉴 수가 없다. 살이 찢어질 것만 같다. 옥죄이는 고통 속에서 예리는 창문을 향해 손을 뻗었다. 보이지 않는 것들이 예리를 향해 소리친다. 뭐해, 미쳤어. 예리의 손이 창문을 열자 차가운 바깥 공기가 안으로 훅 밀려

들었다. 자동차 소리, 사람들 소리, 캐럴, 살아 있는 현실의 소음들. 휙휙, 그것들이 예리를 잡은 것들을 떼어 놓았다.

허억.

고통에서 벗어난 예리가 창틀을 잡고 숨을 쉬었다. 건물 아래에서 예리를 올려다보는 박 대리가 보였다. 그의 갈색 눈이 울고 있다. 그가 고개를 저었다. 예리는 혼돈에 빠졌다. 아니야. 그럴 리 없어. 박 대리가 엄마를 어떻게 알아. 박 대리가 왜 상자를, 왜 소금 사탕을.

"미쳤어. 이건 미친 거야."

"미쳤어? 창문 닫아!"

누군가의 숨죽이고도 화를 누르지 못한 외침이 들렸다. 놀라 돌아선 예리의 눈앞에 사장이 서 있었다. 어둠 속에서 부들부들 손을 흔들고 있는 사장의 일그러진 얼굴이 보였다. 그리고 아래로 기어온 누군가의 손이 창문을 닫았다. 사람들이 웅성거린다. 한두 명이 아니다. 여기에서 누구야. 저기에서 움직이지 마. 내가 다 봐뒀어. 얼른 불 켜. 딸깍.

사무실이 환해지고 바닥에 엎드렸던 사람들이 일어난다. 매캐한 담배 냄새가 진동했다. 책상을 벽으로 밀어붙여 만든 자리에 접이식 탁자와 의자가 자리 잡고 있었다. 하나, 둘, 셋, 넷. 저것들이 다 어디서 나온 걸까. 사람들이 들고 있는 카드, 테이블 위의 돈다발.

불법 도박장이었다.

"아니, 쉬는 날에 여길 왜 와?"

사장이 벌건 얼굴로 소리쳤다. 사람들의 눈이 예리를 보았다. 그러니까 평범한 무역회사가 아니었다는 말 아닌가. 모든 것을 손으로 적고 일일이 찾아가 일을 하고. 그 수고로운 작업들이 선한 의도로 한 게 아니었단 말인가. 그럼 박 대리는. 예리의 목소리가 기어들어 갔다.

"바, 박 대리는요?"

"누구?"

사장이 예리를 노려보았다. 그의 올라간 눈썹이 떨렸다.

"박, 대리. 사장님 처남."

"뭐라는 거야. 죽은 내 처남을 어떻게 알고?"

"죽어요?"

"얘가 왜 이래. 벌써 죽은 지 3년이나 됐는데."

입을 다물려는 사장에게 예리가 다가갔다.

"말해 주세요. 그 사람 진짜 죽었어요?"

사장이 예리를 보았다. 부들부들 떨고 있는 예리의 모습에 사장의 표정이 기이하게 변한다. 죽은 사람을 어떻게 아는 걸까. 왜 궁금해하는 걸까. 그는 고집스레 부탁하는 예리를 보며 담배를 물고 의자에 털썩 앉았다. 그리고 생각하고 싶지도 않다는 듯, 짜증스럽게 툭툭 지난 일을 뱉었다.

"아, 뭐긴 뭐야. 차 사고지. 미친놈이 빙판길에 차를 그냥 끌고 나갔잖아. 그게 다 그년 때문이야. 지 누나가 하나밖에 없는 동생 제대로 키워야 한다고 비싼 돈 들여 일본까지 보내 놨더니 뭔 노래하는 여자랑 눈이 맞아서는. 그거 해결하느라고 내가 얼마나 고생했게. 겨우 떼 놨더니 어디서 애를 낳았다나. 쥐새끼 같은 년은 어디 숨었는지 코빼기도 안 보이고. 분명 처남이 숨겼을 거야. 그날도 그년 만나러 가는 길이었을 거라고. 시발. 죽으면 끝인데 뭔 지랄 맞은 사랑이야."

사장은 점점 목소리가 커진다. 눈이 흐려진 것도 같다.

"근데 그걸 왜 물어?"

예리는 혼란 속에서 사장의 말을 힘겹게 반복했다. 그러니까 박 대리가 죽었다고, 일본에 있었다고, 노래하는 여자, 아이, 빙판길. 예리는 슬금슬금 뒷걸음질을 쳤다. 사장이 몸을 일으키고 무섭게 노려보았다. 예리는 주머니에서 스마트폰을 꺼냈다. 사장이 괴성을 질렀다.

"야, 너 뭐 하는 짓이야?"

"오지 마요. 다가오면 긴급전화 눌러요."

사람들이 주춤거리며 예리에게 다가오다 만다. 사장이 다시 소리치다 저 혼자 바짓가랑이를 잡고 방방 뛰었다. 의자에 담배를 떨어뜨린 모양이었다. 사람들이 이리저리 쏠리고 아수라장이 된다. 예리는 탁자 밑으로 몸을 숙여 사람들을 피해 가까스로 사무실을 빠져나왔다. 계단을 내려오는 동안에도 미친 듯이 울려 대던 사무실의 혼란스러움이 입구 문을 나오자마자 순식간에 사라졌다. 예리는 헉헉대며 문 앞에 주저앉았다. 자신에게 일어난 일들이 꿈인지 현실인지 구분할 정신도 없었다. 흘러내리는 땀을 닦는 예리 앞에 박 대리가 보이기 전까지는.

상자를 든 박 대리가 예리에게 다가왔다. 그의 눈은 낮게 가라앉아 있었다. 예리 앞에 무릎을 꿇고 사탕 상자를 건넸다.

취급 주의. 보내는 사람 박준영, 받는 사람 김윤희.

김윤희. 예리의 엄마.

"얼른 주고 와. 엄마 힘들어."

"주고 오라니요?"

"너도 곧 가야 하니까."

찌르릉 짐 자전거가 거리를 달린다. 술을 마신 취객과 시비가 붙어 시끄럽다. 취객이 비틀거리며 예리의 집 쪽으로 향했다. 그 뒤를 자전거가 따라간다. 죽여 버릴 거라고 소리친다.

하늘에서 하얀 눈이 내린다. 소금 사탕이 내린다.

# 탐정에겐 후식이 있어야 한다

제3회 테이스티 문학상 우수작

김태민

호러와 미스터리를 좋아하고 글쓰기를 사랑하는 평범한 아버지. 명지대학교를 졸업했고 90년대 말, IMF의 태풍을 정면으로 맞은 시대의 증인. 지금은 태풍보다 무서운 야근과 육아에 휩쓸려 글쓰기는 뒷전이 되었지만, 하이텔 시절부터 공포소설을 써 온 나름 경력 20년의 무명인이다. 지금 쓰는 작품이 내 대표작이라는 생각으로 오늘도 열심히 글을 쓰는 영원한 작가 지망생.

이 이야기는 경기도 광주에서 일어났던 살인 사건에 대한 지극히 개인적인 사건 보고서라 하는 것이 맞겠지만, 그 전에 자칭 한국의 유일한 강력 사건 전담 탐정이라고 떠벌리고 다니는 덜떨어진 대식가에 대한 이야기를 안 할 수 없다. 대한민국에는 아직 강력 사건에 관여할 수 있는 공인된 사립 탐정이 없기 때문에 이 대식가와 내 무용담은 경찰의 사건 기록엔 등장도 하지 않는 데다가, 이 인간에게 들어간 내 월급을 생각해서라도 공서진이라는 인간과 동행하며 겪은 사건들을 기록해 두는 것이 좋겠다는 생각에 남기는 일종의 취재 기록이라고 봐도 무방하다.

일단 내 소개를 하자면 이름은 양희주, K일보의 사회부 기자다.

주로 강력 사건을 맡고 있는데, 입사 2년차 조무래기에게 떨어지는 사건은 범인이 이미 자수한 존속 살해 사건이나 아니면 그야말로 동기도 단서도 없이 희생자와 범인만 있는 묻지마살인(대체 누구한테 묻지 말라는 거야?) 정도다.

어려서부터 강력반 형사인 아버지를 따라 수사 기법과 범죄심리학을 공부한 나에게 어울리는 사건이 좀처럼 오지 않았다. 물론 그렇게 수사에 자신이 있으면 수사관이 되지 왜 기자가 되었느냐고 물을 수 있을 텐데, 사실 내가 몸이 좀 약하다. 입이 좀 짧고 먹는 걸 그다지 좋아하지 않는지라, 학창 시절에 반에서 키를 재면 나보다 작은 여학생도 없을 정도였다. 이름을 여성스럽게 지어서 그런 게 아니냐며 할아버지가 항상 안타까운 시선으로 날 보셨지만, 아니에요, 할아버지. 이름을 양동석이나 양소룡으로 지으셨어도 다르지 않았을 겁니다. 비쩍 곯은 동석이나 소룡이가 하나 생기는 것뿐이죠.

그날은 아무런 감흥도 생기지 않는 사건을 하나 맡아서 남양주의 아파트로 향하던 길이었다.

초등학교 2학년짜리가 자기 집에서 밖으로 화분을 던져서 지나던 행인의 어깨에 떨어진 사건이었다. 최근에 비슷한 사건이 있었기 때문에 편집장은 이 사건까지 묶어서 특집 기사로 내 보라고 나를 닦달했다.

"요즘 할 게 없어서 광화문 근처 맛집 찾아다닌다며? 이거 두 개를 엮고 게임 중독이랑 인터넷 방송까지 한데 묶어서 한번 내 봐."

"인터넷 방송은 무슨 상관인데요……."

"최근에 폭력적이고 욕설이 난무하는 BJ들이 난무하고 있다고 만수가 특집 기사 냈잖아. 걔한테 도움 좀 받고 게임 중독은 관련 학과 교수 한 명 찾아서 인터뷰 따고."

"애가 장난 좀 친 거 가지고 너무 과하게 부풀리면 그 애한테 안 좋을 것 같은데요."

"이런 일은 초반에 이슈화해야 관심이라도 좀 끌 수 있어. 아이 신상 정보는 철저히 블라인드 처리하면 되지, 안 그래?"

하기 싫다는 의사를 표정과 제스처로 수십 회 전달하다 포기한 나는 주차장에서 15년도 더 된 구닥다리 각 그랜저의 시동을 걸었다. 내 고충을 이해해 주는 유일한 벗인 이 검은 친구는 아버지가 심혈을 기울여 관리한 덕인지 물려받은 지 몇 년이 되었건만 잔고장 한 번 나지 않았다.

그래, 오늘은 뭔가 느낌이 좋으니까.

아침부터 하늘을 가득 메웠던 구름도 걷히고 파란 하늘이 끝도 없이 펼쳐진 오후였다. 평일 한가한 시간이건만, 근처에서 도로 공사라도 하는 건지 서울을 벗어나는 데 40분

가까이 걸렸다. 기분이 꿀꿀해진 난 기분 전환을 위해 시디플레이어의 재생 버튼을 눌렀다.

퀸의 「I was born to love you」를 들으며 신나게 외곽 도로를 달리고 있던 내 옆으로 익숙한 실루엣의 둔탁한 차량이 쏜살같이 내 차를 추월하는 게 보였다. 순식간에 벌어진 일이었지만 뒤따르는 승용차에 사이렌이 달려 있는 걸 보니 경기도 광역 수사대 승합차가 분명했다. 아버지에게 물려받은 사건 냄새를 맡는 후각이 내 코를 자극했다. 사건이다. 나를 기다리던 아파트의 통장 아주머니께는 급한 사건이 생겨서 못 간다고 연락한 후, 승합차를 따라 속도를 높였다.

승합차가 멈추어 선 곳은 경기도 광주로 들어가는 초입에 있는 한 야산이었다. 산의 입구에 폐차장이 있던 흔적이 보였다. 아치형으로 만들어 놓은 입구엔 '해성 폐차장'이라는 간판이 흉물스럽게 매달려 있었고, 그 주변으로 수명을 다하고 버림받은 쇳덩이들의 잔해가 어지러이 널려 있었다. 폐차장 안쪽에는 인근 서에서 출동한 경찰들이 이미 진을 치고 있었다. 승합차에서 내린 형사들이 순경들의 경례를 받으며 빠른 걸음으로 어딘가 향하는 모습이 보였다.

나는 급히 차에서 내려 출입 금지 테이프를 설치 중인 순경 한 사람을 스윽 스쳐 지나가려다 붙잡히고 말았다.

"사건 현장이라 일반인의 출입을 금합니다."

"수고 많으세요. 저는 일반인이 아니라 K일보 사회부의 양희주 기자입니다."

"강력 사건 현장이라 들어가실 수 없습니다."

"아유, 참 빡빡하시네……. 아, 저 사람한테 물어보세요."

내가 가리키는 방향을 순경이 멍하니 보는 동안, 그를 지나쳐 형사들이 간 방향으로 급히 달렸다. 뒤에서 젊은 순경의 애타는 목소리가 들려오니 미안한 마음이 들어 더 속도를 냈다. 그러다 뒤를 돌아보며 달리던 중, 누군가와 격하게 몸통 박치기를 하여 뒤로 벌러덩 쓰러졌다.

"너 희주 아니냐? 여긴 왜 왔어?"

우왓! 나의 구세주가 나타났다. 명호 아저씨!

심명호 반장은 아버지의 직속 후배로 아버지에 대한 충성심이 남다른 사람이었다.

"이놈아, 여기 사건 현장이야, 얼른 나가!"

물론 그 충성심은 아버지를 향한 것이지 나를 향한 감정이 아니다.

"아잉, 삼촌—"

"이놈이 징그럽게 왜 이래, 저리 가!"

숨을 헐떡이며 뒤따라온 순경을 향해 명호 삼촌이 가라는 손짓을 해 보였다. 순경이 머쓱한 표정으로 자리를 뜨는 것을 보며 나는 심명호 반장 옆에 찰싹 달라붙었다.

"무슨 사건이에요?"

"눈치 있게 거리 두면서 보다가 가라. 사진은 찍지 말고. 이거 분위기가 안 좋다."

"그 말씀은 설마 연쇄 살인?"

"확실한 건 아닌데 냄새가 안 좋아. 이런 외진 곳에서 죽여 놓고 보란 듯이 길가에 차를 불태워 놨거든. 미친놈들이 잘하는 짓이지."

오, 이건 진짜 사건이다.

경기도 광주의 외딴 야산에서 시체가 발견된 것은 오늘 오전 12시 40분경. 야산에서 차가 불타고 있다는 인근 주민의 신고를 받고 출동한 경찰이 이미 전소된 아반떼 차량과 함께 폐차장 안쪽에 버려진 시신을 발견하고 광역 수사대에 연락을 해 왔다.

등에는 둔기 종류에 의한 타박상이 있고, 직접적인 사망 원인은 날카로운 흉기에 의한 가슴의 자상. 사용된 둔기로 추정되는 파이프는 근처에서 발견됐지만, 사망 원인이 된 흉기는 현장에 보이지 않았다. 시신이 발견된 폐차장은 사용하지 않은 지 10년 가까이 된 곳으로, 따로 출입을 막는 조치를 놓지 않아서 외부인들이 들락거리는 데 문제가 없었다.

범인은 시신을 숨길 생각이 없었던 듯, 폐차장 한가운데 질퍽거리는 진흙 위에 시신을 버려 두었다. 사망자는 40대 여성이고 차량은 번호판 식별 불가, 시신에서 신원 확인 가능한 물건 발견되지 않음. 하지만 경찰은 신원을 곧 밝힐 수 있으리라 생각하고 있는 것 같았다. 혼자 차를 몰던 40대 여성이고 꽤 고급스러운 정장에 짙은 화장. 그리고 왼손 약지의 반지. 누군가의 아내이자 엄마일 확률이 높았다. 곧 실종 신고가 접수될 것이다.

여기까지는 '광수대 개코'라 불리는 심 반장님도 다 알 만한 내용이었다. 나는 뭔가를 더 캐내서 가야 한다는 일념으로, 멀리서 궁예의 관심법이라도 쓰는 자세로 시신의 상태를 체크했다. 성폭행을 암시하는 흔적이 없는 것 같았다. 시신은 아무렇게나 내팽개친 듯이 놓여 있었지만, 어떤 분노나 원한과는 다른 것이 보인다.

그게 대체 뭐지? 아버지와 질적으로 다른 나의 문제는 항상 사건의 핵심 언저리에서 사고 회로가 멈추어 버린다는 것이다. 분명 뭔가 더 있고 그걸 찾으면 진상에 접근할 수 있을 것 같은데 눈앞의 그곳까지 가는 길이 나에겐 너무나 멀고도 험했다. 폐차장을 뒤덮고 있는 역한 악취 때문인지도 모르겠다는 생각이 들었다. 한 기업의 화공약품 무단 방류 사건 취재 때 지겹게 맡았던 냄새랑 비슷해서 근처에도 어떤 몰상식한 기업의 만행이 벌어지고 있는 현장이 근처에 있을 수도 있었으나 일단은 눈앞의 사건에 집중하기로 했다.

그렇게 멀리 있는 시신을 향해 오랜 시간 눈을 부릅뜨고 있다가, 피투성이 여인이 벌떡 일어나서 나에게 달려와 뭘 보느냐며 따질 것 같아 그만두기로 했다. 이 정도만 가지고도 일단 특종은 확보했다. 연쇄 살인 의심에 관련된 건은 입 다물기로 명호 삼촌과 약속했으니 하루쯤 있다가 뉴스 분석 시간에 터뜨리면 될 것이다. 전용준 앵커와 강력 사건 전문 기자인 내가 진행해야겠지, 후훗.

과학 수사대의 감식반이 도착하는 걸 보고 급히 전소되었다는 차량을 찾아갔다. 이제 시신 근처에 접근은 힘들 테니 차에서 작은 거라도 건지면 편집장을 설득하는 데 도움이 될 거라는 생각에서였다.

그런데 시꺼멓게 그을린 차 뒤편에 거대한 그림자가 있었다. 처음 보았을 땐 곰인가 싶어 흠칫할 정도의 거구였는데, 조수석 차창으로 안을 들여다보고 있는 덩치가 호기심을 잡아끌었다. 내 두 배는 될 듯한 체격은 그렇다 치더라도 아직은 더운 9월의 한낮에 어울리지 않는 감색 버버리 레인코트에 머리는 사방으로 뻗친 더벅머리가 그야말로 곰이었다. 그냥 일교차가 심해서 레인코트를 챙겨 입고 나온 근처 사는 곰이 아닐까 하는 말도 안 되는 공상을 하고 있는데 그 곰, 아니 더벅머리가 갑자기 고개를 들더니 어, 어 하는 소리를 냈다. 궁금증을 못 참고 다가간 나는 내게도 볼 권리를 달라는 뜻으로 그의 옆구리를 툭툭 건드렸다. 거구의 남자는 내 팔꿈치에 몇 번 가격당하고서야 눈치를 채고 자리를 비켜 주었다.

차 안에는 검은 재 이외에 특별한 것이 눈에 띄지 않았다. 컵 홀더가 겨우 모양만 남아 사망자의 생전 음료 취향을 보여 주고 있었는데, 생수병의 잔해를 봐서는 커피 값도 절약하는 알뜰한 성격이었던 것 같았다.

"저거, 웃기네. 그렇지 않아요?"

드디어 곰이 말을 했다. 이마 아래로 내려오는 더벅머리에 가려 잘 보이지 않는 그의 시선을 따라가 보려고 노력했으나 계속 올려다보기가 힘들었던 나는 그냥 안내를 받기로 했다.

"뭘 얘기하는 거죠?"

"저기 운전석 아래…… 좀 더 밑에…… 그래요, 거기."

거대한 남자가 가리킨 곳에 있던 건 우리 아버지도 가끔 쓰던 물건이라 금방 알아챌 수 있었다.

"조그만 돋보기네요. 범인과 관련이 있을까요?"

"이런 건 처음인데…… 재미있는 사람이네."

남자가 웅크리고 있던 몸을 쭈욱 폈다. 몸을 일으키니 나와의 체격 차이가 더 두드러져 보였다.

"말을 좀 해 봐요. 저 돋보기가 뭘 말해 주는 거냐고요."

"내가 보기엔……."

남자의 눈빛은 잠에서 막 깬 우리 집 강아지처럼 흐리멍덩했다.

"저걸로 차를 불태운 것 같습니다."

뭔 소리야. 범인이 초등학생인가?

내가 뭔가 이야기를 해 보려는 찰나에 하얀 가운을 입은 감식반과 국과수 연구원들이 들이닥치는 바람에 거구의 남자와 나는 현장에서 멀리 쫓겨나야 했다. 현장과 어울리지 않아 보이는 우리 두 사람은 길 건너편에 꿔다 놓은 보릿자루처럼 한동안 서 있어야 했고, 나는 내 궁금증을 풀 시간을 얻을 수 있었다.

"저기 근데 경찰 관계자세요? 여긴 어떻게 알고 오신 건지……."

"심명호 반장님…… 전화 받고 왔어요."

명호 삼촌이 불렀다면 증거 분석원이나 차량 전문가인가? 나는 일단 먼저 생긴 궁금증을 해결하기로 했다.

"그런데 어째서 저 조그만 돋보기로 차를 불태웠다는 거죠? 어렸을 때 가지고 놀던 방식으로 그렇게 했다는 건가요? 태양열을 모아서…… 음, 뭐 그렇게?"

핸드폰을 보느라 정신이 없는 남자와 눈을 맞추기가 힘들어서 결국 참지 못하고 그의 핸드폰을 뺏어 들었다. 내가 생각해도 무례의 끝에 다다른 행동이었지만, 그는 그저 멍한 눈으로 나를 볼 뿐이었다.

"그게 가능한 일이냐고요. 만약 가능하다 해도 불을 피우는 확실하고 좋은 방법이 너무나 많은데 왜 그런 어린애 같은 방법을 쓰겠어요? 그것도 사람을 죽인 후에 증거를 없애는 방법으로는 너무 어설프다고요."

내 앞에 두 발로 서 있는 재주도 많은 이 곰은 내 격한 반응을 온몸으로 흡수라도 하듯 무미건조한 얼굴로 나를 내려다보며 입을 실룩거렸다.

그래, 잘한다, 어서 말을 해.

"아, 그러네요."

짧은 만남이었지만 이 남자는 내 짜증과 급한 성격의 화톳불에 기름을 들이붓는 방법을 알고 있었다. 인내심에 한계가 온 내가 그에게 제대로 따지고 들려는 순간, 뒤에서 심명호 반장님의 우렁찬 음성이 들려왔다.

"서진이 왔냐? 안으로 들어오지 않고 왜 거기 있어?"

이 답답한 큰곰의 이름은 서진이었군. 그래도 나에겐 사건에 접근할 수 있는 유일한 희망이 될 수도 있는 재주 많은 곰이다. 나는 내 몸집의 두 배는 되어 보이는 남자의 옆에 찰싹 달라붙어 다시 사건 현장 돌입에 성공했다.

나 때문에 전력 질주를 해야 했던 순경이 나를 쏘아보았지만, 이번엔 그에게 승리의 미소를 날려 주며 유유자적하게 시신 근처까지 갈 수 있었다. 현장에 도착한 서진은 시신이 있던 곳부터 반경 30미터를 산책하듯 돌아다니며 둘러보았다. 정확히 말하면 뼈다귀 냄새를 쫓는 맡는 개처럼 바닥을 기어 다녔지만 내가 보기엔 큰 짐승이 보금자리 주변을 배회하는 정도로밖에 보이지 않을 정도로 느릿느릿하고 여유로운 움직임이었다. 성질 급한 내가 기다리다 못 해 한마디 하려고 하는데 나 못지않게 급한 성격의 심 반장이 먼저 입을 열었다.

"어떻게 보이나?"

서진은 우직하게 자신의 할 일을 마친 후 다시 시신 근처로 와서 고개를 들었다.

"저쪽 폐자재가 있는 곳까지는 걸어왔어요. 저기에서 첫 번째 공격을 당했는데 뒤에서 공격당했군요. 쓰러진 상태에서 치명상을 입었네요. 그리고 범인이 저기까지 끌고 왔는데…… 저기에서 잠시 멈춰 섰어요. 망설였던 걸까요……. 아니면."

"아니면?"

서진의 느긋함에 입에서 단내가 날 지경이 된 내가 물었다.

"여기 무슨 냄새 나지 않아요?"

"뭐? 무슨 냄새?"

"화공약품 같기도 하고 산업 폐기물이 아닐까 싶은데……."

"흠, 그러고 보니 아까부터 역한 냄새가 나긴 했는데."

사건하고 관계가 있을까?

"만약에 산업 폐기물이라면 감식반에 알려야 해요. 접촉하면 피부 손상을 입기도 하고 유독 가스가 발생하는 것들도 있으니까요."

"폐기물 처리 비용 좀 아껴 보겠다고 몰래 버렸나 보구먼. 시신에 대한 정보는 건질 게 있나?"

"내일 아침까지는 실종 신고가 있겠지요. 차 뒷좌석에서 타다 남은 서류 봉투가 여러 장 발견되었습니다. 내용물의 잔해를 보아 달력 같더군요. 그런 걸 수십 장씩 가지고 다니는 사람이라면 보험 설계사일 가능성이 커요."

"보험사에 공문을 넣어야겠군. 근처에서 CCTV를 찾는 건 힘들 것 같고…… 블랙박스도 상태가 안 좋으니. 골치 아픈 사건이 될 수도 있겠구먼."

제게는 아주 신나는 사건이 되겠지요.

희생자를 앞에 두고 불경한 생각을 한 것 같아 죄송한 마음을 느끼고 있는 나를 지나 시신 근처를 다시 살피던 서진이 갑자기 바닥에 쭈그려 앉았다. 심 반장과 내가 급히 따라가 보니 바닥에 파헤쳐진 흔적이 있었고, 끔찍한 악취는 그곳에서 나고 있었다.

"발자국이 나 있어요. 시신부터 여기까지."

"그 말은, 여길 파 놓은 게 범인이라는?"

"그런 것 같아요. 엉성하게 대충 파여 있는 걸로 봐서 처음 희생자를 타격했던 흉기로 이곳을 파헤치려고 한 것 같군요."

"시신을 유기하려다 포기한 걸까요?"

머릿속에 뭔가 퍼뜩 떠오르는 게 있었다.

"만약에 범인이 여성이거나 저처럼 왜소한 남성이라면 희생자를 해친 후 유기할 곳을 찾아 시신을 끌고 오다가 힘이 들어 포기했을 수 있어요. 근처에 묻기라도 하려고 시도했다가 그마저 여의치 않자 팽개쳐 두고 도망친 거죠."

서진이 처음으로 약간 또렷한 눈을 하고 나를 보기 시작했다.

"가능성이 있어요. 괜찮은 추리입니다. 아직 걸리는 부분이 있긴 하지만……."

서진은 걸리는 부분이란 게 뭔지 들으려고 기다리고 있던 나를 보다가 갑자기 눈을 빛냈다.

"아, 형사님, 거기 아세요? 광주에 전을 맛있게 부쳐 주는 가게가 있는 시장이 있다던데……."

"전 형사가 아니고요. K일보 사회부의 양희주라고 합니다."

"시장 이름 아세요?"

"광주에 있는 시장이라면…… 경안시장을 말씀하시는 건가……."

"그래요, 거기! 거기였던 것 같아요!!"

만난 이후로 계속 웅얼거리기만 하던 성대에서 저런 큰 목소리가 나올 수 있다는 걸 처음 알았다. 나는 감식반과 형사들의 따가운 눈총을 느끼며 서진을 잡아끌었다. 왜 부끄러움을 함께 느껴야 하는지 불만은 있었지만 지금은 이 사람을 잡아야 했다. 경찰도 아니면서 사건 현장에 드나들고 강력반 반장에게 조언을 해 줄 수 있는 남자. 그야말로 내가 꿈꾸던 탐정의 모습이 아닌가!

경찰도 골머리를 앓는 강력 사건들을 속 시원히 해결해 주고 레인코트 자락을 휘날리며 사라지는 내 뒷모습을 상상하며 흐뭇해하고 있던 내 앞에 서진의 거구가 나타났다.

"어서 갑시다."

"에, 어딜……?"

"경안시장요. 지금 가야 해요. 현기증이 나려고 합니다."

어디서 많이 들어 본 말인데…….

나는 조사하다 말고 어디 가느냐는 심 반장의 외침에 뭐라 대답도 하지 못한 채 서진의 두꺼운 팔뚝에 붙잡혀 현장을 나왔다. 현장을 좀 더 둘러보고 정보를 얻고 싶긴 했지만, 서진이라는 남자와 함께 다니면 기회는 또 올 터이기에 일단 이 사람의 비위를 맞춰 주기로 했다.

경기도 광주 경안동에 있는 경안시장은 과거엔 3일과 8일에 한 번씩 열리는 장터였는데, 최근엔 상설로 운영되는 전통 있는 재래시장이다. 입은 짧은 주제에 맛집을 찾아다니는 취미가 있는 내가 전국의 맛집을 찾아다니다 발견한 이곳은, 광주 사람들에겐 널리 알려진 먹거리의 보고였다.

차를 근처의 공영 주차장에 세운 후 시장에 들어서자 사방에서 신선한 먹거리들이 기름에 튀겨지고 솥에 삶아지는 향이 풍겨 와서 정신을 차리기 힘들었다. 옆에 있던 서진은 입을 벌리면 침이 떨어질 것 같은 얼굴을 하고선 시선을 한곳에 두지 못하고 두리번거렸다.

푸근한 인상의 50대 아저씨가 입구에서 전을 굽고 있는 가게에 들어가 자리를 잡으니, 서진이 마치 큰일이 급한 사람이 화장실 변기에 앉듯이 황급히 앉자마자 주방을 향해 큰 소리로 외쳤다.

"전을 주세요, 빨리요!"

전을 뒤집던 아저씨가 껄껄 웃더니 뒤집개를 들고 우리

를 돌아보았다.

"이 사람아, 뭘 달라는 건지 얘기를 해야지. 저기 벽에 있는 메뉴판을 보고……."

"다 주세요. 종류별로 하나씩."

"메뉴에 있는 걸 다 달라고?"

"어서요, 허리 업(Hurry up)!"

"뭐라는겨……."

아저씨가 어이없다는 듯 뒤돌아서 다시 전을 부치기 시작했다. 음식이 나오기 전까지 질문할 시간을 번 셈이었다.

"아까 내 추리에 걸리는 부분이 있다고 했는데 그게 뭐죠?"

"살인자가 시신을 왜 숨길까요?"

"그거야 자신의 범행을 숨기려고……."

"요즘은 사방에 카메라가 있고 인구 밀집도도 높아서 완전범죄를 위한 유기는 힘들죠. 시신을 숨기거나 범행 장소에서 옮겨 놓는 행위의 목적은 시간이에요. 시신의 발견 시간을 자신에게 유리한 방향으로 조정하려는 것이죠. 그런데 이 사건의 경우 범인의 행동에 일관성이 없어요. 발견 지역은 버려진 폐차장이니 아주 외진 곳이죠. 아무 곳에나 놔두었어도 발견되는 데 시간이 꽤나 걸렸을 위치입니다. 차량만 잘 숨겼다면 더 걸렸을 겁니다. 그런데 차량을 버젓

이 길가에 내놓고 어린애 같은 방법으로 불까지 질렀어요. 시신은 어떻습니까, 희생자의 신원을 알아낼 수 있는 것들을 없앴다는 건 사건 조사를 지연시키려는 목적인데, 사실 그러려면 근처의 울창한 숲에 파묻으면 될 일이거든요. 그랬다면 차량을 발견했다 해도 시신을 찾는 데 시간이 한참 더 걸렸겠지요."

"그렇다면 역시 범인은 체격이 왜소하고 힘이 떨어지는 사람일까요?"

"그렇게 보기엔 범행 현장에서 시신이 유기된 현장까지의 거리가 꽤 된다는 점이 걸려요. 20미터가 넘는 거리를 중간에 쉰 흔적도 없이 끌고 왔거든요. 물론 어찌어찌 끌고 오다가 유기 지점에서 힘이 떨어졌을 가능성도 있지만, 시신을 유기하려는 사람이 조금 힘들다고 그냥 포기했을지에 대해서는 확신이 안 서네요."

그런데 이 사람은 내가 누군지도 모르면서 왜 이렇게 미주알고주알 다 털어놓는 거지? 현장에 있었으니 관계자이리라 생각한 건가? 나야 그저 감사히 받아먹으면 될 일이긴 하지만 이 몹쓸 호기심이 내 입을 그냥 놔두질 않았다.

"저, 그런데 서진 씨라고 불러도 되죠? 서진 씨는 이번 사건의 조언자 역할 비슷한 걸 하시는 것 같은데, 살인 사건의 중요 내용을 이렇게 다 말씀해 주셔도 되나요? 제가 누군지도 모르시잖아요."

"K일보 양희주 기자시라면요."

"그건 그런데 보통 기자에게 이런 정보를 다 알려 주진 않잖아요?"

"사건 현장에 저보다 먼저 와 있었으니 관계자가 맞지요. 그리고 저를 위해 이렇게 맛있어 보이는 전도 사 주시는데, 당연히 제가 아는 선에서 알려 드려야지요."

"그리 생각해 주시면 감사…… 엥?"

내가 언제 이걸 다 산다고 했느냐는 말을 할 틈도 없이 서진은 테이블 위에 놓인 김이 모락모락 나는 해물전을 집어 들어 한입 베어 물었다. 커다란 입술 사이로 기름이 번져 나가는 모습과 카샤샤 씹는 소리를 들으니 점심을 먹고 온 내 입에도 침이 고였다. 해물전과의 첫 만남이 만족스러웠는지, 서진은 젓가락을 내려놓고 커다란 전을 손으로 둘둘 말더니 비단뱀이 새끼 양을 삼키는 것처럼 한입에 오동통한 해물전 한 장을 냅다 삼켜 버리는 것이었다.

내가 급히 고기전 한 장을 조금 덜어와 오물거리는 사이에 서진은 파전과 녹두전, 고기전에 산적까지 모두 흡입하고는 없던 메뉴가 더 생겨날 리 없는 메뉴판을 아쉬운 얼굴로 들여다보고 있었다. 그 모습이 시장의 불량 식품을 손가락 빨면서 보고 있는 어린아이 같아서 더 외면하기도 힘들어진 나는 결단을 내렸다.

"더 드시고 싶으시면 더 시키세요. 제가 다 사겠습니다."

뭐, 그만큼 더 뽑아 먹으면 된다.

"아닙니다. 여기서 더 먹고 싶지는 않군요."

"맛이 별로였나요?"

"아니요, 아주 맛있었습니다. 하지만 후식을 위한 자리는 남겨 둬야죠."

어, 그래, 드슈. 맘껏 들라고. 대신 이번 사건에 대한 정보는 작은 것 하나까지 다 넘기는 거요.

불쌍한 내 카드가 사정없이 긁히는 동안 서진은 근처의 가게들을 서성거리고 있었다. 계산을 마치고 나오자 그가 밝은 얼굴로 사뿐사뿐 걸어오더니 시장 안쪽을 가리켰다.

"아주 괜찮은 곳을 발견했어요."

소풍이라도 가는 걸음걸이의 거구를 따라 골목을 들어가니 간판도 없는 작은 노점상이 나왔다. 메뉴판도 없는 가판 위에는 탱글탱글한 도토리묵이 소복이 쌓여 있었다.

"묵을 먹자고요? 후식으로?"

"기름진 음식을 먹고 난 후에 이만한 후식이 없지요. 물론 이것만으론 부족하지만요. 희주 씨는 계절마다 묵의 재료가 달라지는 것을 알고 계십니까? 예전엔 여름에 옥수수로 묵을 쑤어 먹었다고 합니다. 지금은 묵이라 하면 보통

도토리묵이나 메밀묵만을 생각하지만 녹두로도 쑤던 시절이 있었지요."

서진이 그에겐 작아 보이는 길쭉한 나무 의자에 앉자마자, 말없이 묵을 썰고 있던 할머니가 우리를 흘깃 보며 툭 던지듯 말했다.

"얼마나 줘?"

"많이요."

"미친놈…… 여기 있는 거 다 먹을려?"

"다 주시면 먹어야죠."

"나 원 싱겁긴……."

선문답 같은 대화가 끝난 뒤 할머니는 몸을 숙이더니 철로 된 밥그릇 두 개와 양푼 주전자 한 개를 턱 올려놓았다. 서진은 얼떨떨해하는 내 앞에 있는 잔에 막걸리를 채워 넣었다.

"이봐요, 나 차 갖고 왔다고요."

"걱정 마세요. 바로 가지 않을 거니까."

여기서 뭔가 할 일이 있다는 소리다. 나는 아무 말도 하지 않고 그가 따라 주는 우윳빛 막걸리를 받았다. 내 차례가 되자 서진은 가득 채우지 않으면 내 얼굴을 때리기라도 할 기세로 잔을 지켜보았다. 죽 들이켜니 냉장고에 있던 것도 아닌데 걸쭉한 막걸리가 목구멍부터 아랫배까지 시원한 청량감을 유지하면서 내려가는 느낌에 몸이 찌르르 떨렸다. 아마도 가판 밑에 아이스박스가 있는 모양이었다. 평생에 낮술이라곤 해 본 적도 없는 나는 차가운 막걸리 한 잔에 머리가 맑아지는 기분까지 들었다. 바로 한 잔을 더 받아서 비운 서진이 뒷짐을 지고 있는 할머니에게 넌지시 물었다.

"할머니, 여기 장사는 매일 나오세요?"

"어떻게 매일 하겄냐, 주일엔 교회도 가고 가끔 산에도 가고 그려야지."

"오, 산은 어디로 가세요, 남한산성?"

"거기도 가끔 가지. 거기 왔다 갔다 하려면 다섯 시간 넘어서 힘들어. 그냥 근처 조막만 한 산을 아침에 잠깐 올라갔다 오는 거지."

"산에 가시면 버섯도 따고 그러시죠? 버섯은 어디가 잘 나와요?"

"버섯이야 아무 산에나 가면 있지. 나무가 있으면 버섯이 다 있는 거여."

나는 잠깐이지만 서진의 눈이 빛나는 것을 볼 수 있었다.

"그럼 저기 야산도 가세요? 서울에서 넘어오는 길에 있는 산 있잖아요."

"이놈아, 거기 있는 산이 한둘이여? 뭐 거기는 가깝고 허니께 자주 가지. 버섯도 따고 산나물도 캐고."
"거기 오래된 폐차장 있는 산 아세요? 거기도 버섯 많을 것 같던데……."
할머니는 우리를 보며 손사래를 쳤다.
"거기는 못 가. 산에다 뭔 짓을 해 놨는지 냄새가 말도 못 혀. 한나절 있으면 어지러워서 못 있는다니께."
"거기 버섯도 많을 것 같은데 아쉽네요."
"밤중에 회사 차가 와서 더러운 걸 막 버리고 갔디야. 천벌 받을 놈들……."
다시 고개를 돌려서 묵을 써는 할머니를 보며 서진과 나는 남은 막걸리를 단숨에 들이켰다. 가지고 있는 현금을 탈탈 털어 계산을 한 나는 가게 밖에 나와 있는 서진의 옆에 다가섰다. 가까이 갈수록 체격 차이가 더욱 확연히 보여서 왠지 다가가고 싶지 않았지만 이 남자가 갑자기 어디에 가 버리기라도 하면 큰일이었다.
"뭔가 찾은 거죠, 그게 뭡니까?"
서진이 중요한 결심을 한 사람 같은 표정으로 나를 지그시 바라보았다.
"저기 있는 꽈배기를 먹어야겠습니다."
위장 크기를 도무지 가늠할 수 없는 이 인간은 그 이후로도 소프트아이스크림과 막대기에 꽂은 파인애플을 섭취

한 후 손에 튀긴 쥐포를 몇 개 들고 근처 피시방에 자리를 잡았다. 컴퓨터 전원이 켜지는 동안 나도 쥐포 하나 달라는 무언의 시위를 하며 그를 쳐다보았지만, 손에 든 건 그 무엇도 줄 수 없다는 그의 굳건한 의지가 마치 수많은 영국군을 앞에 둔 잔 다르크 같아서 결국 내가 하나 더 사오고 말았다.

"그래, 뭘 찾으면 되는 겁니까?"

"제가 광주시 홈페이지를 볼 테니 양희주 씨는 청와대 국민 청원을 살펴봐 주세요. 찾아야 할 것은 광주시 인근 야산의 산업 폐기물 투기에 관련된 민원입니다."

"역시 그게 사건과 관련이 있었군요."

"찾으면 답이 나올 겁니다. 시작하죠."

대한민국 국민이라면 누구나 국가에 할 말을 할 수 있어야 한다는 취지로 마련된 청와대 홈페이지의 국민 청원 게시판은 이제 꼬마들의 장난 같은 글이 반 이상을 채워서 본연의 역할을 제대로 해내지 못하는 모양이었다. 20만 명 이상의 서명을 받으면 청와대에서 답변을 해 준다고는 하지만, 그 답변이라는 것이 원론적인 설명이나 어쩔 수 없다는 하소연으로 끝나는 경우가 많아서 정말로 필요한 일로 이곳을 찾는 사람은 거의 없다고 해도 과언이 아니었다. 바람 나서 도망간 부인을 찾아 달라는 청원으로 시작해서 여자도 군대를 보내야 한다는 도전적인 글을 깔깔 웃으면서 읽다가 고양이 먹는 걸 합법화해 달라는 미친 소리까지 보다 보니 슬슬 인내심에 한계가 오기 시작했다.

'경기도 광주'로 검색을 해 보니 관련 글이 30개 정도가 나왔다. 대부분 얼마 전에 있었던 성폭행 사건에 대한 글로 범인을 강력하게 처벌해야 한다는 성토에 가까운 글이었다. 온 김에 서명을 하고 나서 계속 검색하다 보니 마지막에 내가 찾던 내용의 청원이 나타났다.

청원 개요

경기도광주시광남동태장공업사맞은편야산에7개월전부터번호판을가린두돈반덤뿌트럭이여러번차례를와서산업페기물을버리고있다.냄새가심하고어지럼이와서입산불가하니빠른조처를바랍니다.이상입니다.

한글을 배운 지 얼마 안 되는 사람이 쓴 듯한 글이었다. 가독성이 매우 떨어지는 글은 양이 얼마 안 되어도 읽기가 피곤하다는 걸 깨달은 나는 눈꺼풀을 비비며 옆자리의 서진을 쳐다보았다. 서진은 모니터 안으로 들어가야 하는 불가능한 미션에 도전하는 사람처럼 화면을 향해 온몸이 쏠려 있었다.

"찾았습니까?"

"대충 비슷해요, 그쪽은요?"

"같은 사람이 쓴 것으로 추정되는 비슷한 내용이 두세 개 있군요. 거기에선 확인이 됩니까?"

"이 홈피에서는 아이디를 볼 수 없어요. 거기서도 확인이 안 된다면 현재로서는 방법이 없군요."

"그렇네요. 심 반장님께 도움을 청해야 할 것 같습니다. 오늘은 여기까지 하고 저녁을 먹는 게 좋겠습니다."

벌써? 경안시장에서 미친 듯이 먹은 지 세 시간이 겨우 지났는데?

"시간이 좀 이르지 않나요?"

"이 정도의 시차를 두는 게 가장 좋더군요."

사람의 말문을 막히게 하는 어이없는 당당함이다. 그래도 점심에 그렇게 빌붙었으면 양심적으로 저녁은 사겠지.

"가시죠, 괜찮은 곳으로 안내하겠습니다."

소화 능력이 주머니쥐 급인지 벌써 허기진 표정에 눈의 초점까지 흐려진 서진의 안내로 찾아간 곳은 S대 입구에 있는 소 곱창집이었다. 입만 짧은 게 아니라 주량도 짧은 나는 대표적인 소주 안주인 곱창집에 갈 일이 별로 없었다.

4인 탁자가 일고여덟 개 남짓 있을 뿐인 작은 가게는 이른 시간임에도 대학생과 교직원으로 북적였다. 예약을 하지 않고 간 탓에 30분 정도 기다리다 들어가니 소 내장 특유의 기름 타는 냄새가 고소하게 코를 자극했다. 앉자마자 나오는 선지찌개를 한입 먹으니 매콤한 기운에 속이 싸했다. 거기에 병 안에서 살얼음이 헤엄치는 시원한 소주를 한 잔 들이켜니 낮에 먹은 막걸리에 못지않은 깔끔한 시원함이 배 속을 적셨다.

서진이 나름대로 자신 있게 소개할 만한 곳이라 납득이 될 정도로 뒤이어 나온 곱창과 대창의 맛도 훌륭했다. 나답지 않게 젓가락을 쉼 없이 놀리다 보니 곱창이 두 번씩 추가되고 소주는 세 병째 나오고 있었다. 좀 오버한다 싶었지만 얻어먹는 거라 생각해서 그런지 술이 술술 잘 들어갔다. 얻어먹는 건 얻어먹는 거고 얻어갈 건 얻어가야지.

"저기 그런데 서진 씨는 정확히 뭘 하시는 분인가요? 우리나라에 공인된 전문 탐정은 없는 것으로 아는데……."

"셜록 홈즈……."

"뭐요?"

"저도 딱히 저를 소개할 직함이 없어서, '경찰청 자문'이라고 있지도 않은 명함을 만들어 다닙니다."

서진이 건넨 명함에는 '경기 지방 경찰청 광역 수사대 특별 자문 공서진'이라는 글자만 덩그러니 적혀 있었다.

"심명호 반장님하고는 어떻게 아는 사이예요?"

"대방동 여대생 살인 사건 때 잠깐 도움을 드렸지요. 저는 그때 LAPD에 있다가 돌아온 지 얼마 안 됐을 때였는데 우연히 도움을 드리게 된 게 인연이 되어서 지금까지 사건 조사에 작은 힘이나마 보태고 있습니다."

LAPD…… 미국 경찰의 엘리트가 어떤 계기로 한국에 와서 한국 경찰들이 골머리를 앓는 불가사의한 사건들을 해결한다. 공서진은 내가 꿈꾸던 탐정의 배경을 갖추고 있었다.

"그런데 혹시 야행성이신가요?"

"무슨 말씀이신지……."

"사실 낮에 만났을 때는 말투도 어눌하고 좀 느린 느낌이었는데 지금은 전혀 그렇지 않아서요."

"아, 그게……."

서진은 잘 익은 곱창 서너 개를 한번에 입에 밀어 넣고 소주를 한 잔 들이켰다.

"사실은 제가 남보다 대사량이 많습니다. 많이 먹고 빨리 소모한다는 얘기죠. 허기가 지기 시작하면 생각도 잘 안 되고 말도 안 나옵니다. 혹시 실례를 저질렀다면 늦었지만 사과드리겠습니다."

"사과받을 정도의 문제가 있었던 게 아니라서…… 그냥

좀 의아했던 거니까 신경 쓰지 마세요."

평소 안 마시던 소주를 연달아 들이켜서인지 오늘따라 기분도 좋고 자꾸 웃음이 나왔다. 아마도 오랜만에 사건다운 사건을 만난 흥분 때문이라 생각되는데, 문제는 거구의 대식가를 따라 연거푸 들이켠 술이 내 주량을 저 멀리 넘어섰다는 것이었다. 살인범의 심리에 대해서 되도 않는 개똥철학을 늘어놓던 나의 기억이 어디부터인가 희미해지는 것을 느꼈을 때는 이미 많이 늦은 후였다.

* * *

다음 날 아침, 겨우 몸을 일으킨 나는 두 가지 이유에서 분노할 수밖에 없었는데, 첫 번째는 주머니에서 나온 꾸깃꾸깃한 몇 장의 카드 명세서 때문이었고, 두 번째는 어디에서 떨어뜨렸는지 휴대폰 액정이 박살이 난 탓에 12시가 다 되어서야 일어났기 때문이었다.

"이 망할 곰 같은 인간 때문이야!"

전해질 리 없는 외침을 허공에 던지며 일단 휴대폰 복구부터 마친 나는 먼저 통화 목록을 확인했다.

10:26 공서진 - 부재중 통화

좋아, 일단 사기꾼은 아닌 것 같으니 한번 봐주지.

어제 나온 엄청난 술값은 언젠가 돌려받을 날이 있을 것이고, 지금은 그것보다 사건이 먼저다. 쉬지 않고 울리는 편집장의 통화 시도를 사뿐히 무시하고 바로 공서진에게 전화를 걸었다.

"전화를 안 받으시더군요. 지금 광주에 있는데 오시겠습니까?"

공서진이 불러 주는 주소를 받아 적은 나는 술 냄새와 정체를 알 수 없는 악취가 깊이 밴 차를 몰아 광주로 향했다. 목구멍까지 복받쳐 오르는 무언가를 느끼며 도착한 곳은 뜻밖에도 자그마한 파스타 전문점이었다.

30대 정도로 보이는 여자 주인이 내 상태를 보고 보내는 경계의 눈빛을 애써 피하면서, 느긋하게 포크를 돌리고 있는 공서진의 테이블에 앉아 일단 와인 잔에 담긴 물부터 한 잔 들이켰다.

"어어…… 그거 화이트와인인데……."

이 자식이 아침부터 무슨 와인을 마시고 있냐.

목구멍에서 위까지 내려오는 알코올의 기운에 장기들이 격렬하게 저항을 시작하자 그저 울고 싶은 기분이 들었다.

"아침부터…… 와인은 왜. 우욱. 그런데. 뭔가 찾았나요?"

"어제 도와주신 덕에 리스트를 좁힐 수 있었지요. 같이

가 보시는 게 어떨까 해서 연락 드린 겁니다."

"당연히…… 같이 가야죠. 내가 뭣 때문에…… 우엑."

빗자루를 꽉 쥔 가게 주인의 표정이 여기서 토하면 턱을 날려 버리겠다는 무언의 협박처럼 보였기 때문에 일단 매장을 나와 화장실에 다녀오고 나서 뒤늦게 찾아온 허기에 메뉴판을 집어 들었다. 서진이 나를 보더니 급히 손을 내저었다.

"식사는 거의 끝났으니 후식을 먹으러 갑시다."

"아니. 난 지금 왔는데."

"식사가 끝난 테이블에 계속 앉아 있는 건 실례죠. 괜찮은 후식을 먹을 수 있는 곳을 알아 두었습니다."

"아침도 안 먹었는데 무슨 후식입니까……."

내내 징징거리며 그를 따라 도착한 곳은 내가 예상했던 브런치 가게가 아닌 아저씨들이 북적거리는 소고기 국밥집이었다. 김이 모락모락 오르는 뚝배기엔 상처 가득한 내 식도와 위장을 달래 줄 푸짐한 건더기와 구수하고 누릿한 향을 내는 국물이 가득했다. 한참 동안을 말도 없이 숟가락을 놀리다 보니 잊고 있었던 호기심이 샘솟아 뚝배기에 고개를 파묻고 있는 서진에게 물었다.

"그런데 디저트를 먹겠다더니 왜 이런 곳에 온 겁니까?"

서진은 큰 소리로 국밥 한 그릇을 추가한 뒤 나를 보며 반문했다.

"양희주 씨는 후식이 뭐라고 생각하십니까?"

"그거야 식사 후 입가심?"

"후식이란 식사에서 부족했던 것을 채우는 식사의 마무리지요. 그래서 후식은 어떤 식사를 했느냐에 따라 달라질 수밖에 없는 겁니다."

탐정이라 그런가. 책에서 보아 온 수많은 탐정들은 보통 저런 괴팍하고 편집증에 가까운 집착을 하나씩은 가지고 있었다. 홈즈가 그랬고, 푸아로가 그랬으며, 파일로 밴스 역시 그랬다. 후식에 대한 집착이라면 그중에는 나은 편이라는 생각이 들기도 했지만, 저 인간을 계속 따라다니다간 내 잔고와 위장에 큰 재앙이 생길 수도 있었다. 돈도 돈이지만 나는 천성적으로 입이 짧은 사람이라 아무리 미슐랭 별 셋의 정찬이라 해도 많이 먹지를 못한다. 주량도 작아서 술자리에선 그나마 작은 위장이 더 작아지는데, 음식을 집어삼키는 보아뱀 같은 저 인간은 알코올이 위장을 더 늘리기라도 하는지, 어제 내가 정신을 잃기 전 먹은 양만 해도 평소 세 끼에 먹는 양보다 많았다. 내 위장과 계좌 잔고를 위해서라도 오늘 무언가를 얻어가야 한다는 절박함에 국밥을 몇 숟갈 뜨다 말고 질문부터 던졌다.

"그런데 갑자기 후식 얘기는 왜 하신 거죠?"

"살인자에게는 살해 동기가 애피타이저가 될 것이고 살인이 메인디시, 그 뒤의 행동들이 디저트라 볼 수도 있겠지요. 안 그렇습니까?"

"그렇게 볼 수도 있겠네요."

"동기에 따라 살해 방법과 장소 같은 세부 사항이 달라지고 그 뒤에 행동에도 영향을 줍니다. 예를 들어 욱하는 마음에 저지른 우발적인 범행의 살해 방법이 독살인 경우는 거의 없지요. 지금 이 사건을 두고 경찰들이 걱정하는 것도, 범인의 범행 후 행동들이 연쇄 살인범이나 사이코패스들이 보이는 것과 비슷하기 때문입니다. 그런데, 이 사건의 경우 살해 방법과 범행 후 행동의 일관성이 없어요. 눈에 띄지 않는 곳에서 타 지역 사람을 살해하고 흉기도 감추었으면서 희생자가 타고 온 차를 도로에 내놓고 불까지 질렀지요. 이건 식사로 의정부 부대찌개를 먹고 후식으로 매운 엽기 떡볶이를 먹는 거나 다를 게 없습니다."

"그렇게 먹으면 안 되는 건가요?"

서진은 내 말 같지 않은 질문을 무시한 채 말을 이었다.

"범인이 이런 행동을 보일 땐 두 가지로 추측할 수 있습니다. 첫 번째로 모든 행동이 즉흥적으로 이루어진 경우, 사이코패스 성향의 연쇄 살인범들이 보이는 패턴이죠. 두 번째는 자신이 감추고 싶은 무언가가 있는 경우인데 일반

적이지 않은 여러 단서를 흩뿌려 놓음으로써 수사관들의 주의를 다른 곳으로 돌리려는 의도가 숨어 있지요."

"무슨 말씀인지는 알겠어요, 그런데."

서진이 국밥 그릇과 벌이는 격한 입맞춤에 밥맛이 떨어진 나는 숟가락을 내려놓았다.

"지금쯤이면 희생자의 신원이 밝혀졌을 것이고 범행 장소 일대를 탐문하다 보면 뭔가 단서가 나오지 않을까요? 신원이 밝혀지기도 전에 너무 급히 방향을 잡고 수사를 진전시키는 게 아닌가 싶은 생각도 듭니다만……."

"좋은 지적입니다. 아마 지금쯤이면 심명호 반장님과 수사관들이 광주 근처에서 탐문을 시작하셨을 겁니다. 양희주 씨도 제 명함을 보셨겠지만, 전 정식으로 수사권을 위임받은 수사관이 아닙니다. 자문이라는 직함도 대한민국에는 존재하지 않는다는 걸 아실 겁니다. 그럼에도 불구하고 심명호 반장님이 저한테 도움을 청하시는 건 그만큼 사건이 일반적이지 않다는 걸 느끼셨을 때뿐이지요. 그래서 저는 사건의 가려져 있는 부분을 놓치지 않고 보려고 노력합니다. 희주 씨 말대로 경찰이 흔히 아는 방식으로 수사를 시작했을 테니 우리는 우리가 찾아낸 다른 방향으로 사건을 좇아 봅시다."

"이건 다른 질문인데."

그릇과의 스킨십을 끝낸 서진이 자리에서 일어나려 하기에 급히 물었다.

"더 먹을 생각입니까?"

개미핥기처럼 주변의 취식 가능한 것들을 흡수하는 저 인간은 역시나 국밥집을 나가자마자 근처의 떡집에 들어가더니 방금 뽑은 가래떡을 집어 들고 황소개구리가 뱀을 삼키듯 스르륵 목구멍에 집어넣었다. 저런 게 가능한가 싶어 멍하니 구경하다 보니 내 앞에 남겨진 건 영수증뿐이라, 나는 끓어오르는 감정을 속으로 삭이며 얼른 계산을 마치고 서진을 따라나섰다.

내 돈으로 산 인절미와 절편을 양손에 든 서진의 안내를 받으며 경충대로 변의 작은 동네로 차를 돌렸다. 동네 초입에 자리한 순댓국밥집과 감자탕집이 날 불안하게 했지만, 다행히 서진은 음식점 간판에는 눈길을 주지 않는 듯했다.

그를 따라 대충 발라 놓은 시멘트 길을 걷다 보니 파란색 철문이 나왔다. 문 옆에는 우편물이 지저분하게 가득 꽂혀 있었는데, 우편함 외관 자체는 의외로 깨끗했다. 우편함 상태를 보면 집을 오래 비우는 편은 아닌데 애초에 우편물을 자주 많이 받는 사람인가 보다. 우편물을 꺼내 보진 않았지만 발신지가 법원이나 구청, 시청 같은 곳이었던 것으로 보아 짚이는 것이 있었다.

베이비붐 세대의 은퇴가 시작되면서 한창 일할 나이에 사회에서 한발 물러서게 된 사오십 대 가장들은 너무 일찍 사회의 중심축에서 멀어지게 된 불만과 경제적 어려움을 해소하기 위해 전에 없던 행동 패턴을 보였는데, 그중 대표적인 것이 바로 '파라치'였다. 유턴 금지 구역에서 유턴하는 차들의 사진을 찍어 현상금을 받는다든가, 식당의 부주의한 위생 관리 상태를 신고하는 등의 행동으로 정부에서 주는 포상금을 받아 생활하는 파라치들은 이제 하나의 직업군이 되어 자신들만의 행동 규범을 가지고 있을 정도였고 일을 시작하는 연령층도 다양해졌다. 파라치들은 사람들이 빈틈을 보이는 곳을 찾아 전국을 다니기 때문에 집에 자주 들르진 못한다. 하지만 정부 기관에서 보내 주는 신고 처리 내역서와 포상금 내역서는 그들의 밥줄이기 때문에 항상 챙겨야 한다. 이 집 우편물의 상태는 내가 목격했던 파라치의 생활을 보여 주는 전형적인 모습이었다.

서진은 대문 옆에 달린 초인종 버튼을 몇 번 누른 후 반응이 없자 철문을 손으로 두드렸다. 2년 동안 해 온 탐문 취재의 직감으로 집에 사람이 있다는 촉이 온 나는 대문 안을 보며 소리를 쳤다.

"우체국입니다! 법원에서 온 등기가 있는데 본인 확인 좀 부탁드려요!"

잠시 후 조용하던 집 안에서 인기척과 함께 드르륵 하는 미닫이문 소리가 들렸다.

"씨발, 내가 그냥 놓고 가라고 몇 번을 얘기했구먼, 새로 왔냐?"

까칠한 반응과 함께 문을 연 40대 후반의 남자는 170 후반의 키에 비쩍 말랐고, 말투만큼이나 신경질적인 얼굴과 분위기를 풍기고 있었다. 남자는 우리의 빈손을 보고 얼굴의 험악함이 점점 더해지는가 싶더니 손에 든 숟가락을 내지르며 성질을 냈다.

"뭐야, 니들? 여기 뭐 하러 왔어? 나 우습게 보면 그냥 병신 되는 수가 있어, 알았어?"

남자가 숟가락을 무협지의 절세 고수처럼 우리 눈앞에서 휘두르는 순간, 서진이 믿을 수 없는 속도로 숟가락을 채간 후 남자의 바지 주머니에 조심스럽게 넣어 주었다.

"진정하시죠, 저희는 안용태 씨가 신고하신 야산의 폐기물 투기 건으로 찾아왔습니다. 시 홈페이지에 신고하셨죠?"

늘어난 셔츠에 정장 바지를 구겨 입은 안용태는 서진의 덩치와 빠른 손놀림에 약간 움츠러든 자세로 우리를 번갈아 훑어보았다.

"시청에서 나오신 분들이오? 그럼 그렇게 얘길 해야지, 우체국은 또 뭐야……."

"들어가서 얘기 좀 나눌 수 있을까요? 잠깐이면 됩니다."

안용태는 꽤나 오랫동안 청소를 하지 않은 듯한 옛날식 한옥의 툇마루로 우리를 안내했다. 마루에는 작은 자개상이 있었고 상 위의 냄비에는 무엇인지 쉽게 예상되는 음식이 김을 모락모락 내뿜고 있었다.

"식사 중이셨군요. 빨리 끝내도록 하겠습니다. 폐기물은 언제 발견하게 된 겁니까?"

"그게…… 일주일 전인가……? 서울 갔다 올 때 항상 그 길로 가거든. 그날도 거기를 지나다가 폐차장이 있길래 뭐라도 쓸 만한 게 있나 보려고 들어가 봤는데…… 내가 뭐 훔쳐 오려고 그런 건 아니고 오래 안 쓴 곳인 것 같아서 그런 거요."

"알겠습니다. 그건 문제 되지 않을 겁니다."

"그래서 안으로 들어가 봤는데 입구부터 냄새가 예사롭지 않더라고. 내가 예전에 대기업 화학 폐수 무단 방류 현장을 찾아다닌 적이 있어서 아는데 딱 그 냄새였다니까. 그냥 넘어가는 사람도 많지만, 나는 그런 걸 그냥 지나치는 사람이 아니라서 바로 신고한 거지."

"잘하셨습니다. 근처에 다른 이상한 점은 없던가요? 회사 이름이 적힌 덤프트럭을 보신 적은 있으십니까?"

"당신들 아직 이 바닥 경험이 많이 부족하구먼. 폐기물 몰래 버리러 오는 차가 회사 로고 떡하니 붙이고 올 거 같아? 새벽 두세 시쯤에 개인 트럭 빌리거나 회사 로고 지운 차로 와서 귀신같이 버리고 가는 놈들이야. 거기서 밤새워 지키고 있어 봐야 못 잡아요, 이 사람들아."

나는 서진이 안용태의 말을 경청하는 듯하면서 시선은 마당을 향하고 있다는 걸 알 수 있었다. 무엇을 찾으려는 걸까? 안용태의 집 마당에는 시골집에서 흔히 볼 수 있는 수도꼭지 하나와 대야 몇 개, 담 근처에 있는 농기구 몇 개 외에는 눈에 띄는 것이 없었다. 농기구도 조그만 낫이나 괭이가 전부였고, 그나마도 녹이 심하게 슬어 건드리면 부스러질 것 같은 상태였다. 안용태가 신이 나서 자신의 파라치 무용담을 늘어놓는 동안에 집 스캔을 끝낸 서진은 그의 말이 잠시 멎는 순간을 기다렸다가 바로 말을 끊었다.

"그런데 댁이 널찍하니 좋네요. 저도 돈 좀 모으면 이런 데 와서 살고 싶은데……. 여기 뒷마당도 있습니까?"

"있기는 있는데 자그마해. 상추나 배추 몇 포기 심을 정도 크기밖에 안 되어서 쓸 데가 없어. 돈 벌면 이천이나 양평 같은 곳에다 폼나게 이층집 짓고 살아. 이런 데 오지 말고."

"뒷마당 구경 좀 해도 될까요?"

슬슬 서진의 목적이 어느 정도 눈에 보였다. 아직 발견되지 않은 흉기인지 아니면 다른 단서인지는 모르겠지만, 그는 여기서 뭔가 뚜렷한 목표를 가지고 탐색을 하고 있었다. 그 말인즉슨 지금 내 앞에 있는 이 남자는 서진이 생각하는 용의자라는 것이다. 거기까지 생각이 미치자 나도 모르게 몸이 긴장으로 인해 경직되는 게 느껴졌다.

정신 차리자, 양희주. 난 '마포 거머리' 양희성 경감의 아들이자 범죄심리학과 수사 기법을 공부한 전문가가 아니던가. 공서진이 집 외부에서 단서를 탐색한다면 난 집 안에 있는 단서를 찾아야겠다는 생각에 조심스럽게 안방으로 보이는 곳의 미닫이문을 열었다. 중년 남자가 혼자 사는 집의 안방답게 티브이와 이불 한 채, 그리고 사방의 담뱃재 외에는 가구 하나 보이지 않았다.

충전 케이블이 꽂혀 있는 휴대폰을 켜 보았는데 여러 행정 기관의 홈페이지 접속 앱과 갤러리에 가득한 사진뿐이었다. 예상대로 파라치 활동을 하며 찍은 사진이 대부분이고 드문드문 가족사진이 섞여 있었다. 수백 장의 사진을 초인적인 눈돌림과 손놀림으로 둘러보던 중, 익숙한 풍경을 발견하고 확대했다가 나도 모르게 '아싸' 하는 탄성이 나왔다. 이번 살인 사건 현장이 찍힌 사진이었다. 날짜를 보니 닷새 전, 그러니까 사건이 벌어지기 사흘 전에 찍힌 사진이었다. 사진에 찍힌 폐차장의 모습은 사건 이후와 별다른 차이점이 보이지 않았다. 밖이 조용한 것을 다시 확인한 후, 폐차장 사진 몇 장을 내 폰으로 전송했다. 영화 한 편을 수 초 만에 전송한다는 LTE 5G의 속도가 오늘따라 인터넷 쇼핑몰의 환불 대기 화면처럼 느리게 느껴졌다.

그때, 손톱을 깨물며 화면에 몰두하고 있는 내 어깨 위로 누군가의 두툼한 손이 척 올려지는 바람에 소리를 지르며 들고 있던 휴대폰을 떨어뜨릴 뻔했다.(다행히 폰을 떨어뜨리지도, 소리를 지르지도 않았다.)

"안용태 씨는 뒷마당에서 담배를 피우는 중입니다. 어서 나갑시다."

쿵쾅거리는 심장 박동을 느끼며 서진과 마당에 나왔더니 안용태는 굉장히 불편한 자세로 필터만 남은 담배를 바닥에 던지고 비벼 밟는 중이었다.

"이번엔 대충 보고만 가지 말고 확실히 잡으쇼. 해결될 때까지 민원 계속 넣을 거니까."

"곧 해결될 겁니다."

안용태는 서진이 말하는 해결이 무엇을 의미하는지 모른 채 담 밖으로 침을 크게 뱉었다.

차에 도착하자마자 나는 전송받은 사진을 서진과 공유하여 한참을 같이 살펴보았다. 시신도 핏자국도 보이지 않는 것으로 봐서는 사건 이전에 찍힌 사진은 확실했지만, 그 이상의 뭔가를 찾긴 힘들었다. 이 곰탱이는 뭐 알아냈을까? 괜히 고개를 끄덕이며 "역시", "이건가" 같은 말을 중얼거리던 나는 결국 호기심에 굴복하고 말았다.

"알아낸 게 있습니까?"

"바닥에 있던 파헤쳐진 자국이요. 적어도 이 시점에는 없었군요."

사건 현장 근처에는 대충 파다 만 듯한 자국이 있었다. 나는 범인이 시신을 묻으려다 산업 폐기물이 나와서 포기한 거라 생각했었다.

"이 사진이 찍힌 시각과 사건 발생 시각은 차이가 좀 있는데 서진 씨는 이것도 범인이 해 놓은 짓이라고 생각하는 거군요."

"물론 추측일 뿐이지만 범인이 명확한 의도를 가지고 한 행동일 수 있겠다는 생각이 듭니다."

"역시 시신을 묻으려고?"

"시신을 숨길 생각이었다면 이렇게 쉽게 포기했다는 게 이상합니다. 무엇보다 희생자를 이렇게 시야가 훤히 트인 곳에서 살해할 이유가 없어요. 폐차장 주위 숲으로 들어갔다면 아주 간단했을 일인데 말이죠."

서진이 갑자기 뭔가 생각난 듯 고개를 들었다.

"아, 오늘 점심은 닭강정으로 하는 게 어떻습니까?"

하루 만에 이렇게 속속 파악되는 사람도 드물다. 난 저 인간이 고개를 들 때 이미 무슨 말을 할 것인지 어느 정도 짐작했기에 그다지 놀라지도, 당황하지도 않았다.

“아는 가게가 있어요?”

“천호역에 강정과 꼬치를 잘하는 곳이 있습니다. 식사를 하고 다음 일정을 진행하죠.”

볼수록 신비한 위장이 아닐 수 없다. 점심 식사로 웬 닭강정이란 말인가. 빈속에 목구멍을 넘어오는 강정 양념의 매콤함이 벌써부터 내 식도를 간지럽혔다.

“닭강정이 중국 요리인 깐풍기에서 유래되었다고 주장하는 사람들이 있던데 전 절대 동의하지 않습니다. 닭강정은 깐풍기처럼 매운맛이 주가 되는 요리가 아니거든요. 물엿을 많이 넣고 달콤한 맛을 내는 요리인 데다, 오래된 닭강정 가게가 많은 인천의 신포시장이나 부평을 가 보면 중국 요리 스타일이 아니라 오히려 6·25 이후 미 군정이 들어서면서 늘어난 미군들의 입맛에 맞춘 요리에 가깝습니다. 깐풍기처럼 땅콩이 들어가기는 하지만 닭강정엔 가래떡, 치즈, 감자튀김 등의 다양한 먹거리를 곁들이기 때문에 한 가지 재료만을 가지고 유래를 주장한다는 건 어불성설이 아니겠습니까? 굳이 깐풍기와 비슷한 요리를 찾자면 양념치킨 정도가 되겠죠.”

수사 중인지 전통 맛집 탐방 중인지 더 혼동이 오기 전에 사건으로 화제를 돌려야겠다는 생각이 들었다.

"그런데 사진을 본 후의 반응을 보니 안용태 씨는 용의자라고 보지는 않는 것 같군요."

"여러 가지 상황들이 그렇게 말해 주는 것 같습니다."

서진이 목소리가 잦아드는 걸 보니 아무래도 배가 고프기 시작한 듯 보였다.

"희주 씨도 보셨듯이 사건 발생 추정 시각에 그는 충청북도 청주의 유턴 금지 구역에 있었어요. 물론 급히 왕복하는 게 불가능하진 않겠지만 살인범이 그런 식으로 이동을 한 것 같지는 않거든요. 지금까지 제가 파악한 범인의 행동 패턴은 대범하고 즉흥적인 성격을 보여 주고 있습니다. 안용태 씨는 행동보다 말이 앞서는 성격이고, 잘 쓰는 팔을 다쳐서 익숙하지 않은 팔을 쓰고 있더군요."

내가 안용태의 휴대폰 갤러리를 살필 때 이 인간은 내 등 뒤로 다른 사진들까지 죄다 살펴봤단 말인가? 그러고 보니 안용태는 왼손으로 담배를 피우고 있었는데 밥상의 수저는 밥그릇 오른쪽에 놓여 있었다. 내키지 않지만 공서진의 관찰력이 보통이 아니라는 건 인정해야 했다.

"팔의 상처를 보니 적어도 3주 이상은 된 것 같았습니다. 제 추측이 맞다면 안용태 씨는 폐차장에서 살인을 저지르기는 힘든 상황으로 보입니다."

“최근까지 청주에 다녀오지 않았나요? 집 앞에 있던 자차로 다녀온 것 같던데…… 운전을 하는 데 큰 지장은 없다는 뜻 아닌가요?”

“운전이야 오토 차량이라면 한 손으로 충분히 가능하니까요.”

범인이 폐차장까지 차로 이동한 게 아니라는 건가? 그렇다면 폐차장 인근 주민이 용의자인가? 서진은 몸의 에너지를 소진한 듯 시트에 머리를 기대고는 입을 다물었다. 말을 시켜 본들 제대로 된 대답이 안 나올 분위기라, 나도 서진이 찍어 준 주소를 향해 조용히 차를 몰았다. 라디오에서는 소프트 메탈 그룹인 워런트의 「Cherry pie」가 흘러나오고 있었다. 서진이 후식으로 파이를 먹자고 할까 봐 채널을 얼른 돌렸다.

서진의 추천 맛집은 천호역 사거리의 대로변에 있었다. 인도가 행인들이 다니기 힘들 정도로 붐비는 걸로 보아 맛집은 틀림없어 보였다. 서진은 닭강정 네 박스와 순살 꼬치를 열 개 시켜 놓고 엄청난 소리를 내며 씹어 대기 시작했는데, 먹방도 과하면 식욕을 감퇴시킨다는 사실을 알게 해 주는 장면이었다. 이래 놓고 후식은 한정식 같은 걸 먹자고 하지 않을까 하는 기대감이 있었던 것도 사실이지만, 거친 식사를 마치자마자 간 곳은 근처 제과점이었다.

그가 추천해 주는 대로 바게트, 계란과 치즈가 든 샌드위치, 도넛을 몇 개 집어와 따뜻한 아메리카노와 함께 먹었다. 바게트 속에는 딸기 크림이 들어 있었는데 신맛을 그다지 선호하지 않는 내가 한 개를 다 먹었을 정도로(저 곰돼지가 닭강정과 꼬치를 거의 다 먹어 버린 탓도 있다.) 신선하고 달콤했다.

작은 크기에 비해 맛이 묵직한 생도넛 몇 개까지 허겁지겁 입에 넣은 후, 당을 섭취한 서진이 오늘의 밥값을 하기를 기다리며 편집장과 잠시 통화를 했다. 편집장은 약간 흥분한 상태였지만 내가 사건에 대해 어느 정도 얘기해 놓은 게 있었기 때문에 목소리에 기대감이 묻어 있었다.

"현장 사진이랑 수사 상황, 확실하게 따 온 거지?"

"그것뿐이겠습니까? 지금 사건 담당자랑 동행하고 있다니까요. 허풍이 아니라 검거 장면까지 담을 수 있습니다. 다른 언론사는 이제 피해자 신상 캐기 시작할 때 말이죠."

편집장의 기대를 적당한 선까지만 유지하기 위해 더 이상의 떡밥은 삼가기로 하고 통화를 마친 나는 한층 또렷해진 눈빛의 서진에게 미소를 지어 보였다.

"가능한 거죠?"

"뭐가 말입니까?"

"비공식적이긴 하지만 우리 지금 수사 중 아닙니까. 그 말은 우리가 범인과 맞닥뜨릴 수도 있는 거고 검거 장면을 함께할 수도 있다는 뜻 아니겠어요?"

"그렇죠. 그런 불운한 상황은 되도록 피하려고 노력하지만 아무래도 범죄자를 쫓다 보니 있을 수 있는 일이죠."

흠…… 거대한 덩치에서 주는 위압감과는 달리 방구석 탐정 스타일인 것 같다. 역사적으로 유명한 범죄 추적자들을 보면 셜록 홈즈나 파일로 밴스처럼 두뇌와 육체적 능력이 모두 완벽한 타고난 탐정들이 있는가 하면, 미스 마플처럼 뛰어난 직관과 지적 능력을 바탕으로 집 밖으로 나가지 않고 사건을 해결하는 유형도 존재한다. 하긴 탄력 없는 살과 굽은 어깨를 보면 흉악한 살인마와 몸싸움을 벌여 제압하는 날렵한 수사관의 모습은 상상하기 힘든 게 사실이다.

"바게트는 사실 제빵사와 제과사의 영역 다툼에서 생겨난 결과물입니다."

서진은 바게트 사이에서 뭉글뭉글 새어 나오는 딸기 크림을 핥으며 꿈이라도 꾸는 듯한 표정을 지었다.

"18세기 말 프랑스에서는 제빵사가 만드는 빵에 버터나 계란을 넣지 못하게 했거든요. 그 덕에 이렇게 겉은 바삭하고 속은 부드러운 밀가루 음식의 정수를 맛보게 되었으니 욕심이 부른 결과물치고는 괜찮다고 해야겠죠. 희주 씨, 전주에 있는 바게트 버거를 드셔 보셨습니까? 바게트의 발전이 전 세계에서 이루어지고 있다는 사실에 경이로움을 느끼게 될 겁니다.”

“그런데 안용태 씨가 용의선상에서 제외되었는데 다른 용의자가 또 있나요?”

“이제 만나러 갈 참입니다. 이 제과점의 산딸기 크림은 정말 훌륭하군요.”

편집장에게 거하게 허풍을 떨어 놓은 나는 서진의 말에 안도의 한숨을 내쉬었다. 어느 정도는 예상했던 일이지만, 우리는 천호역에서 식사를 마친 후 왔던 길로 다시 돌아가야 했다.

이 인간은 자신에게 들어가는 식대는 그렇다 치고 연비가 꽝인 내 똥차의 기름 값에 대한 일말의 자비심도 없었다. 오늘만 세 번째 달리고 있는 경충대로의 경관은 다음 달 카드 명세서가 어른거리고 있는 나에게 아무런 감흥도 주지 못했다.

두 번째 방문지는 안용태의 집에서 얼마 되지 않은 거리에 있었다. 서진은 파란색 아니면 빨간색으로 칠한 지붕들이 드문드문 보이는 논길 사이로 들어가기 전에 차를 세우게 했다. 그는 차에서 내려 엉성하게 깔린 시멘트 도로 주변을 돌아다니며 바닥의 무언가를 살폈다. 적당히 둘러본다는 느낌으로 주위를 살피던 서진이 차로 돌아와서는 나에게 자신의 휴대폰을 내밀었다.

"만나러 갈 사람에 대한 자료입니다. 좀 전에는 아무런 사전 정보 없이 데리고 가서 당황하셨을 것 같아서……."

그래. 이래야 내가 눈에 넣어도 아프지 않을 내 월급을 쏟아붓는 보람이 있지. 나는 유심히 살펴보는 척하면서 일단 내 폰에 전송부터 했다.

정경석(39세) - 현재 무직

학력은 고등학교 중퇴. 검정고시를 본 후 국가유공자 특별 전형으로 경기도의 전문대 기계공학과에 입학 후 졸업은 하지 않음. 22세에 현역으로 군입대 하였으나 내무반 생활 부적응과 인지장애 등의 사유로 7개월 만에 조기 전역. 이후 물류센터, 정수기 A/S 업체 등에서 근무함. 대부분 1년을 채우지 못하고 퇴사. 28세 이후로는 구직 활동을 하지 않고 경기도 광주에 있는 홀아버지와 함께 생활. 아버지 정광균 씨(71)는 장교로 복무 중 부상으로 2급 장애 판정을 받고 현재는 연금으로 생활 중.

사회에 불만이 아주 많은 '키보드 워리어'가 되기 쉬운 환경의 사람이긴 하지만 희생자와 접점을 찾기는 어려웠다.

"이 정도 정보로는 뭔가 도움이 될 만한 걸 찾기는 힘들 것 같네요."

"그래서 직접 온 거죠. 가서 만나 봅시다."

컨테이너를 붙여 놓은 형태의 가건물의 주변엔 실내 포차에서 쓰이는 원형 양철 테이블과 못 쓰게 된 리어카 등이 높이 쌓여 있었다. 고물상을 차려도 될 정도의 양에 다가설 엄두도 나질 않아서 바로 문을 두드렸다.

"정경석 씨 계십니까?"

얼마 되지 않아 문이 살짝 열렸다.

"누구시죠?"

"최근에 근처 야산의 산업 폐기물 투기 건으로 민원을 넣으셨죠?"

180센티미터 정도의 키에 단단한 체구를 가진 정경석은 서진과 나를 위아래로 훑어보았다. 문에는 안전 걸쇠가 걸려 있었다.

"구청에서 오신 겁니까? 신분증 보여 주시죠."

이틀 동안 급격한 감정 변화를 보기 힘들었던 서진의 얼굴에 당황하는 빛이 역력했다. 내가 나설 차례가 됐다는 뜻이다.

"K일보 사회부의 양희주 기자입니다. 정경석 씨의 신고 내용을 취재하러 왔습니다."

내 기자 신분증을 받아 들고 한참을 살핀 정경석이 문을 열었다. 허름한 외부와 달리 집 내부는 아주 깔끔하게 정돈되어 있었다. 컨테이너 두 개를 붙여 놓은 집이다 보니 내부 구조는 큰 방 두 개가 있는 형태로 방 하나를 주방 겸 거실로 쓰고 다른 하나를 안방으로 쓰는 것 같았다. 옆 방으로 가는 문은 굳게 닫혀 있었다.

고풍스러운 원목 테이블에 앉은 나는 정경석이 차를 준비하는 동안 눈알만을 굴려 주위를 살폈다. 싱크대와 소파에는 작은 먼지 하나 없고, 신발장도 제대로 갖추어지지 않은 가건물이건만 입구에 진흙조차 없었다. 거기에 중학생 아이를 둔 분당의 중산층 아파트에 들어와 있는 듯한 고급스러운 장식품들. 싱크대에 가지런히 정돈된 식기들까지. 나는 불현듯 닫혀 있는 저쪽 방에 들어가고 싶다는 강렬한 욕구에 휩싸였다.

정경석은 눈처럼 새하얀 찻잔 두 개를 우리 앞에 내려놓고 자신도 맞은편에 앉았다.

“제가 넣은 민원이 뉴스로 나갈 수 있는 겁니까?”

“일단 취재를 해 보고 뉴스에 나갈 만큼 신뢰성이 있고 상황이 심각하다는 판단이 들면 나가는 거죠. 물론 그 판단은 제가 아니라 윗분들이 하시겠지만요.”

상대가 만만치 않다는 생각이 들어 정공법으로 나가기로 했다.

“그런데 저 말고도 민원을 넣은 사람은 많을 텐데 어째서 저를 선택하신 겁니까?"

아버지의 영향인지 정경석의 말투는 끝부분을 건조하게 자르는 군인 특유의 말투와 닮아 있었다.

"선택이라기보다는 운이 좋았다고 보는 게 맞을 겁니다. 사실 저희에게 들어오는 소스는 하루에도 수십 건이에요. 그중에서 관심 있는 주제부터 손을 대 보는 거죠. 제가 최근에 대기업의 산업 폐기물 불법 투기에 대해 관심이 많습니다. 작년에 한번 덤벼들었다가 칼도 못 뽑아 보고 묵살당한 아픈 경험이 있어서……. 정경석 씨 정보가 제대로 된 거라면 이번엔 준비 잘해서 덤벼 볼 생각입니다."

"제가 어떻게 도와 드리면 되는 겁니까?"

"먼저 어떻게 발견하시게 된 건지, 상태가 얼마나 심각한지, 혹시 폐기 장면을 목격하셨는지 등등을 알려 주시면 됩니다. 사진이나 동영상 같은 게 있으면 더 좋고요. 처음으로 발견하신 게 언제죠?"

나는 서진이 내가 만들어 놓은 판에 적응하지 못하고 새 동물원에 온 말레이 곰처럼 어쩔 줄 모르고 있는 것을 보고 먼저 손을 썼다.

"어이, 공 기자. 신참인 거 티 낼 만큼 냈으니까 뭐 해야 할지 모르겠으면 가서 사진이라도 찍어. 우리 얘기하는 모습부터 정경석 씨 풀 샷, 바스트 샷 여러 장 찍어 놓고. 배경 나오는 거 안 나오는 거 구분해서. 알았어?"

서진은 얼떨결에 고개를 주억거리며 엉거주춤 일어나서 사진을 찍기 시작했다. 사진을 몇 장 찍으면서 내 의도를 이해했는지 이곳저곳을 다니며 내가 정경석을 잡고 있는 동안 집 안의 구조를 관찰했다. 정경석은 내 질문이 완벽하게 이해되지 않으면 질문의 요지를 재차 확인했고, 답변 이외엔 어떠한 이야기도 하지 않았다.

"가장 최근에 그곳에 가신 건 언제인가요?"

"일주일 됐습니다. 이후엔 바빠서 가지 못했습니다."

"집에서 그 산까지는 거리가 꽤 있는데 운동 삼아 가시는 건가요?"

"운동도 되고 산에서 버섯이나 산나물도 캡니다."

"버섯에 산나물까지 들고 도보로 다니시긴 힘드실 텐데……."

그 순간 내 머릿속에 무언가가 퍼뜩 지나갔다. 자전거다. 자동차보다 사람들 눈에 덜 띄고 이 정도 거리라면 자전거로 왕복 30분이면 가능하다. 그리고 정경석의 저 근육들. 자전거를 오래 탄 사람들에게서 흔히 보이는 근육의 형태다. 이것만으로 단정 짓기는 어렵지만, 오늘 안용태를 만났을 때 서진은 안용태가 팔을 잘 쓰지 못하기 때문에 범행이 어려울 거라 했었다.

그때는 불편한 팔이 살인에 방해가 되었을 거라는 뜻이라 생각했지만, 서진이 생각했던 것은 이동 수단이었으리라. 이런 작은 동네에서 심야에 차로 이동했다면 동네 사람 누군가는 그 모습을 봤거나 소리를 들었을 수도 있다. 하지만 자전거라면……. 여기 사람뿐 아니라 수많은 외부인이 이 길을 자전거로 지날 것이다. 전등을 켜지 않으면 식별도 쉽지 않다. 하지만 왜?

그때 나는 관자놀이를 찌르는 듯한 시선을 느끼고 온몸이 굳어 버렸다. 정경석이 나를 보고 있었다. 그것도 지금껏 보지 못했던 차갑고 무서운 눈으로. 공포에 전의를 상실한 사슴의 목뼈에 치명상을 가하려고 다가오는 호랑이 같은 눈빛 하나로 내 온몸을 제압한 후 자세를 내 쪽으로 서서히 기울이고 있었다.

나는 생전 처음 느껴 보는 공포 때문에 극도의 혼란에 빠져 버렸고 머릿속엔 몇 가지 생각들이 스쳐 갔다.

이자는 위험하다. 그리고 이자는 내가 자신을 어떻게 생각하고 있는지 알고 있다.

도망쳐야 한다.

사람이 겁을 먹게 되면 보이는 일반적인 행동 패턴이 있다. 말소리가 떨린다든가 무의식중에 공포를 느낀 대상에게서 거리를 두려 한다든가. 지금 내가 그런 행동들을 모두 보이고 있었다.

정경석의 한 손이 등산복 바지 주머니에 깊이 들어가 있었다. 그 안에 무엇이 들어 있는지는 상상하고 싶지도 않았다. 그저 내가 불운한 산속의 사슴처럼 정신을 잃기 전에 누가 도와주기만을 바랄 뿐이었다.

도움의 손길은 생각보다 가까운 곳에서 엄청난 고음으로 찾아왔다.

"예, 편집장님, 공 기자입니다. 정경석 씨 만났습니다. 우리가 찾던 게 맞는 것 같습니다. 기사 크게 나갈 수 있을 것 같습니다. 네, 말씀드린 그 주소입니다. 지금 광주시면 가까우니까 같이 한번 가 보시겠습니까?"

컨테이너를 쩌렁쩌렁 울리는 서진의 고성에 나는 혼이 나갔고 정경석은 서진을 경계하면서 내 쪽으로 기울였던 몸을 돌려 의자에 몸을 기댔다. 서진이 우리 사이로 슬금슬금 다가오더니 땀으로 범벅이 된 내 어깨를 잡았다.

"양 기자님, 편집장님이 이 근처라 현장으로 같이 한번 가 보자고 하시는데요? 잘하면 대박 치겠습니다."

서진은 정경석을 돌아보며 고개를 살짝 숙였다. 정경석의 오른손은 아직 등산복 주머니에 있었다.

"제보자분 덕분에 저희가 한 건 할지도 모르겠습니다. 요즘 제대로 된 특종 건지기가 힘들었거든요. 이거 제대로 대박 나면 저희가 잊지 않고 사례하겠습니다."

"정보 제공료 같은 게 있는 겁니까?"

"물론이죠. 다만 바로 나가는 게 아니라 기사화되었을 때 지급하기 때문에 시간이 좀 걸리기는 합니다만, 그냥 넘어가는 일은 없으니 걱정 마십시오. 요즘 세상이 어떤데 이런 거 제대로 안 하면 인터넷에서 난리 납니다."

정보 제공료 이야기가 나오면서 정경석의 눈 속의 불길이 조금씩 사그라드는 것이 보였다. 나는 황제에게 목숨을 연장받은 콜로세움의 검투사가 된 것처럼 거칠게 숨을 몰아쉬었다. 서진은 자신이 대화를 마무리하고 서 있기조차 힘든 나를 슬쩍 부축까지 해서야 겨우 이 커다란 철제 덫을 빠져나올 수 있었다.

"뒤는 돌아보지 마세요. 지켜보고 있을 겁니다."

서진의 경고에 조금씩 풀려 가던 내 다리가 다시 경직하기 시작했다. 다리에 쥐가 나는 바람에 차 안에서 영겁의 시간을 보내다가, 감각이 돌아오자마자 바로 차를 내달렸다. 애인처럼 여기며 아껴 타던 나의 똥차는 주인의 변심에 비명을 지르면서도 곧잘 달렸다.

이런 일을 겪어도 아니면 이런 일을 겪었기 때문에 더 빨리 에너지가 떨어진 위장 능력자의 안내를 받아 이번엔 분당에 있는 수비드 치킨집에서 까르보나라 파스타를 곁들인 닭 요리와 크림 생맥주를 곁들인 저녁을 먹었다. 부드러운 맥주 거품과 그보다 더 부드러운 닭고기를 몸에 채워 넣으니 집 나갔던 정신이 돌아오는 것 같았다.

"서진 씨, 그 집 가기 전에 내려서 살펴봤던 거 자전거 바퀴 자국이죠?"

"맞습니다. 시간이 꽤 지났기 때문에 범행 때 탔던 자전거는 폐기했을 거라 추측했지요. 분해해서 호수에 버리거나 산에 묻었다면 찾기가 힘들 겁니다. 안용태 씨 집에서는 자전거가 있었던 흔적이 전혀 없었어요. 오래된 부품들, 떨어져 나간 자전거 바큇살, 손잡이의 고무 조각. 자전거를 오래 탄 사람의 집에서는 숨길 수가 없는 것들이거든요."

"그런데 범인이 자전거를 타고 현장에 갔을 거라 생각한 겁니까?"

"사건 현장을 보고 범인이 즉흥적으로 저지른 범행이라는 생각이 들었어요. 계획을 했다면 희생자의 차나 시신을 그렇게 해 놓진 않았겠죠. 그럼 대체 무엇이 범인을 살인까지 할 정도의 심리 상태로 만들었을까요? 분명 범인은 그 산에 자주 가는 사람이었어요. 늦은 시간에 자전거를 타고 갈 수 있을 정도로 근처 지리에 밝죠. 아마 산나물이나 버섯이 자라는 상태를 지켜보며 다른 사람들이 오기 전에 최상의 수확물을 얻고 싶었을 거예요. 그런데 최근에 누군가 그 산에 산업 폐기물을 몰래 버리기 시작하면서 들어가기가 힘들어졌을 겁니다. 악취도 심하고 무엇보다 인체에 어떤 악영향을 줄지 모르니까요. 범인은 자신이 즐겨 찾던 산에 갈 수 없게 되어서 기분이 나빴을 겁니다. 뭔가 행동을 취해야겠다는 생각을 했겠죠. 시청 홈페이지에 민원을 넣어 봅니다. 청와대 신문고에도 글을 남기고요. 물론 이런 민원이 광주시에서만 해도 한둘이 아닐 테니 반응이 없을 가능성이 크지요.

사건이 발생한 날, 늦은 시간에 자전거를 타고 약간의 기대와 함께 산으로 간 범인은 달라진 것이 없는 산의 모습에 격분합니다. 범인에겐 칼이 있었습니다. 원래는 산나물을 캐거나 나무 열매를 따는 용도였겠지요. 범인은 사람들이 이곳에 관심을 두게 해야겠다고 생각하게 됩니다. 만약에 이 버려진 폐차장에서 사람 시체가 나온다면…… 경찰과 언론이 몰려와서 관심을 가질 테고, 자연스레 이곳의 폐기물 투기 문제도 이슈가 될 수 있을 거라고 말입니다. 희생자를 찾는 건 어려운 일이 아닙니다. 길 한가운데 자전거를 세워 놓고 기다리기만 하면 되니까요.

마침내 한 불행한 여성이 길에 세워진 자전거를 치우려 차에서 내렸고, 그가 여성을 칼로 위협해서 폐차장 한가운데, 오염이 심한 곳까지 데려갑니다. 일단 둔기로 때려 반

항의 의지를 꺾은 후 가슴을 여러 번 찔러 숨을 끊습니다. 그리고 혹시나 시체에 정신이 팔려 폐기물을 발견 못 할까 봐 친절하게 땅을 파헤쳐 놓는 것도 잊지 않았습니다. 쇠 파이프에서 지문이 발견되지 않았다면 흉기는 아마도 근처 숲속에 있을 겁니다.

그는 사건이 지나치게 미궁에 빠지는 걸 원치 않을 겁니다. 차를 불태운 것도 희생자의 신원을 감추기 위한 게 아니라 너무 늦게 발견되지 않도록 장난을 친 거지요. 살인 사건이 적당한 관심을 끌고 뒤이어 폐기물 문제가 부각되어야 하니까요. 시신을 발견하고 며칠이면 경찰이 근처의 건달이나 백수 중 몇 명을 용의자로 추려낼 거라 생각했겠지요. 술 잘 마시고 폭력 사건 전력이 있으며 근처를 자주 배회하는 사람이 분명 그 근방에 여럿 있을 겁니다. 그렇게 사건이 마무리되면서 자신의 뜻대로 되리라 계산한 겁니다. 그는 대범하고 꼼꼼하며 계획력과 실행력이 모두 뛰어나지만 분노를 주체하지 못하는 성격일 가능성이 큽니다."

정경석을 만나기 전에 보았던 그의 프로필이 떠올랐다. 고교 중퇴, 조기 전역, 어디에서도 6개월을 넘기지 못한 직장 생활. 검정고시에 합격하고 전문대학의 기계과까지 다녔다는 건 그의 지능이 낮지 않다는 것을 의미한다. 조기 전역의 이유였던 인지장애와 부적응은 그의 분노 조절 문제가 원인이었을 가능성이 크다. 서진의 말에 상황을 끼워 맞추면 모두 말이 된다고 하지만…….

"하지만 반드시 사람을 죽였어야만 했을까요? 요즘은 다른 방법으로도 얼마든지 그곳의 상황을 어필할 수 있는 있었을 텐데요. 산에 불을 내거나 산짐승들을 죽여서 가져다 놓았어도 사람들의 관심을 끌 수 있었을 거라고……."

"그중에서 가장 빠르고 확실한 방법을 택한 겁니다. 불을 내면 자신이 캐야 할 버섯도 타 버리니까 안 되고 산짐승은 아무래도 포획하기가 번거롭지 않습니까?"

나는 정경석의 집에서 보았던 그의 눈빛을 떠올리며 서진이 하는 말의 의미를 깨달았다.

"정경석 그 사람이…… 사이코패스 같다는 말이군요."

"그렇게 판단됩니다. 아마 그에게는 사람이나 산짐승이나 큰 차이가 없었을 겁니다. 산짐승의 포획이 쉬웠다면 그 방법을 썼을 수도 있지요. 그저 사람을 죽이는 게 더 편해 보여서 그리 한 겁니다."

서진이 웬일로 비어 있는 접시를 보면서도 추가 주문을 하지 않았다.

"사이코패스는 단체 생활을 하지 못합니다. 혼자 할 수 있는 금융이나 예술 계통에서 두각을 나타내는 자도 더러 있지만 군대처럼 많은 인원이 밀집된 단체 생활은 며칠도 버티기 힘들죠. 아마 숨을 곳이 없는 아프리카 초원에 살게 된 호랑이처럼 몸을 잔뜩 웅크리고 살았을 겁니다. 억눌려 왔던 분노가 이번 폐기물 투기 건으로 폭발한 거죠."

난 서진의 표현에 100퍼센트 동의한다는 뜻으로 고개를 크게 끄덕거렸다.

"사실 아까는 아주 위험한 상황이었습니다. 위험한 인물일 수 있다는 걸 알면서도 무턱대고 찾아간 제가 경솔했어요. 희주 씨까지 위험에 처하게 해서 정말 죄송하게 생각합니다."

난 억지웃음을 크게 지어 보이며 손을 내저었다.

"그래도 서진 씨의 임기응변 덕분에 무사히 빠져나왔으니 된 거죠. 통화하는 연기가 보통이 아니던데…… 연습 좀 하셨나 봅니다?"

"연기가 아니었어요. 저는 연기가 서툴러서 심명호 반장님께 바로 전화를 드렸습니다. 반장님이라면 제 말뜻을 알아채고 맞춰 주실 거라 생각했거든요. 결과적으로 그렇게 한 것이 위험한 상황을 넘기는 데 도움이 되었습니다."

서진이 얼굴의 굳은 표정을 풀지 않은 채 말했다.

"정경석은 끝까지 제 휴대폰의 통화 화면을 보고 있었습니다. 아마 제가 통화하는 척 연기를 했다면, 분명 우리를 공격했을 겁니다."

서진의 말에 나 또한 더 이상 웃음을 지을 수 없었다. 떨리는 목소리를 진정시키기 위해 남은 맥주를 모두 들이켜고, 전투에 나서는 군인의 자세로 서진을 쳐다보았다. 여기까지 왔으니 마무리 또한 반드시 내가 지어야 한다.

"여기 오면서 명호 삼촌과 통화했죠? 경찰이 나선다고 하던가요?"

"아, 그렇지. 희생자의 신원이 확인되었습니다. 바로 보내드리겠습니다."

서인숙(45세)

2남 2녀 중 장녀. 서울특별시 강남구 대치동에 거주. 자가 아파트이며 대출 없음. 기혼이고 슬하에 고1, 중2 두 자녀가 있음. 동갑내기인 남편은 D제약의 연구원이고 본인은 H화재보험의 보험 설계사로 근무. 지점장의 증언에 따르면 사건 발생일 늦은 저녁 지인의 사망 소식을 듣고 장례식 참석차 광주에 있는 병원에 방문하기 위해 나간 것이 마지막 모습이라고 함. 장례식장에서는 서인숙이 조문을 마치고 12시 30분경 떠났다고 증언.

술은 마시지 않았으며 장례식장에서도 눈에 띄는 특이한 행동은 없었다고 함. 사망자는 서인숙의 초등학교 동창으로 둘 사이에 금전 관계나 다툼은 없었음. 사망한 동창 외에 광주에 사는 친인척은 없고, 친구가 한 명 살고 있으나 1년에 한두 번 만나는 사이로 확인됨. 남편과의 사이는 원만하고 금전이나 원한 관계 발견되지 않음. 부모, 형제 간 사이도 대체로 문제가 없는 것으로 확인됨.

원만하고 큰 문제 없이 살아온 듯한 여성이었다. 이렇게 숨을 거두기엔 억울함이 많이 남았을 것 같다는 느낌 외에 별다른 특이사항은 보이지 않았다.

"사건에 관련되었을 법한 내용은 보이지 않는군요."

"그렇죠? 재미있는 부분이 있긴 하지만 이번 사건과는 관련이 없어 보입니다."

"재미있는 부분……?"

"어서 가시죠. 경찰이 벌써 시작했을지도 모릅니다."

"아니…… 뭘?"

"정경석 검거해야죠. 심명호 반장님이 지금쯤 시작하셨을 겁니다."

내가 생전 처음 맞닥뜨린 진짜 사이코패스에게 멘탈의 바닥까지 탈탈 털려 있는 동안, 서진과 명호 삼촌은 정경석을 잡기 위한 계획을 세우고 있었던 것 같다. 하긴 아무리 생각해 보아도 지금 그를 체포할 근거가 마땅치 않은 게 사실이다. 사이코패스이고 그 산에 자주 간다는 이유로 체포할 수는 없다. 폐기물에 관련한 민원을 넣은 것도 정경석 한 명이 아니다. 결국 물증이 필요하다.

"흉기는 찾았다고 하던가요?

"예상대로 근처의 숲에서 나왔다고 합니다. 직접 제작한 칼이라고 하더군요. 정밀 감식을 해 봐야겠지만 지문은 나오지 않으리라고 예상하고 있습니다."

"그렇다면 역시 자전거를 찾아야겠군요."

"그래야 할 겁니다. 몰아붙여서 자백 같은 걸 얻어 낼 수 있는 상대가 아닙니다."

"그럼 지금 어디로 가려는 건가요?"

"정경석의 집이죠. 대기 중이던 형사님 얘기로는 우리가 간 지 얼마 안 되어서 집을 나왔다고 합니다. 아마도 그의 집에서 뭔가 찾아낼 수 있을 겁니다."

살인 사건의 한가운데에서 해결의 열쇠로 문을 여는 역할을 맡게 되었는데 왠지 발이 떨어지지가 않았다. 힘을 내라 양희주! 전용준 앵커와 함께 하는 단독 보도가 널 기다린다! 난 다시 한번 정신을 다잡고 오늘 나만큼 고생한 애마의 시동을 걸었다.

두 번째로 보게 된 정경석의 집은 주인이 없다는 생각이 들어서인지 위압감이 한결 덜했다. 입구의 철제문에 걸린 두 개의 육중한 자물쇠는 방어적이고 폐쇄적인 그의 성격을 보여 주는 듯했다.

"들어가 봐야겠죠? 아버지의 연금으로 생활하고 있다고

했으니 아들에 대해 뭔가 알고 있을 겁니다."

서진은 내가 뭐라 하기도 전에 손에서 빛나는 철사 두 개를 꺼내더니 자물쇠와 씨름하기 시작했다. 미국 경찰은 저런 것도 가르쳐 주나 하고 신기하게 보다 보니 어느새 자물쇠 두 개를 다 따고 문을 열고 있었다.

주인이 없는 거실은 첫 방문에서 느꼈던 인위적인 느낌이 훨씬 더 강했다. 누군가에게 보이기 위한 장식과 청결…… 누구에게 보이기 위한 것일까? 정경석의 아버지는 부상으로 전역한 장교라고 했다. 어떤 군인들은 가족에게 군대식 규율과 생활 양식을 강요하기도 한다. 정경석의 이런 행동은 아버지의 영향을 받은 건 아닐까?

내가 생각에 잠겨 있는 동안 서진은 비밀의 방에 걸려 있던 자물쇠들까지 솜씨 좋게 잠금 해제하고는 나에게 손짓을 했다.

그래, 수고는 저 인간이 했지만 영광은 나눌 수도 있겠지.

자신 있게 철제 방문을 열어 젖힌 나는 조금 전의 만용을 크게 후회할 수밖에 없었다. 문을 열자마자 내가 본 것은 정면에 있는 나무로 된 흔들의자였다. 의자에는 두꺼운 비닐로 밀봉되어 미라화된 시신이 부자연스러운 자세로 앉아 있었다. 안구가 녹아내렸고 피부도 바싹 마른 것이 사망한 지 꽤 지난 것 같은 모습이었다.

도저히 다가갈 수 없어 문 앞에서 망부석이 되어 버린 나를 지나쳐 안으로 들어간 서진은 쭈그린 자세로 흔들의자와 시신을 한참 동안 꼼꼼히 살핀 후 낑낑대며 일어섰다.

"방부 처리를 잘해 놓았네요. 화학적 방부 처리를 먼저 한 후에 이 비닐 안에 넣고 입구를 최대한 밀봉한 후 청소기 같은 것으로 공기를 빨아들여 진공 상태로 만든 것 같습니다. 옆으로 누운 자세로 사망한 것으로 보이는군요. 사망시 옆으로 눕는 경우는 거의 없으니 아마 굉장히 좁은 곳에 누워 있다가 사망한 것으로 추측이 됩니다."

"그런 것보다. 어째서……."

"물론 연금을 계속 받기 위해서겠지요. 번거로운 일을 싫어하는 성격으로 미루어 보건대 직접 죽이지는 않았을 것 같지만 정광균 씨가 아들의 불같은 성격을 자극했을지도 모르는 일이겠군요."

"이 사람…… 이번이 처음일까요?"

"모르겠습니다. 그건 본인에게 물어봐야 할 것 같군요. 일단 이번 사건에 도움이 될 만한 걸 찾아봅시다."

광택이 날 정도로 깨끗한 키보드와 지문 하나 없는 마우스를 움직여서 컴퓨터의 전원을 켜 보았다. 다행히 패스워드는 걸려 있지 않았다. 조금 의외라고 생각했지만, 이유는 컴퓨터 화면을 보고 알 수 있었다. 윈도 화면에 아이콘

이 세 개밖에 없는 컴퓨터는 관공서나 국방부, 국정원에서도 보기 힘들 것이다. 인터넷 익스플로러의 방문 사이트 목록도, 재생된 동영상 목록도, 저장된 사진도…… 그야말로 아무것도 없는 순수한 컴퓨터였다. 모르는 사람이라면 방금 사 온 게 아니냐고 할 정도의 순결한 모습에 나는 더 만져야 할 의욕을 잃고 말았다.

"매번 이런 청소를 한다면 그것만으로도 사이코라 할 만하네요."

서진이 분위기에 어울리지 않게 쿡쿡 웃어 댔고, 덩달아 나도 웃음이 나왔다. 얼마나 되었는지도 모르는 미라를 앞에 두고 뭐하는 짓이람…….

"집 안에서는 건질 만한 게 없을 것 같습니다. 역시나 쓰레기를 뒤져야 하는군요."

과학 수사대가 나오는 미드를 보면 사건 현장 주변의 쓰레기통을 뒤지는 장면이 심심치 않게 나온다. 이 친구도 몇 번은 해 봤겠지. 커다란 쓰레기통을 뒤적거리는 모습이 꿀 항아리에 손을 넣는 곰돌이 푸와 비슷하지 않을까 하는 쓸데없는 생각을 하며 피식피식 웃고 있는 나를 뒤에 두고 서진이 밖으로 나가는 문을 열었다.

그때 문 앞에서 날카로운 금속성의 빛이 번뜩였다.

서진이 팔을 크게 휘두르며 문을 닫으려다가 침입자가

발로 문을 차는 바람에 뒤로 벌러덩 쓰러졌다.

"서진 씨!!!"

나는 급한 마음에 싱크대에 꽂혀 있는 접시를 집어 들고, 안으로 들어온 침입자에게 던졌다. 침입자가 된 집주인 정경석은 귀찮은 듯 내가 던진 접시를 쳐내고 나를 똑바로 보며 다가왔다.

"내 집에 맘대로 들어와서 안방까지 들어갔어?"

그의 손에 있는 날카로운 흉기에서 핏빛 살기가 번뜩였다. 아마도 자신에 손에 맞도록 칼을 직접 다듬지 않았을까.

뒤쪽엔 문이 없다. 하나 있는 창에는 두꺼운 쇠창살이 걸려 있다. 싱크대에는 접시와 작은 냄비뿐이다. 도망칠 곳이라곤 없다. 정경석의 눈은 차갑고 냉정한 사냥꾼이었던 첫 방문 때와는 달리 주체 못 할 분노로 이글거리고 있었다.

이제는 이판사판이었다. 나는 손에 집히는 건 죄다 집어 던지기 시작했다. 정경석은 사정없이 박살 나는 장식품들을 보면서 갑자기 소리를 질렀다.

"이 새끼가…… 그거 안 놔둬?!"

녀석이 흔들리고 있다. 사이코패스는 자신의 것, 자신의 고통에는 상당히 민감하다는 얘기를 들은 적이 있다. 그렇다면 죽기 전에 아주 아작을 내 줘야지.

"뒤로 물러서. 여기 있는 거 다 부숴 버리기 전에!"

"그러기만 해 봐. 온몸의 힘줄을 다 잘라 버릴 테니까."

정경석은 충분히 그럴 능력이 있다는 생각을 하니 온몸에 잔털이 모두 일어서는 기분이었다. 나는 1초라도 더 벌기 위해 안에 해적선이 들어 있는 유리구슬을 들고 정경석과 대치했다. 아마도 그가 아끼는 물건인 것 같았다. 그때, 뒤에서 거친 숨소리와 함께 익숙한 고함이 들렸다.

"정경석, 칼 버려라!! 경찰이다!!"

정경석 뒤에는 광역 수사대 소속 형사 두 명이 총을 들고 서 있었다. 명호 삼촌과 항상 같이 다녀서 나도 몇 번 본 얼굴이었다. 정경석은 두 사람의 손에 든 총을 보더니 갑자기 피식 웃으며 느릿느릿 뒤를 돌아보았다.

"아이씨. 진짜. 짜증 나게!"

정경석이 형사들 쪽으로 뛰어들려고 자세를 잡는 것과 동시에 한 형사가 든 총에서 엄청난 소리와 함께 불꽃이 뿜어져 나왔다. 총알은 내 뒤에 있던 창문을 뚫고 어디론가 사라졌고 창 유리는 쩌저적 소리와 함께 박살이 났다.

"이거 맞으면 많이 아프다. 칼 내려놔라."

형사의 그 말에 알 수 없는 소리를 중얼거리며 칼을 바닥에 떨어뜨린 정경석의 손에 수갑이 채워졌다.

정경석이 집을 나가는 것을 확인하자마자 난 서진에게 달려갔다. 서진은 끙 소리를 내며 내 손을 잡고 자리에서 일어섰다. 내가 걱정했던 피바다나 쏟아져 나오는 내장 같은 광경은 없었다.

"괜찮은 거예요?"

"다행히 칼이 벨트를 찢고 나갔습니다. 한 벌뿐인 리미티드 에디션인데……."

정경석의 칼은 서진이 입은 레인코트의 벨트를 찢고 그 안에 있는 바지 벨트까지 가른 후 빠져나간 모양이었다.

늦여름에 입을 만한 '잇템'이었다.

"아니 상처 하나 없는데 날 도와줘야지 계속 거기 누워 있으면 어떡합니까?"

"그게. 넘어지면서 허리를 삐끗해서 일어날 수가 없었습니다."

머리는 좋지만 위급 상황에 믿을 만한 동료는 아닌 것 같다는 생각이 강하게 들었다. 우리는 밖으로 나가서 정경석이 연행되는 것을 지켜보았다. 고개를 숙이고 말이 없던 그는 우리를 보더니 입가에 징그러운 미소를 띠면서 입을 벌렸다.

"공……서진. 양희주."

난 오늘 저 녀석 때문에 몇 번째 온몸의 털이 곤두서는 건지 기억도 나지 않았다.

"공서진. 양희주. 공서진. 양희주. 공서진. 양희주. 공서진.

양희주. 공서진. 양희주."

경찰차에 타서도 절대로 잊지 않겠다는 듯이 끊임없이 우리의 이름을 되뇌는 그의 입 모양을 보면서 나는 한동안 아무 말도 할 수 없었다. 서진은 이런 일을 많이 겪은 건지, 담력이 강한 건지 코웃음을 한번 치더니 몸을 돌려 집 옆에 쌓인 고물들 쪽으로 다가갔다. 그곳엔 이미 형사들과 순경들이 고물들을 들어내고 있었다.

"찾아야 할 건 자전거 부품입니다. 작은 것들이에요. 볼트나 이음새 너트, 작은 것들은 무조건 꺼내서 분류해 주세요. 자전거 손잡이의 고무나 바퀴 바람 넣는 곳에 끼우는 고무 패킹 같은 것도 있을 겁니다."

서진이 활기찬 표정으로 목소리를 높였다.

"살인 사건의 유일한 증거가 될 수 있는 것들입니다. 힘내서 찾아 주십시오!"

서진이 이후 다시 허리 통증을 호소했기 때문에 우리는 뒷일을 경찰에게 맡기고 일단 차에 올라탔다.

"치밀한 성격의 정경석이 증거를 집 앞에 버렸을까요?"

"꼼꼼하고 세심한 성격의 사람들이 저지르는 심리적 실수가 있죠. 자신이 하기 힘들어 보이는 일을 불가능하다고 단정 지어 버리는 건데 정경석이 정말로 거기에 작은 부품들을 버렸는지는 확실치 않습니다. 운이 좀 따라 줘야겠지요."

내가 고개를 갸웃거리자 서진이 허리를 움직여 보더니 다시 설명을 시작했다.

"정경석은 자신의 꼼꼼한 성격 탓에 다른 사람들에게 많은 조롱을 받았을 겁니다. 남들이 하지 않을 세세한 부분까지 일을 해내려다 오히려 안 좋은 소릴 들으며 살았을 거예요. 그런 시간을 오래 보내다 보면 '자신이 하지 않을 정도의 일이면 누구도 안 할 것이다.'라는 생각이 자연스럽게 머릿속에 박히게 되죠. 지금 그 집 앞에 쌓여 있는 고물들을 보면 일반인이 건드릴 수 있는 양이 아니죠? 살인을 마치고 돌아와서는 일단 옷을 처리했을 겁니다. 9월이라 해도 야간의 산은 쌀쌀하니까 겉옷을 입고 갔을 것이고, 서인숙 씨를 찌를 때 튀었을 꽤 많은 양의 피가 겉옷과 바지에 묻었겠죠. 자전거 바구니에 겉옷을 접어 넣고 자전거를 타고 왔을 테니 바구니와 핸들, 브레이크와 연결된 튜브 등에도 묻었을 가능성이 큽니다. 옷을 처리하고 자전거의 상태를 확인한 그는 자전거를 분해했을 겁니다. 그편이 처리하기도 쉽고 발견이 되어도 그냥 지나칠 가능성이 크니까요. 분해하면서 닦을 수 있는 부분은 최대한 닦았겠지만 작은 볼트 나사의 골 같은 부분은 세척이 쉽지 않죠. 부피가 큰 프레임 같은 부분은 세척 후 고물상에 넘기면 알아서 처리해 줄 것이고 작은 부품들은 집 앞에 산더미처럼 쌓아 놓은 고물 사이에 던져 놓으면 아무도 못 찾을 거라 생각했을 겁니다.

너무 많아서 자신도 손을 못 댈 정도니 누가 의심을 해도 절대 찾지 못할 거라 믿어 버린 거지요. 인력이 스무 명 정도만 동원되면 며칠 안 되어 찾아낼 거란 걸 그가 상상할 수가 있었겠습니까? 해 본 적도 없고 이런 일만 없었다면 누구도 하지 않을 일이니까 말입니다."

서진은 잠시 숨을 고른 후 언제 챙겼는지 주머니에서 캔커피를 꺼내 들었다.

"정광균 씨 사망 조작만으로도 기소는 가능하겠지만 서인숙 씨 가족을 위해서라도 여기서 증거를 찾아야 합니다. 여기가 아니면 증거를 찾기가 힘들 겁니다."

말을 끝내자마자 커피를 원샷한 통에 한입만 달라고 할 틈도 주지 않은 서진은 그르릉 하는 곰 같은 소리를 내며 차 문을 열었다.

"이번 사건은 양희주 씨 도움이 컸습니다. 혼자였다면 해결하기 힘들었을 겁니다."

물론 그랬겠지. 당 부족으로 경충대로 어딘가에 쓰러져 있었을 테니까.

"그런데 정경석이 범인이라고 확신하게 된 건 언제인가요? 만나기 전부터 그를 의심한 겁니까?"

"아니요. 희주 씨와 얘기를 나누는 중에 알게 된 겁니다. 사실 희주 씨는 분위기에 휩쓸리신 건지 자신도 모르게 정경석이 사건 현장에 관해 얘기하도록 유도하고 있었습니다. 범인일지도 모르는 용의자를 앞에 둔 상황에서는 아주 위험한 행동이었죠. 거리를 두고 사진을 찍고 있던 저는 희주 씨의 질문을 들으면서 변해 가는 정경석의 심리 상태를 확인할 수 있었습니다. 경계에서 약간의 호의로. 의심에서 확신으로 바뀌어 가는 그의 심리는 희주 씨와 마찬가지로 그의 행동으로 모두 드러납니다. 결국 희주 씨를 먼저 제거하고 저도 죽이기로 마음먹은 것 같더군요. 결심에서 행동까지가 무섭게 빠른 사람이었습니다. 그래도 숨겨진 내면을 스스로 내보이도록 희주 씨가 유도해 준 덕에 그에 대한 의심을 확신으로 바꿀 수 있었죠.

그래서 전 우리가 떠나면 정경석이 증거가 잘 처리되었는지 확인하기 위해 고물상에 갈 거라고 예상하고 형사분들에게 미행을 부탁했습니다. 역시 정경석은 집에서 30분 정도 거리에 있는 고물상을 향했더군요. 불행히도 고물상에서는 자전거의 잔해가 이미 다 처리된 모양이었습니다. 그리고 그는 자전거로 돌아왔는데, 형사님들은 차로 뒤쫓다가 도로가 막히는 바람에 시차가 생기게 된 겁니다."

서진은 그 큰 덩치에 어울리지 않는 익살스러운 표정을

지어 보였다.

"이제 전 심 반장님께 사건을 설명하러 가 봐야겠군요. 이틀간 감사했습니다. 언젠가 신세를 갚을 일이 있을 겁니다."

"당연히 그래야죠. 다른 건 필요 없고 사건이 있을 때 불러 주기만 하면 돼요. 명호 삼촌한테 연락이 오면 바로 저한테 콜! 오케이?"

서진이 웃으며 악수를 청했다.

## 〈후일담1〉

다음 날, 나는 K일보의 종편 방송사인 KBN의 8시 뉴스에 이 사건을 단독 보도로 내보내게 되었다. 새 정장을 입고 메이크업을 하면서, 늦여름에 레인코트를 입고 진흙 바닥을 기어 다니는 괴짜를 생각했다. 나는 특종을 얻었고 경찰은 자칫 미궁에 빠질 수 있는 사건을 이틀 만에 해결했는데 과연 그 곰탱이가 얻은 건 무엇일까.

방송은 성공적으로 마무리되었고, 편집장은 "의외로 화면발이 괜찮다."면서 아예 거기 눌러앉으라는 말과 함께 전화를 끊었다. 의외로라니…… 내 화면발이 좋은 건 부정할 수 없는 사실이지만 아직 난 신문이 좋다. 활자에 담긴 내 기사를 확인하는 뿌듯함은 무엇과도 바꾸기 힘든 매력이 있단 말이지. 아무래도 편집장이 토라진 것 같은데 가서 좀 달래 줘야겠다. 지하 주차장에서 내 애마를 찾아 걷고 있는데 서진에게서 메시지가 왔다.

—혹시 연남동에 있다는 만두 맛집이 어딘지 아십니까? 근처까진 왔는데 찾을 수가 없네요.

……이 녀석, 이제 사건과는 관계 없이 나를 써먹기로 작정한 모양이다.

뭐 나쁠 건 없지.

나는 오늘도 무사히 시동이 걸려 주는 내 오랜 친구에게 고마워하며 주차장을 빠져나갔다.

**〈후일담2〉**

만두를 보자마자 말 한마디 없이 10분째 입에서 김을 내뿜으며 먹고 있는 돼지곰을 참을성 있게 기다리던 나는 결국 먼저 말을 꺼내고 말았다.

"그런데 서인숙 씨 말이에요. 재미있다는 게 무슨 말이죠? 눈에 띄는 내용은 아무리 봐도 없던데요."

"아…… 이 군만두 정말 맛있네요…… 그건 대단한 일도 아니고 사건과 관계도 없어 보여서 얘기 안 한 겁니다. 희주 씨는 서인숙 씨 신상 자료를 보고 어떤 생각이 들었습니까?"

"뭐, 그냥…… 무난한 인생을 살았구나. 정도요? 디테일한 부분이 아예 없는 데다가 결과적으론 주변인의 범행도 아니었으니."

"그렇죠. 자료를 보던 시점엔 이미 정경석에 대한 심증이 굳어져 있을 때라 더 그렇게 된 것도 있겠지만요. 그럼 일단 서인숙 씨 주변인 관계를 한번 보죠. 희주 씨는 어렸을 때 어디서 사셨습니까?"

"서울 신림동이요."

"괜찮은 동네군요. 강남구 대치동의 평균 아파트 가격이 얼마인지는 대충 알고 계시죠?"

"뭐 대충은요. 비싼 곳은 로또 1등이 돼도 못 들어간다는 것 정도는 알죠."

"45세 동갑내기 부부가 대치동의 아파트를 대출도 없이 자가로 갖는 건 분명 쉬운 일이 아닙니다. 가족의 도움을 받았을 수도 있지만 '가족 관계 원만함'의 속뜻은 그런 돈 관계가 없다는 이야기를 에둘러 표현하는 것 아니겠습니까? 제약 회사의 연구원 연봉으로는 쉽지 않은 일이었을 테고 서인숙 씨가 많이 노력했을 거라 생각됩니다. 모두가 그렇진 않지만 보험 설계사는 대부분 외부 활동이 많고 접대도 필요한 직업이죠. 남편은 시계처럼 일하는 연구원, 아내는 외부 활동이 많은 보험 설계사. 이런 경우에 미국에서는 이렇게 표현합니다. 부부 사이가 원만하다, 둘 다 바람을 피운다. 부부 사이가 원만하지 않다, 둘 중 한 사람만 바람을 피운다."

나는 킥킥거리며 통통한 물만두를 하나 베어 물었다. 서진은 그 조그마한 물만두를 두 번에 나누어 먹는 건 만두에 대한 예의가 아니라며 나에게 핀잔을 주었다.

"가족 관계에 대한 건 무슨 말인지 알겠어요. 하지만 결국 추측일 뿐이네요. 재미있다고 한 건 이거였습니까?"

"사실 이건 희주 씨 말대로 단어와 문장 몇 줄을 보고 추측한 것에 불과합니다. 하지만 행동 패턴을 보면 그 상황에 대한 당사자의 심리를 조금씩 더 파헤쳐 볼 수가 있어요. 제가 주로 사용하는 수사 기법이 바로 '동선 파악을 통한 대상의 심리 상태와 앞으로의 행동 패턴 예상 기법'이거든요."

생전 처음 들어 보는 낮도깨비 같은 이론이었다.

"한 사람이 움직인 동선을 보면 그 사람의 심리 상태를 알 수 있습니다. 급했는지, 분노에 휩싸였는지, 무언가에 쫓기고 있었는지…… 사람은 자신도 모르게 작은 행동 하나 하나로 자신의 속을 다 내보이게 되는 거지요. 그저 키는 어느 정도인지, 남자인지, 왼손잡이인지 정도를 추리해 내는 게 아닙니다.

서인숙 씨를 한번 보죠. 그녀는 늦은 시간 지점으로 돌아가서 하루 일을 정리하고 퇴근하려는 찰나에 친구의 부고를 듣게 됩니다. 그리고 바로 시외에 있는 장례식장으로 차를 몰고 가지요. 밤 12시에 말입니다. 한국에서 40대 여성이 가족이 아닌 친구의 사망 소식을 듣고 밤 12시에 바로 찾아가는 게 흔한 경우입니까? 물론 어려서부터 아주 친한 친구였다면 만사를 제쳐두고 갔을 수도 있습니다만, 그렇다면 거기서 그렇게 조용히 있다가 30분도 안 돼서 돌아오진 않겠지요."

"무슨 말인지 알겠어요. 사망한 초등학교 동창이 서인숙 씨의 내연남일 가능성이 있다는 거죠?"

"서인숙 씨의 동선과 정황이 그렇게 보이게 하는 겁니다."

나는 서진의 '동선 파악 머시기를 통한 미래 거시기 기법'이 마음에 들었다. 마치 오귀스트 뒤팽이 상대의 의식 흐름을 쫓아 지금 생각하는 것을 추리해 내는 듯하지 않은가.

내 앞에 있는 오귀스트 뒤팽은 군만두를 네 접시째 주문하며 사장과 대화를 나누고 있었다.

결국 얼마 후 내 몹쓸 호기심 때문에 알아본 바로는 그날 서인숙이 찾아간 동창생은 남자였으며 주변에서도 인기가 꽤나 많은 이혼남이라는 걸 알게 되었다. 서진의 추측에 신빙성을 더해 주는 이 내용을 전해 줄까 하다가 얼마나 털려 나갈지 모를 내 통장 잔고가 생각나서 휴대폰을 내려놓았다.

일반적인 수사 방식으로 해결하기 힘든 사건이 생긴다면 명호 삼촌은 그를 찾을 것이고, 그는 아마도 나를 찾겠지. 나 혼자만의 기대일 뿐이지만, 왠지 그렇게 될 것 같다는 근거 없는 확신이 내게 있었다.

엄청난 대식가에 식사 후엔 반드시 후식을 먹어야 하는 곰탱이 탐정에게 아직 알려 주지 않은 나만의 맛집 목록이 두둑하게 남아 있는 것도 이유 중 하나일 것이다.

# 과자로 지은 사람

제3회 테이스티 문학상 우수작

한켠

밥보다 과자와 빵을 좋아하며, 빵 중에선 크림빵을 선호한다. 새로 나온 빵을 시식하는 것을 즐긴다. 안전하게 오래 일하면서 언젠가 전국 빵지순례를 떠나겠다는 원대한 계획을 품고 있다. 지은 책으로는 『탐정 전일도 사건집』, 『까라!』가 있다.

## 슬퍼하는 자는 복이 있나니

썰매는 하얀 생크림에 미끄러지고 눈보라 치듯 슈거파우더가 흩날려. 빨리 가야 하는데. 너를 구하러. 불기둥도 얼려 버릴 얼음 조각을 네 심장에 꽂아야 하는데.

너를 구해서 함께 돌아올 길에 빵조각을 뿌려. 다행이야. 말라붙은 식빵 쪼가리가 아니라 설탕을 뿌린 팔미에라서. 다행이야. 오래되고 딱딱하지 않아서. 바삭하고 달콤해서.

루돌프가 끄는 썰매를 탄 산타클로스가 나를 앞질러 가. 썰매에 아무렇게나 놓인 부대 속에 네가 있어. 꽁꽁 묶인 부대 안에. 나는 검은 하늘을 찢으며 불길하게 사이렌을 울려.

과자로 지은 집에 도착해. 뷔슈 드 노엘을 쌓아 벽을 만들고 팡도르와 파네토네로 지붕을 올린 집. 진저브레드맨들이 슈톨렌을 권해. 슈톨렌 위에도 슈거파우더. 마치 흰 잿가루 같은. 건포도 한 알이라도 입에 넣으면 다시는 너와 돌아갈 수 없을까 봐 어금니를 악물고 진저브레드맨들 중에서 너를 찾아. 오븐 안에서 맵싸한 생강향을 풍기며 끝없이 쏟아져 나오는 진저브레드맨들. 나는 점점 오븐 쪽으로 다가가. 산타클로스가 진저브레드맨들을 구워 내고 있어. 산타가 오븐을 열어. 나는 산타를 오븐 속으로 밀어 넣고 네 손을 잡고 돌아갈 거야.

오븐 안에 네가 있어. 산타가 웃어. 흰 수염으로 가린 얼굴이 마왕의 눈빛으로 웃어. 그제야 깨달아. 여기가 우리 집인데. 왜 산타가 우리 집에 있지. 왜 네가 오븐 안에 있지. 왜 산타의 얼굴이 낯설지 않지.

**슬퍼하는 자는 복이 있나니**

요즘은 자주 잠이 쏟아져. 고운 슈거파우더처럼 솔솔.
계속 같은 꿈을 꿔. 너를 구하지 못하는 꿈.
자꾸 자다가 깨어나. 이불 속 네 자리엔 빵 반죽이 있어.

반죽이 봉분처럼 부풀수록 나는 점점 건조해져. 시도 때도 없이 위로는 눈물이 나오고 아래로는 오줌이 나와. 피부가 가렵고 밀가루처럼 각질이 떨어지고 머리카락이 빠져. 너무 마르기 전에 반죽을 오븐 안에 넣어. 하얀 설탕이 익어 더 달콤해지려면 반죽이 갈색이 될 때까지, 태운 것처럼 보일 정도로 구워야 한다는데 나는 늘 황금빛에서 멈추고 말아. 자주 오븐을 열고 꼬챙이로 빵을 찌르곤 해. 찌른 자국에서 반죽이 묻어 나오는 걸 확인해야만 믿을 수 있어. 다행이야, 아직 괜찮아, 끝나지 않았어.

감옥에서 밥을 이겨 불상을 빚었다는 조각가처럼
돌로 조각한 사람을 사랑하게 되어 버린 그리스인처럼
자신을 닮은 형상을 창조하고 말을 거는 외로운 신처럼
나는 과자로 너를 지을 거야. 밥보다 비싼데 배도 안 부르고 달고 화려하기만 한 과자로.

에클레어를 반죽해. 나는 너와 번개처럼 사랑에 빠졌어. 너와 처음 만나고 돌아온 날, 네 얼굴이 떠오르지 않을 정도로. 네 얼굴이 못생긴 게 아니라, 네 손이 너무 잘생겨서. 길고 곧은 손가락 끝을 모아 입가에 댄 네 손이 꼭 기도하는 것 같아서. 네 손을 잡고 번화가를 마냥 걸었던 날, 우리는 카페에 들어가 밥보다 비싼 커피와 프랑스식 이름이 붙은 과자를 먹었어. 그게 우리가 누린 최대의 호사라서, 나중에 성공해서 돈 많이 벌면 너는 원목을 켜고 못질해서 테이블과 의자를 만들고 나는 커피를 내리고 과자를 구워서 카페를 차리자고 새끼손가락을 걸었어.

그날 왜 갑작스레 싸웠는지는 기억나지 않아. 언제나 늘 그랬듯이 돈 문제였겠지. 나는 네가 팔짱 낀 꼴이 보기 싫었어. 날 무시하는 거냐고 소리 질렀어. 넌 팔짱을 풀고 손등에 힘줄이 튀어나올 정도로 힘주어 벽을 짚었어. 감정이 격해진 순간, 네 오른손이 높이 올라갔어. 놀란 네 손은 허공에서 굳어 버렸고, 내가 네 손을 잡아 내려 주었고, 너는 태아처럼 웅크리고 손으로 얼굴을 감쌌어. 그날 네가 그랬지. 아버지 같은 사람은 되고 싶지 않았다고. 손으로 때리는 사람. 그제야 알았어. 네가 긴장하면 손이 얼굴로 갔던 습관을. 싸울 때마다 굳게 팔짱을 껴서 양손을 겨드랑이에 감췄던 이유를. 네가 손으로 일하고 싶다고 했던 의미를. 그 후로 우리는 서로의 손을 마주 잡고 싸웠지. 벽을 짚던 네 손처럼 나도 힘주어 네 손가락을 하나하나 부러뜨릴걸. 네가 공장 일을 못 하게. 네가 손을 감추던 겨드랑이에 날개가 돋아 먼 곳으로 가 버리기 전에.

반지가 없던 우리는 서로의 엄지를 맞대어 지장을 찍었지. 네 사장에게 검지로 삿대질을 하고 중지로 욕을 할걸. 네 약지에 삼천 도에서도 녹지 않는다는 다이아몬드 반지를 끼울걸. 내가 더 잘할걸. 내가 더 열심히 할걸. 뭐라도 어떻게든 할걸. 새끼손가락 걸고 했던 약속을 빨리 지키려고, 네가 열두 시간씩 공장에서 밤낮을 바꿔 일하기 전에.

네 손가락을 닮은 에클레어가 오븐 안에서 점점 통통해져. 마치 살아 있는 것처럼. 오븐 안의 뜨거운 증기가 빠져나가면 손가락이 죽어 버릴까 봐 오븐을 열지 못해. 조금만 참아. 잠시만 기다려. 나는 아무것도 할 수 없어.

하얀 아이싱이 손톱처럼 굳기 전에 네 손가락 끝을 살짝 깨물어. 피처럼 흘러나오는 달콤한 크림으로 혈서를 써. 절대로 절대로 합의서를 써 주지 않을 거라고. 다른 사람들이 다 써도 나는 안 쓸 거라고. 절대로.

네 손은, 대니시스네일이야. 밀가루 반죽으로 버터를 감싸고, 접고, 밀대로 설탕을 뿌리고, 접고, 얇게 밀고, 지문처럼 수백 겹의 층을 만들어서 돌돌 말아. 페이스트리 한 겹이 네 나이테여서 네 수명을 켜켜이 쌓을 수 있다면. 네 손의 생명선은 길어서, 오래 살 줄 알았는데. 네가 죽을 때 나는『행복한 왕자』를 읽어 주고 있었어. 변두리의 우리 집에서 버스를 타고 신도시의 아파트에 가서 아이들에게 독서논술 학습지 과외를 하고 있었어.

창밖으로 소방차의 사이렌이 울릴 때, 네가 아니다.

네가 일하던 공장에는 사설 구급차가 있다고 했어. 119로

가면 산재 처리를 해야 하니까 절대 119를 부르지 않는다고. 그러니까 저 119는 네 공장에 가는 게 아니다.

아파트 창밖으로 연기가 보일 때, 네가 아니다.

네 공장에서 사고가 난 건 기사로 보고 알았지만, 내게 아무런 연락이 오지 않았으니까.

병원에서, 네가 아니다.

네 얼굴을 알아볼 수 없어서, 내가 아는 네 모습이 아니어서.

너를 사랑하지만.

너를 사랑하는데.

너를 사랑하니까.

과자는 왜 오븐에 굽는데도 도자기처럼 단단하지 않을까.

사람의 마음은 왜 과자처럼 부서질까.

나는 웨딩드레스도 소복도 못 입었는데,

밀가루, 설탕, 생크림, 머랭, 아이싱…… 왜 과자는 하얀 것들로 만들어질까.

단맛에 소금을 넣으면 더 달아진다는데,

왜 눈물은 단것과 먹으면 술이 될까.

**슬퍼하는 자는 복이 있나니**

“고인과 유가족에게 애도를 전하며 국민과 지역 주민 여러분께 사과드립니다. 사고 원인을 철저하게 밝히고 재발 방지를 위해 각고의 노력을 기울이겠습니다. 유가족의 뜻을 반영하여 임직원에 준하는 장례를 지원하겠습니다.”

너는 어디에도 발 딛지 못한 사람이었어. 유령처럼. 소속은 하청인데 일은 원청에서.

죽어서야 너는 원청의 임직원들이 이용하는 상조회사에서 흰 국화를 받았어.

죽어서도 원청과 하청이 네 죽음의 책임을 미뤘어.

경찰이 공장에 왔어. 너는 원청의 관리를 받았지만 소속은 하청이었대. 공공기관에서 파견직으로 일할 때 일은 내가 하고 결재는 정규직 이름으로 올렸듯이. 원청은 큰 법무법인을 고용했어. 거기 변호사가 그랬어. 원청의 관리자는 하청업체를 계약하기만 했대. 하청은 원청에게서 최소한의 돈만 받아, 최소한의 관리만 했대. 아니, 하청은 아무것도 안 했대. 안전 교육도, 점검도. 아무것도. 원청과 하청이 다들 자기 잘못이 아니랬어. 유가족의 발은 허공에 떠 버렸어. 변호사는 유가족에게 합의서와 ‘임직원에 준하는’ 합의금을 내밀었어. 나는 합의금을 받지도, 합의서를 쓰지도 못

했어. 나는 유가족이 아니었어.

결혼한 여자는 일자리 구하기 어렵대서 우리는 혼인신고서를 쓰지 않았어. 그깟 서류 한 장이 없어서, 나는 네 가족이 아니었어. 합의서와 합의금은 네 유일한 가족인 네 아버지에게 갔어. 네 아버지는 "산 사람은 살아야 한다"며 합의금을 받고 합의서에 서명했어. 산 사람은 살아야지, 감옥에서. 내가 무덤에서 살듯이.

그런데 원청 사장도 하청 사장도 감옥에 가지 않았어. 담당자들만 유죄가 되었어. 기자들 앞에서 사과했던 원청의 임원은 안전허가서의 결재란에 서명하지 않아서 안전을 책임지는 사람이 아니고, 그러므로 그 임원이 소속된 원청 회사는 죄가 없댔어. 원청이 충분히 막을 수 있던 인재였다면서, 하청이 일을 게을리했다면서, 초범이고, 고의가 아니라 과실이고, 반성하고 있고, 유가족과 합의해서, 원청과 하청의 담당자들은 몇백만 원짜리 벌금과 집행유예를 선고받았어. 나는 혼인신고서 한 장이 없어서 널 죽인 자들을 대면할 수도 없었는데 그들은 합의서 한 장 있다고 법원 밖으로 걸어 나갔어. 하청은 폐업하고 이름만 바꿔서 다시 개업했어. 네 죽음엔 무력하던 법이 널 죽인 자들을 살려 줄 땐 강력했어. 아무도 제대로 벌 받은 사람이 없는데 네가 죽었어.

유가족들은 회사장을 거부하고 합동 장례식을 원했어. 원청의 담당자는 전문적인 상조회사가 다 알아서 해 줄 거랬어. 전문가들은 한 장례식장에 하나씩 영정을 놓았어. 유가족들이 모이지 못하게. 상조회사는 무심하게 화장을 권했어.

너와 살던 집 보증금을 돌려받아 지하로 내려왔어. 빛이 없는 무덤 속에서 매일 네가 없음을 확인해.

천사가 말해. 너는 여기에 없다고, 이 무덤 속에 없다고.

평안하니, 네가 묻는다면,

나는 네 몸을 만들고, 너를 전할 거라고 답을 해.

나는 독서논술 선생질을 그만두었어. 폭발 사고 무섭다고, 공장은 위험해서 집값 떨어진다고, 공장을 이전시키고 그 자리에 아파트를 지어야 한다고 하는 중산층의 화목한 집안이 성냥팔이 소녀가 마지막 성냥을 그어서 보던 환영 같아서. 갯벌을 메워 바닷모래로 지었다는 신도시의 아파트가 모래성 같아서.

그 대신 과자를 구워. 바닥이 단단한 타르트 오 폼므가 네 발이 될 거야. 차가운 버터를 잘게 썰어 빠르게 반죽과 섞어. 버터가 차가워야 바삭하대. 팬 안에 반죽을 깔고 뾰족한 포크로 반죽 바닥을 찍어. 반죽이 들뜨지 않게. 하루 종일 서서 일했던 너는 저녁마다 발바닥이 콕콕 쑤신다고 했지. 나도 지금 손발 끝이 저린데. 내 손으로 네 발을, 네 손으로 내 발을 주물러 줘야 하는데. 너는 이제 날개가 있으니 발이 아프지 않겠지. 네가 얄미워서 네 발바닥을, 타르트 반죽을 촘촘하게 콕콕 찌르기만 해. 찌른 자국으로 널 알아볼 수 있게.

아팠던 네 발에 향유를 바르듯 설탕에 조린 사과 콩포트를 타르트 반죽 안에 빈틈없이 채워 넣어. 너와 내가 받지 못한 사과를 많이, 아주 많이 채웠어. 사과를 머리카락처럼 얇게 썰었어. 흰 국화가 싫어서 얇은 사과 조각을 장미꽃 모양으로 빙 둘러서 올렸어. 사과로 만든 장미가 오븐 안에서 그을리고 시들어. 그 위에 사과잼을 발라 윤기 나는 조화를 만들어. 더 이상 시들지 않게.

남은 파이 반죽을 얇게 밀어. 그 위에 눈물처럼 설탕을 뿌리고, 접고, 겨울바람에 실려 오는 싸락눈처럼 설탕을 뿌리고, 접고, 흩날리는 벚꽃처럼 설탕을 뿌리고, 너와 덮고 자던 이불을 개듯 반죽을 접고, 썰어서 하트 모양으로 반 접어 구우면 종려나무 이파리 모양이라 '팔미에(종려나무)'라고 부르는 파이가 돼. 네 발밑에 내 옷을 벗어 깔고, 팔미에 파이를 걸음걸음마다 놓으며 다만 나를 구해 달라고. 제발 나를 도와 달라고. 바삭한 팔미에를 밟아 부수면서 와 달라고. 이 길로 와서 네가 죽는다면, 부디 되돌아가라고. 아니, 그래도 와 달라고. 네가 달고 얇은 팔미에를 밟으며 온다면, 애플 스트루델, 애플 갈레트, 쇼송 오 폼므, 타르트 노르망드, 타르트 타탱…… 사과가 들어가는 모든 과자를 네게 먹여 줄 거야. 죄인들이 네 발밑에 엎드려 사과하게 할 거야.

그러나 너는 오지 않고,

달걀은 왜 종이 한 장만 한 닭장에서 날개 한 번 못 펴는 닭에게서 올까.

버터는 왜 강제로 송아지를 떠나보내는 어미 소에게서 올까.

설탕은 왜 아프리카의 사탕수수 노예에게서 왔을까.

과자는 왜 이 세상의 불행과 불쌍함으로 만들어질까.

과자는 왜 달콤할까. 네가 죽어도 거리엔 캐럴이 울리고 트리엔 꼬마전구가 반짝이듯이.

**슬퍼하는 자는 복이 있나니**

유가족들은 공장 정문에 위령비를 세워 달라고 했어. 기자들 앞에선 유가족들 원하는 대로 해 준다던 원청의 사장이 거부해서, 공장 정문 앞에서, 십자가처럼 두 팔을 벌려 피켓의 양 끝을 잡았어.

위험을 외주화하지 마라.

원청 사장 처벌하라.

위험 물질 공개하라.

공장 경비가 나를 끌어냈어. 발을 질질 끌리면서 쫓겨났어. 뿌리가 깊어서 절대 뽑아낼 수 없는, 둥치가 한 아름이어서 결코 베어 낼 수 없는, 두 팔 벌린 나무가 되고만 싶었어. 언젠가 돈을 많이 벌면 바다를 보러 가자고, 이름 모를 나무와 꽃 사이를 걷고, 이국적인 이름의 빵과 과자를 사 먹으며 처음 보는 색으로 가득 메운 골목을 돌아다니자고, 피곤함에 절어 뻐근한 팔다리를 주무르며 얘기만 하고 아무 데도 가지 못했으니까, 움직일 수 없는 나무가 되어도 상관없었어. 더 이상 십일 개월마다 사무실을 옮겨 다니거나, 학습지 가방을 메고 이 집 저 집을 떠돌지 않고 한 곳에 붙박이로 있고 싶었어.

나는 내가 연리목(連理木)인 줄 알았어. 네가 어느 날 갑자기 불타 사라져도, 너와 꼭 잡고 있던 손이 비어도, 너와 이어져 있던 혈관이 끊어져도 내 뿌리는 남아 있으니까 굳건히 버틸 수 있을 줄 알았어. 그런데 너는 나무였고, 나는 널 휘감은 넝쿨이었나 봐. 네게 기댔던 머리를 어디에 대야 할까. 너의 팔을 벨 수 없으니 네 기억을 베야 할까. 네 다리를 감던 다리는 어디에 두어야 눈을 감고 잠들 수 있을까. 네가 나무처럼 영원히 살 줄 알았는데.

밤마다 네게 하던 얘기들을 어느 숲에서 해야 할까. 밤마다 내 배에 대고 하던 얘기들을 너는 어느 나무 구멍에 대고 하고 있니. 노른자와 흰자를 분리하고 각각에 설탕을 넣고 흰자는 머랭을 쳐서 노른자와 합치고 밀가루와 버터와 우유를 섞어 제누아즈 반죽을 만드는데, 나는 너와 헤어져서, 무엇을 섞고 넣어야 합쳐질 수 있을까. 반죽을 넓고 얇게 구워 차갑지도 뜨겁지도 않게 적당히, 미지근하게 식혀야 크림이 녹지도 제누아즈가 갈라지지도 않는다는데, 이 펄펄 끓는 분노와 차가운 절망은 얼마나 두어야 식을까. 얼마나 지나야 네가 그립지도 밉지도 않을까. 네게 하고픈 말 대신 생크림을 납작하고 평평한 제누아즈에 소복하게 얹어 돌돌 말면서, 김밥 한 줄 사서 어디든 나들이라도 갈걸. 생크림을 단단하게 휘핑하라는데, 아무리 단단해도 크림은 크림이라서. 마음이 아무리 단단해져도 마음은 마음이라서. 아무리 차가워도 아이스크림은 아니라서. 아무 생각도 안 하려 해도 냉담해지지 않아서.

롤케이크를 초콜릿 크림으로 덮고 네 발을 찔렀던 포크로 긁어서 나뭇결을 만들고 슈거파우더를 뿌렸어. 크리스마스 벽난로의 장작처럼 생긴 '뷔슈 드 노엘'로 네 목과 팔과 다리가 만들어져. 나를 안을 수 없는 팔과 내게 돌아올 수 없는 다리.

네 팔과 다리를 엮어 뗏목을 만들어. 검은 강에 초콜릿 크림색 뗏목을 띄워. 네가 있는 저편은 황금빛이야. 버터와 노른자와 커스터드 크림과 잘 구워진 빵의 속살 같은. 거기엔 두 팔을 활짝 벌린 나무가 있어. 나는 달려가 나무의 품에 안기는데 단단한 가지는 날 안아 주지 못하고 가만히 있어. 나무 위엔 네가 짓고 싶어 하던 집이 있고, 나무 구멍엔 크림이 가득 차 있어서, 광고의 한 장면처럼 크림을 찍어 네 얼굴에 바르고 마음껏 깔깔 웃으며 장난을 치고 싶어져. 나뭇가지엔 빈 그네가 매여 있어.

나무는 공장 굴뚝보다 높아서 이 도시의 모든 이가 나무를 볼 수 있어.

나무는 이 도시의 모든 슬픔과 역겨움과 파렴치와 추악함을 내려다보고 있어.

나무는 이 도시를 그늘로 덮어 버렸어.

나무에는 전기가 흐르는 꼬마전구도, 중국의 어린아이가 만든 오너먼트도 없어.

## 슬퍼하는 자는 복이 있나니

이집트 사람들은 미라를 만들 때 뇌는 빼내고 심장은 남겨 두었대. 생각은 하지 말고, 마음만 남으란 걸까. 내장은 따로 방부 처리해서 병에 담았대.

뇌는 소보로빵, 내장은 사브레 쿠키. 땅콩버터와 아몬드를 넣은 바위 같은 소보로 반죽 덩어리를 손으로 비빌수록 모래 알갱이처럼 파슬파슬 무너지고, 버터를 많이 넣어 설탕을 뿌린 사브레는 버석버석하고. 바스러지고 부서지고 깨지고 갈라지고 퍼석한 불쌍하고 가여운 균열들. 내 배에 돋아나는 임신선과 트는 살처럼.

심장이 망치로 깨뜨려 먹는다는 단단한 슈니발렌이었으면 좋겠어. 속이 텅 비어 버린 공갈빵이었으면 더 좋겠어. 보드랍고 작은 심장을 피라미드에 안치하듯이 종지 같은 조그만 그릇에 커스터드 크림 반죽을 넣고 베이킹 팬 위에 올려. 눈물을 끓여 베이킹 팬 위에 붓고 심장의 가운데만 살짝, 굳을 때까지 가열해. 냉장고에 이틀 동안 차갑게 둔 심장 위에 얇게 설탕을 뿌려. 너는 불로 내 심장을 얼려. 사라진 입술로 심장에 키스해 줘. 기억을 지우고 추위를 느끼지 않게 해 줘. 이제 어떤 것도 아름답지 않을 거야.

설탕 위에 토치의 파란 불꽃이 닿고, 얇고 투명한 얼음 같은 캐러멜 판막. 가슴을 두드릴 때마다 얼음장처럼 쨍 갈라지는. 네 입김이 닿으면 바삭한 캐러멜 얼음이 깨지고 부드러운 커스터드가 봄의 흙처럼 나오고. 왜 내 입에는 캐러멜 토핑에서 달고나 맛이 나고. 왜 이국의 과자에서 익숙한 맛이 나는지. 왜 네가 모르고 나만 아는 과자에서 너도 알고 나도 아는 맛이 나는지. 따듯하고 딱딱하고 달고 쓴 토핑과, 차갑고 보드랍고 달곰한 커스터드 크림.

너는 죽고, 나는 살아 있고. 나는 네 심장에 있고, 너는 내 자궁에 있고. 공장은 돌아가고, 집값은 오르고. 성냥팔이 소녀가 추운 거리에서 성냥을 그으면, 아파트 안에선 반소매 입은 사장 가족이 식전 기도를 하고. 병원에서 신음하는 환자 너머 로펌의 변호사는 합의문을 작성하고.

내 심장은 깃털만큼 가벼워져서 영원히 고통받고, 네 심장은 불처럼 뜨겁고 돌처럼 단단하고 온 세상만큼 무거워져. 두드려도 깨지지 않는 네 심장을 저울에 올리고 반대편에 브륄레처럼 작고 동그랗고 빛나는 금화를 쌓아. 나는 반드시 돈을 받아내고 싶어. 사람들이 무서워하는 건 돈밖에 없어. 산재 보험금과 작업 중지 명령으로 날렸다는 푼돈은 내 심장만큼 가벼우니까, 네 심장의 무게만큼 저울에 금화를 올려서 배상받고 싶어. 저울이 수평이 될 때까지, 영원히.

너는 공장에서 이상한 냄새가 난다고 했어. 측정기의 수치는 정상이었어. 기계는 못 맡는 냄새를 너는 맡았어. 하청 업체에선 네 말을 막았어. 재계약을 하려면 원청에 어떤 요구도 할 수 없다고. 네 코가 틀렸고 원청의 측정기가 맞댔어. 네가 죽은 다음에야 사람들이 측정기가 아닌 네 코를 믿었어. 측정기는 오래전부터 고장 나 있었다고, 며칠 전부터 가스가 새고 있었다고, 네 말이 진실이었다고.

남들은 부드럽고 고소하고 달큼하다는 갓 구운 빵 냄새가 내게는 구역질 나는 악취로 느껴질 때마다 이게 네가 맡았던 냄새였을까 생각해. 네 옷을 코에 대고 네 체취를 맡으려 해. 그런데 네 옷에서도 가스 냄새가 나. 이 세상의 모든 공기가 가스로 가득 차 있어. 변기를 붙들고 토하는 것밖에 할 수 있는 게 없어. 내가 그때 심각하지 않아서, 이렇게 그 냄새를 내 코에 발라 준 걸까. 네가 대수롭지 않게 말했어도 내가 널 말렸어야 했는데.

금관악기와 이름이 같은 코르넷 파이가 네 코가 되었어. 높은음을 연주하는 악기라는데. 네 코가 측정기 대신 경보음을 울렸을 때 대피했어야 했는데. 크림을 가득 짜서 네 코를 막으면서. 내 죄책감도 꾹꾹 막으면서. 미쳐 버릴 것 같은 구토가 언제쯤 그칠까. 내 빈속 대신 네 코를 가득 채워 버리면서.

제과제빵이 좋은 게 뭔지 아니. 계량을 정확하게 해야 한다는 거야. 눈대중 손맛 대충대충 직감 그런 거 없이. 측정기가 고장 나면, 저울이 없으면 과자를 못 만들어. 계량을 해야만 다음 단계로 넘어갈 수 있다는 게 무한한 안도와 위안과 후회가 돼.

너는 눈물이 많은 사람이었지. 나는 눈물이 없어서 늘 눈이 뻑뻑하던 사람이었고. 너는 굶으면서도 길고양이 밥은 챙겨 줘야 하는 사람이었고 나는 네가 배곯는 게 안쓰러워 그러지 말라고 악을 썼어. 진짜 지겹게 싸웠지, 우리는. 작작 좀 할걸, 내가. 이렇게 싸운 기억만 날 줄 알았으면.

너는 고아에게 독거노인에게 불치병 환자에게 세상의 모든 외로운 사람에게 돈을 보내는 사람이었는데. 나는 지역의 국회의원을 시청을 노동청을 찾아다니면서 가족도 아니고 아무것도 아닌 동거녀가 난리 친다는 멸시와 모욕을 받아. 절망하지 않고 요구하는 사람은 순수하지 않다는 비난을 받아. 사람이 죽었는데 돈이나 뜯어 내려는 독한 년이라고. 사람이 죽었는데 돈도 안 주면서. 나 같은 불순한 인간 때문에 도시 이미지가 나빠지고 경기가 가라앉는다고. 밀가루를 섞지 않고 슈거파우더와 아몬드를 체에 내리는 내게. 내 눈을 네게 줄게. 눈물이 나지 않아 파삭파삭하고 찐득한 눈을. 마카롱 코크 사이에 필링을 두껍게 넣어서 네 눈이 감기지 못하게 할 거야. 날 좀 보라고. 너 없이 내가 어떻게 사는지.

너는 네 눈을 내게 줬어. 행복한 왕자가 성냥팔이 소녀에게 사파이어 눈을 빼 줬듯이. 덕분에 요즘 잘 울고 지내. 네가 보던 길고양이가 내게도 보이기 시작했어. 동화책에서 본 대로 아기 고양이에게 우유를 줬어. 아기 고양이가 설사를 하길래 우유를 더 줬어. 난 몰랐어. 고양이는 우유 먹으면 안 된다는 걸. 잘하고 싶었는데, 너처럼. 왜 진작에 길고양이에게는 따듯한 물에 설탕을 타서 주면 된다고 알려 주지 않았어. 차가운 길거리에서 따듯한 설탕물을 나 한 입 홀짝 고양이 한 입 할짝 할 때까지.

일이 년마다 집도 직장도 옮겨 다녔는데, 너랑 사는 것도 이렇게 짧게 끝나 버렸어. 빨리 늙어서 빨리 죽었으면 좋겠다고 기도했던 건 나였는데. 교직원으로 도서관 사서로 회사 경리로 계약직으로 일하던 것도 서른 넘어가니까 안 되더라고. 더 이상 '막내 여직원'이 아니니까. 아래 사람이 나이 많으면 불편하니까. 검은 글씨로 희생자를 추모하고 빨간 글씨로 시위꾼은 물러나라고 쓴 현수막이 펄럭이는 이 도시에서 아이들에게 동화책을 읽어 주는 짓도 이제는 못

해 먹겠어. 마시멜로로 만든 구름 같은 입술과 다쿠아즈로 만든 솜사탕 같은 혀와 머랭 쿠키로 만든 가지런한 치아에 뜨겁고 검은 커피를 부어 녹여 버려.

착한 사람은 복을 받고 나쁜 사람은 벌을 받는 동화 같은 이야기는 다 거짓말이야. 성실하게 일하면 안온하게 살 수 있다는 이야기는 다 선동이야. 공주님과 왕자님이 영원히 행복하게 살았다는 이야기는 다 헛소리야. 산타는 없어. 수염으로 얼굴을 가린 강도, 사기꾼, 살인범이 도둑처럼 굴뚝으로 들어와 선물인 척 폭탄을 두고 갔어. 너처럼 죽지 않으려면 공부 잘해서 좋은 대학 나와서 좋은 직장 가서 책상에 앉으면 된다는 진저브레드맨들이 법정에서 너 대신 산타를 살렸어.

네 귀를 이천 개의 이파리로 막아. 칠백이십구 겹이라는 동그란 페이스트리 시트를 세 개나 겹치고 크림을 바른 밀푀유로. 아무것도 듣지 마. 아무것도 모르고 너와 내게 함부로 말하는 목소리들을. 네 말을 믿지 않은 자들이 하는 말을. 아무것도 하지 않겠다는 말들을. 어쩔 수 없다는 말들을.

네 코와 눈과 입과 귀를 무지갯빛 크레이프 케이크 위에 올려. 어느 그림에서 봤던 천사의 날개처럼 한 겹 한 겹 얇게.

나는 목소리를 들었어.

부디 평안하길. 나는 너와 함께 있어. 무서워 말아.
나는 그 말이 이루어지길 바라.
긍휼이 두려워하는 자에게 이르고
교만한 자들을 흩고
권세 있는 자를 내리치고
비천한 자를 높이고
주리는 자를 배 불리고
부자를 빈손으로 보내길.
칼이 내 마음을 찌르길.*

**슬퍼하는 자는 복이 있나니**

너는 마당이 있는 집에 살고 싶다고 했었지. 바닷가에 있는 집. 우리는 자주 그 집을 상상했어. 마당에 호두나무와 흰 꽃이 피는 아몬드 나무와 꽃이 피지 않는 무화과 나무와 포도 나무와 레몬과 오렌지 나무 산딸기 나무가 있는 집을. 너는 계절마다 과일을 따다가 럼주에 절여 바다로 멋진 모험을 떠나. 럼주는 해적들의 술이거든.

---

* 누가복음 1장 변형.

이스트와 우유와 밀가루를 섞어 반죽을 만들고 너 대신 이불 속 네 자리에 넣고 선잠을 들어. 꿈을 꾸기 전에 깨어나. 나의 배와 반죽이 부풀어 오르면 버터를 넣고 다시 반죽하고 너를 기다려. 관 같은 빈 배에 술병만 돌아와. 짠 바다에 절여진 무화과와 포도와 레몬과 오렌지와 산딸기와 단 술에 절인 아몬드와 호두를 반죽에 가득가득 넣어. 너 대신 반죽을 안고 잠들어. 또 같은 꿈을 꿔. 너를 구하지 못하는 꿈. 동그란 반죽을 밀대로 밀고 접어 다시 이불 속에 넣어. 나는 자꾸 잠이 들어.

꿈에서라도 너를 구하려고.

네 얼굴을 보려고.

네 목소리를 들으려고.

네 손을 잡으려고.

너를 안으려고.

꿈에서 깨기 전에, 닭이 울기 전에

다른 꿈을 꾸려고.

이 모든 게 꿈인 꿈.

꿈에서 깬 나는 슈톨렌 반죽을 오븐에 넣어. 버터를 태우고, 너의 몸에 향유를 바르듯 아직 뜨거운 슈톨렌에 태운 버터를 발라. 슈거파우더를 함박눈처럼 소복소복 뿌려. 버터와 슈거파우더가 너를 썩지 않게 할 거야. 슈톨렌은

숙성시켜서 오래오래 먹는 과자래. 나는 기다려.

사흘이 지나면 네가 저 문으로 걸어 들어올까. 나와 함께 슈톨렌을 먹을까.

마흔 날이 지나면 네가 먼 곳에서 돌아올까. 악마를 이기고 모험을 끝마치고.

내가 슈톨렌의 건포도 하나를 먹어서 네가 지하에서 올라오지 못하는 걸까. 내가 자꾸 돌아봐서 네가 영영 오지 못하는 걸까. 과자도 빵도 아닌 서걱한 슈톨렌처럼 나는 천국도 지옥도 아닌 곳에서 너를 기다리는데.

끝맛이 시큼한 크림치즈를 넣은 커다란 크루아상과 마당의 밤나무에서 딴 밤으로 만든 퓌레를 쌓은 몽블랑을 네 몸통 끝 다리 사이에 붙여. 너도 이 정도 장난은 즐거워하겠지. 우리가 함께 보낸 마지막 밤을 생각해. 새큼한 과일을 단 술에 절이고 네 잔을 내게 옮기던 밤을.

열 달이 지나면 네가 나를 만나러 올까.

신 포도에 술이 스며 건포도가 되면. 쓴 술이 달아지면.

내 마음을 찢고 내 몸을 가르고.

너는 검은 강과 짠 바다를 건너 도착한 먼 나라에서 혼자 이름 모를 나무와 꽃 사이를 걷고, 이국적인 이름의 빵과 과자를 사 먹으며 처음 보는 색으로 가득 메운 골목을 걸으며 나를 생각할까. 내가 너의 꿈을 꾸는 동안.

## 슬퍼하는 자는 복이 있나니

나는 늘 손질이 편한 단발 아니면 질끈 묶은 생머리. 너는 덥수룩한 직모. 너의 축축한 백발을 세 갈래로 나눠서 땋아 내려. 나의 흑발은 한 움큼씩 빠지는데. 네 머리카락 하나라도 찾아서 간직하려 바닥을 훑었는데. 손으로 바닥을 쓸면서, 너 살아 있을 적에 네 등을 쓸어 주고 머리를 쓰다듬어 줄걸. 한 조각이나마 햇빛이 들던 시절에 등 뒤에서 네 머리를 빗질해 줄걸, 그랬으면 언젠가 네 백발을 볼 수 있었을지도 모르는데.

네가 이렇게 먼 곳으로 가지 못하게, 작업화 대신 내 머리카락으로 신발을 만들어 줄걸. 내 머리카락으로 네 발을 휘감아 못 나가게 할걸.

눈서리 같은 백발은 풍성한 금발로 회춘하고, 소가 송아지를 낳고 닭들이 알을 낳는 따듯한 봄날에 먹는다는, 버터와 달걀과 바닐라와 럼주를 아낌없이 넣은 브리오슈 드 방데로 네 머리카락을 땋으면서, 황금빛 후광과 함께 네가 오리라고 좋은 날에 오리라고.

길고 가는 걸 먹으면 오래 산다던데. 너의 금발을 라푼젤처럼 길게 길게 땋아 내리면서. 너의 금발을 잡고 저 밖에 있는 사람들이 성안으로 들어가게 해 달라고. 자꾸 죽는 사람들을 성안으로 들여보내 달라고.

빵이 없으면 대신 브리오슈를 먹으라고, 혁명 때 왕비가 그랬다는 헛소문이 있다던데. 너와 나는 매년마다 대체되어도 되었던 사람. 네가 없어도 컨베이어 벨트는 잘 돌아가고. 겨울 가면 봄이 오듯이 죽은 사람의 자리에 산 사람이 오고 그 사람이 또 죽으면 또 다른 사람이 죽으러 오고. 죽으려고 부활하는 사람처럼. 죽지 않고 부활하는 사람들이 굴뚝 안에 숨은 산타를 끌어내어 성탑의 감옥에 가두고 성을 차지할 거야. 아무도 죽지 않는 날에, 죽은 네가 돌아오는 날에.

**저희가 영원히 슬플 것이오****

꿈을 꿔.
과자로 지은 집을 부수는 꿈.
과자로 너를 짓는 꿈.
오븐은 텅 비고 너는 그곳에 없어.
네가 없어서 테이블도 의자도 없어.

---

** 소제목을 이으면 윤동주의 시 「팔복」이 된다.

어쩌지, 진열할 곳이 없어진 과자를 들고 너를 찾아 밖으로 나가.

나는 너 없이 사는 게 무서워 네 무덤에 순장되려 했는데

너는 어느새 내 몸속에 들어와서, 두려워 말라고.

시신을 새들에게 먹인다는 조장(鳥葬)처럼

네 몸을 네 고통을 천사들에게 나눠 먹이면 네가 평안하겠니.

너는 거리에 있고 임원들의 성과급보다 더 높이 있고 최저임금보다 더 낮은 곳에 있고

손목이 없어 시계를 팔아 버린 가난하고 정다운 부부와

의자가 없어 팔다리 관절이 고장 난 호두까기 인형들과

설탕눈이 내리는 거리를 떠도는 성냥팔이 소녀와

야근을 하느라 눈이 마르는 등대지기와

폭언을 듣느라 캐럴을 못 듣는 어릿광대가

너를 썰고 베고 뜯고 찢고 잘라서

너의 손가락을 손을 발을 팔다리를 눈코입귀를 얼굴을 내장을 몸을 성기를 머리카락을 먹어.

아프고 병들고 다치고 죽는 사람들의 퍼레이드 속에 네가 있어.

봄이 오기 전에 따듯한 나라로 가야 하는데.

나의 다리 사이에선 양수가 흘러나오고

너는 크림과 시럽과 설탕이 묻은 입을 닦아 주며
밀가루와 버터가 묻은 손을 잡아 주며
마르고 단내 나는 너의 숨이 내 입에 닿고
절절히 끓는 너의 눈물이 내 심장에 닿을 때
두려워 말아.
나는 너와 슬픔과 아픔의 탯줄로 연결되어 있어.
무덤을 밝히던 촛불은 꺼지고
나는 오직 고통 속에서 너를 부르며
평안하길. 부디 평안하길.
위험하고 힘들고 춥고 쓰디쓴 모든 곳에서 영원히 함께하기를.
나는 너를 먹고 너를 낳을 거야.

# 이 커피가 식기 전에 돌아올게

제4회 테이스티 문학상 당선작

박하루

『순결한 탐정 김재건과 춤추는 꼭두각시』로 제1회 엘릭시르 미스터리 대상을 수상하며 데뷔했다. 놀랍고 가슴 두근거리는 이야기, 미로 같은 이야기를 즐겨 쓴다. 이상한 것을 먹으며 자라서 이상한 것에만 관심이 가는 것 같다. 동물과의 친화력이 좋아서 동물들과 쉽게 친해진다.

"뭐라고?"

내가 못 알아들은 것이 아님을 알면서도 그는 굳이 방금 했던 말을 되풀이했다.

"이 커피가 식기 전에 돌아올게."

나는 황당해서 그의 얼굴을 빤히 바라보았다. 무슨 소리지? 삼국지 패러디인가? 하지만 얘는 삼국지는 하나도 모른다고 했었는데. 그런데 그는 이게 일어날 타이밍인 줄 안 모양이었다.

"그럼."

"야, 야! 잠깐만!"

난 허둥지둥 손을 뻗어 그의 티셔츠를 붙잡았다. 하지만 그는 매정하게 내 손을 뿌리친다. 난 맨바닥에 엉덩이를 찧고 말았다.

"야!"

"만일 그때가 돼도 내가 돌아오지 않는다면, 맘이 영원히 바뀌었다고 생각하고 다신 찾지 말아 줘. 난 머리 식힐 시간이 필요해."

라고 말하며 그는 뒤도 돌아보지 않고 내 자취방을 떠나 버렸다. 나는 멍하니 그가 떠나간 현관문을 바라보다가 문득 정신 차리고 무릎으로 기어가 문을 닫았다.

"야, 이 개새끼야! 문 좀 닫고 다니랬지!"

그는 내 방을 드나들면서 낡아서 삐걱대는 저 문을 그대로 열어 놓고 나가곤 했다.

나는 상으로 돌아와 책상다리로 앉고서 나 스스로 느낄 정도로 거친 숨을 내쉬며 생각했다. 도대체 무슨 일일까. 우리가 오늘 나눈 말이라고는 카톡 포함해서 이게 전부다. 여느 때처럼 예고 없이 찾아온 그는 피곤함에 절어 누워 있는 내가 혼자서 이것저것 떠드는 동안 가지고 온 케이크를 세팅하고 커피를 내린 후 대뜸 "헤어질까 해."라고 말했고 내가 또 이것저것 따지자 알 수 없는 말을 하고는 나가 버린 것이다.

그 이전에 무슨 일이 있었느냐고? 전혀 없었다. 그는 말수가 많은 편은 아니었다. 그가 이러는 이유를 나로선 눈곱

만큼도 짐작할 수 없었다.

딱 하나 억지로 생각해 볼 수 있는 거라고는 얼마 전에 우연히 데이트할 때 전 남자친구와 마주쳤다는 것 정도? 하지만 전 남친과 난 "잘 지내냐." 따위의 통상적인 인사말 외에는 하지 않았고 그 뒤로도 우린 일절 연락하지 않았다. 우린 과 씨씨였으니 어색함의 진정성을 굳이 증명해 줄 필요는 없다 생각했다. 그 녀석과 난 핸드폰 잠금 패턴도 공유하는 사이였으니 미심쩍으면 몰래 뒤져 봐서 알 수도 있을 것이다.

커피가 식기 전이라고? 커피가 식으려면 얼마나 걸릴까. 내 방의 온도는 25도. 커피는, 재 보진 않았지만 나름 수준급 커피 알바생인 그 녀석이 만들었으니 90도 언저리일 것이다. 커피잔은 예열했을 테니 커피와 같다고 봐야 하고. 이제 커피의 질량을 열역학 공식에 대입하면……

음, 고등학교 때 배운 것 같은데 잘 기억이 안 나 검색했다. 15분에서 20분 정도 걸린단다. 그사이에 돌아오지 않으면 영원히 맘이 바뀐 거라고?

장난하냐고. 내가 납득할 거 같아? 이딴 황당한 이별. 나는 내 몫의 커피를 벌컥 들이켰다. 속이 뜨거웠지만 들끓는 심장만큼은 아니었다. 괜히 오기가 생긴다. 나는 벌떡 일어나 찬장을 뒤져 안 쓰던 커피메이커를 꺼냈다. 그 녀석이 이런 거로는 커피 향이 제대로 우러나지 않는다고 핀잔을 주는 바람에 사용 6개월 만에 퇴역해 버린 불운의 기구였다. 물을 끓여 깔때기를 통해 유리로 된 병에 붓고 가열판이 온도를 유지해 주는 방식의 기본적 커피메이커다.

그래, 커피가 식기 전에 돌아온다고? 그러면 내가 그 기한을 무한정 늘려 주지. 언제든 돌아오라 이거야. 그때가 되어도 커피는 식지 않을 테니. 나는 유리 서버를 치우고 전원을 연결하고 보온 버튼을 누른 뒤 그의 몫으로 마련되었던 커피잔을 그 위에 올려놓았다. 그 정도로는 뭔가 부족하단 생각이 들어 적당한 크기의 유리그릇을 찾아 따뜻한 물을 붓고 그 안에 커피잔을 담아 가열대 위에 올려놓았다.

나는 식어 가는 내 커피를 마저 원샷하고 기다렸다.

올 테면 와 보라지. 기가 질리도록 한소리 해 줄 테니.

하지만 밤이 깊어 가고,

머리의 낙하감에 깜짝 놀라 정신을 차려 보니 새벽 1시였다. 내 방은 여전히 텅 비어 있었다.

커피는 다음 날 아침까지 식지 않았고, 녀석은 여전히 나타나지 않았다.

졸다 깼다 하다가 아침까지 죽 잠들었기 때문에 현관문은 여전히 잠기지 않은 상태였다. 기다리는 것이 부질없다는 것은 이미 알고 있었기에 나는 부스스 일어나 문을 잠그러 현관문으로 다가갔다. 여전히 따끈따끈한 모닝커피를 들고서.

나는 심장을 스치는 듯한 불길함에 문 앞에서 멈춰 서고 말았다. 미묘한 차이. 혼자 사는 사람만이 알아챌 수 있는 미묘한 변화가 내 의식 안으로 마구 침범해 오고 있었다. 조금 비틀린 슬리퍼, 내려가다 만 손잡이, 발밑에서 부스럭거리는 모래.

나는 이런 이질감이 위험을 나타내는 신호라는 것을 알고 있었다.

문을 잠가야 할까? 아니, 누군가가 들어왔다면 잠그지 않는 것이 낫다. 목적이 뭘까? 내가 목적이었다면 무방비로 잠들었을 때 습격했어야 한다. 도둑? 이런 보잘것없는 자취방을 노리는 도둑이 있을 리는 없다.

심장이 뛴다. 하지만 동시에 불합리한 가설이 거품처럼 물러나고 명료한 생각이 정리되고 있었다.

분명히 내가 어제 미처 확인하지 못했을 뿐이리라. 어젠 화가 나서 아무것도 보이지 않았으니까. 슬리퍼는 녀석이 나가면서 건드렸고, 비록 내가 그런 데 예민해하는 것을 알고 잘 지켜 줬지만, 문손잡이야 경황이 없어서 내가 미처 확인하지 못했을 거고, 모래는 녀석이 남기고 간 것일 터이다. 왜냐하면, 이 집에 침입할 이유 따위가 없기 때문이다.

나는 조심스레 고개를 돌려 방 안을 둘러보았다. 침대 하나 밥상 하나가 간신히 들어가는 원룸이다. 별도의 공간이라고는 화장실과 베란다밖에 없다. 누군가가 숨어 있다면 그 두 곳 말고는 없을 것이다. 공교롭게도 내가 지금 서 있는 현관에서는 두 곳이 다 보이지 않았다. 어쩔까. 그래도 혹시 누가 숨어들어 왔다면. 나는 묘안을 냈다.

"아, 아아. 개운하게 아침 운동이나 해야지."

그렇게 소리를 내고 나는 문을 열었다. 만일 정말로 침입자가 있다면 빠져나갈 기회를 주는 게 좋을 것이다. 나는 일부러 문소리를 내며 문을 열었고 쾅 소리가 나게 문을 닫았다. 내 방은 2층이었고 나는 3층으로 올라갔다. 현관문을 지켜볼 수 있도록. 커피를 물그릇째로 들고 있었지만 마실 여력은 없었다. 그러고 보니 핸드폰도 두고 나왔는데.

시간의 흐름을 가늠하기가 이렇게 힘들 줄이야. 5분? 10분? 문은 한참이 지나도 꿈쩍하지 않았고 소리도 들리지 않았다. 역시 과민반응이었던 걸까? 나는 한 발짝 한 발짝 계단을 내려갔다. 문에 귀를 대 보았지만 어차피 방음이 잘 되는 문이라 뭐가 들릴 리 없었다. 그렇지만 이 정도 시간이 지났으면, 만일 누가 있었다면 진작 도망치고도 남았겠지.

나는 100까지 센 다음 천천히 손잡이를 돌렸다.

그리고 마치 거짓말처럼, 방 안을 난장판으로 만들고 있는 한 남자와 눈이 마주치고 말았다.

모자를 쓰고 덴탈 마스크를 쓴 그는 당황한 듯 잠시 굳어 있다가 앗, 하면서 손으로 나를 가리켰다. 그러더니 황급하게 베란다로 도망쳤고 훌쩍 난간을 넘어 나무를 타고 도망쳐 버렸다.

나는 다리를 부들부들 떨며 그 광경을 지켜보고 있었다.

모르는 남자였다. 마스크에 모자를 쓰고 있었지만 눈빛과 체형과 얼굴 크기 등등을 감출 수는 없었다. 분명히 그 녀석은 아니었다. 목적은 무엇일까. 침입자는 내가 자고 있을 때 현관문으로 들어와 방 안 어딘가 숨어 있다가 내가 나간 순간 방을 뒤지기 시작했다. 일단, 내가 목적이 아니라는 점은 천만다행이다.

그런데 아무리 생각해도 아리송하다. 내가 나갈 줄 어떻게 알고서 들어와 숨어 있는단 말인가. 얼마나 나가 있을 줄 알고 그런단 말인가. 그 짧은 시간에 내 방에서 뭘 찾을 수 있단 말인가.

좀도둑이라기엔 아무래도 어색하다. 나는 그가 좀도둑이라는 생각은 도저히 할 수 없었다. 그는 틀림없이 이 집을 노리고 들어왔다. 내가 목적이 아니라면, 이 집 안에 있는 무언가를 노리고 들어온 것이 틀림없다.

그게 도대체 무엇이란 말인가. 전 세입자가 바닥에 금이라도 묻어 두고 갔나.

나는 잠시 멍하니 베란다 쪽 창을 내다보았다. 새 한 마리가 나무에 올라앉아 있었다. 종종 저 나무에 오르면 이 방안을 들여다볼 수 있지 않을까 하는 생각을 하곤 했었다.

나는 문득 유리그릇에 담긴 커피잔을 내려다보았다. 그릇과 그 안에 해자처럼 담긴 물은 여전히 따뜻했다. 나는 그것을 다시 커피메이커 위에 올려놓고 가열 버튼을 눌렀다.

설마.

아니겠지.

띵동.

벨 소리에 나는 흠칫 놀랐다. 차분히 목소리를 냈다.

"나 수철인데."

수철? 이수철? 나는 문을 열어 주었다. 대학 동기인 이수철이 맞았다. 군대 갔다고 들었는데.

"어. 여긴 웬일이야?"

수철이 내 자취방을 안다는 건 이상한 일이 아니지만 이렇게 아침 댓바람에 찾아올 만큼 우린 그렇게 친한 사이가 아니었다.

"그냥, 학교 가는 길에 들렀어. 잠깐 들어가도 돼?"

들어가도 되냐니? 이게 무슨 경우인가. 상식적이라 할 수 없는 상황이었지만 나는 거절할 수도 없었다.

수철은 신발도 대충 놓고서 성큼성큼 걸어와 상 앞에 앉았다.

"어? 커피 끓이고 있었어? 냄새 좋은데. 나도 한잔 부탁해도 될까?"

냄새라니. 원두는 이미 쓰레기통으로 갔고 우려낸 커피에서 그렇게 말할 만큼 향이 날 리가 없다.

"아니. 이거 어제 내린 거야."

"그래? 목마르다. 그거, 마시던 거야?"

수철은 동글동글한 눈에 입꼬리만 살짝 올린 채 말했다. 얼굴도 허여멀건 게 마치 인형 같은 인상이었다. 나는 왠지 식은땀이 나는 것 같았다.

"마시던 건 아닌데."

"그러면 그거라도 괜찮아. 아, 내 거 새로 끓이지 말고 넌 새로 끓인 신선한 거 먹으면 되겠다. 난 그거 주고."

"이걸? 야. 뜬금없이 찾아와서 무슨 소리야? 나한테 할 말 있어?"

"음. 그냥? 동기잖아. 동기 좋은 게 뭐야. 가끔 이렇게 여유롭게 커피도 마시고 잠시 앉아서 얘기도 하고."

"아니, 야. 좀, 넌 이게 상식적이라 생각하냐? 좀 경우가 없잖아, 경우가. 솔직히 말하자면 너랑 나랑 그렇게 친한지도 모르겠고. 남의 방에 찾아오려면 적어도 연락은 해야 하는 거 아니야?"

"그런가? 그렇게 생각하는구나. 할 수 없지. 네가 그렇게 생각한다면."

난 녀석이 뭘 바라는지 도저히 알 수 없었다.

"그런데, 그건 그렇고 말이야. 내가 좀 경우 없다는 것은 인정해. 잘 이해했어. 하지만 말이야. 그래도 손님으로 왔는데 커피 정도는 대접해도 되지 않을까?"

"너 진짜!"

나는 상을 손바닥으로 내려치고 말았다. 수철은 눈 하나 깜빡하지 않았다. 원래 조금 기묘한 애라는 생각은 하고 있었다. 대화도 거의 나눠 본 적 없었지만, 묘하게 여기저기서 눈에 띄어 시선이 가는 녀석이었다.

이해할 수 없었다. 이 자식, 왜 이렇게 커피에 집착하는 거지? 나는 가만히 녀석을 노려보다가 자리에서 일어섰다.

"알았어. 커피 새로 끓여 줄게. 그거만 마시고 학교에나 가. 난 걔처럼 잘 못 내리는 거 알지?"

"응?"

수철은 이 세상 모든 의뭉을 끌어들이듯이 말했다.

"커피 여기 있잖아. 난 이거 마시면 돼. 너도 마시고 싶으면 네 거 끓여."

이제 나는 알 것 같았다. 하지만 동시에 개미가 척추를 타고 기어오르는 것 같은 섬뜩함을 느꼈다. 커피. 커피였다. 그것도 단순히 커피를 마시고 싶다는 것이 아니라 바로 내 밥상 위 커피메이커에 놓인 커피, 어젯밤 그 녀석이 내려놓고 간 커피, 아직도 식지 않은 커피, 바로 그 커피가 목적이었다. 아침의 침입자와 이 녀석을 연결 짓는 것이 불필요한 비약일까? 분명히 논리적으로는 이해할 수 없는 일이다.

하지만 나는 그렇다고밖에 생각할 수 없었다. 아침의 침입자가 찾던 것도 바로 이 커피였다. 내가 커피를 들고 밖에 나가니 방 안을 뒤지고 있었던 것이었다.

이 커피는 아무런 특별할 것 없는 평범한 커피다. 원두도 적당히 인터넷에서 주문한 거고 특별한 도구가 쓰인 것도 아니다. 이 커피에 부여할 수 있는 의미는 단 하나뿐이었다.

바로 여기엔 내 남자친구 주박이 걸려 있다는 것. 그 녀석이 이 커피에 대고 약속을 했다는 것.

수철은 동그랗고 감정 없는 눈으로 나를 뚫어지게 올려다보았다.

"너 설마, 이 커피를 노리는 거야? 이 커피를 '식게' 하려고?"

"무슨 소리야? 커피를 식게 하다니? 웬 뚱딴지같은 소리야?"

"너, 그 자식이 보내서 온 거지? 걘 분명히 창밖 나무에서 날 감시했을 거야. 그리고 내가 커피를 식지 않게 덥히는 것을 보고서 사람들 보내 처리하려 한 거야. 커피를 식힐 수 없다면 먹거나 엎질러 버리면 된다 생각했겠지."

"너 정말 알 수 없는 소리 하네. 좀 이상하다."

"이상한 건 친하지도 않은데 아침부터 쳐들어와서 커피 달라고 하는 너고!"

수철은 다시 말을 멈추고 멀뚱히 올려다본다.

"내 생각에 넌 좀 예민한 거 같아. 호르몬이 급격히 변동했다든가 불균형하기 때문에 그럴 거야. 어쩌면 우울증이 있을 수도 있겠다."

"뭐? 뭐어!"

"진정하고, 네가 나쁘다는 게 아니니까 난 병원 가 보는 걸 추천해. 아무리 그래도 커피 하나 대접 못 할 줄은 몰랐지만, 그래도 네가 싫다면 불청객은 이만 가 볼게."

그렇게 끝끝내 속을 긁어 대면서 수철은 떠나 버렸다. 나는 그가 인사도 없이 나가 버릴 때까지 아무 말도 할 수 없었다.

동기가 떠나고 한참 만에 나는 외쳤다.

"문 닫고 나가!"

혹시나 하는 마음은 확신으로 굳어졌다. 나는 다른 경우는 도저히 생각할 수 없었다. 이건 그 녀석, 이젠 영락없이 전 남친 지위를 얻게 된 그 녀석의 짓이다. 커피가 식으면 돌아온다느니 하는 소리를 해 놓고서 미련이 남아 내 방 안을 감시하다가 내가 커피 온도를 유지하는 것을 보고선 괘씸한 마음이 들어 커피를 식게 할 생각이었던 것이다.

그는 과묵하기는 해도 이런저런 꿍꿍이는 많은 녀석이었다. 당연한 말이다. 말이 많지 않으면 생각이 많을 수밖에. 페이스북에는 정치, 경제, 문학 등 온갖 이슈에 대해 글을 썼고 이런저런 일로 시끄러울 땐 학교에다 익명 대자보도 쓰곤 했다. 정치인이나 비정부기구에 정기적으로 후원도 하고 있고 두 달에 한 번씩 꼭 헌혈을 하기도 한다. 그러면서 입으로는 그런 얘기를 좀처럼 하지 않는다. 내가 어떤 이슈에 대해 열을 내면 유심히 들어 주고 고개만 끄덕이는 정도다. 아주 가끔 사실 정정을 해 주거나. 앞뒤가 다르다는 말을 긍정적으로 쓸 수 있는 유일한 인물이었다. 내가 아는 인간 범주 내에서 말이다.

그렇지만 이제는 그 평가를 부정적인 면으로 뒤집어야 할 때인 것 같다. 그의 과묵함은 때로는 답답하게 느껴졌다. 고민이 있거나 아니면 약속을 깨야 할 상황에서도 그는 마지막에 마지막 순간까지 말을 하지 않다가 일을 키우곤 했다. 어느 정도냐 하면, 만나서 하루 종일 끙끙대는 것을 보채고 얼러서 무슨 걱정인지 알아낸 적이 있는데 하는 말이, 다음 주 약속이 친척 결혼식과 겹쳤다는 것을 뒤늦게 알게 되었다는 것이다. 그 정도는 그냥 솔직히 털어놓고 양해 구하면 되잖아. 얼떨결에 60살까지 넣는 초장기 적금에 가입하게 돼 앓기 직전까지 간 것을 닦달해서 알아내고 내가 보험사에 전화해 계약을 물러 버린 적도 있었다. 나는 확실히 이 성격이 언젠가 큰 문제를 불러올 거라는 것을 직감하고 있었다. 하지만 이런 식인 줄은 몰랐지.

이젠 나도 오만 정이 다 떨어져서 커피가 식든 돌아오든 말든 상관없어졌지만 그래도 마지막 한 가닥 오기만이 남았다. 진작 카톡을 보내 놨는데 확인조차 없다. 이렇게 된다면 어울려 줄 수밖에. 나는 커피메이커를 침대 위 벽 구석 쪽 선반에 두었다. 여기엔 화분이며 인형 등이 있어서 얼핏 봐서는 쉽게 찾을 수 없는 위치인 데다 콘센트도 가까이 있었다. 며칠이 되든 몇 주가 되든 기다려 주지. 절대로 이 커피가 식게 하지 않겠다. 그래. 커피 관찰 일기를 매일매일 인스타에 올려야지. 나도 한 악바리 한단 말씀. 네가 진탕 싸움을 걸어온다면 말이지.

그리고 다음 날 아침이었다.

한동안 나는 공격이 들어온 줄도 알지 못했다. 문을 꼼꼼하게 잠그고 있었기 때문이었다. 핸드폰은 밤새 풀 충전 중이었고 느긋한 아침엔 그것 말고는 딱히 필요하지 않았다. 또 햇빛 덕분에 다른 불빛은 신경 쓸 필요도 없었고. 침대에서 한 시간 정도 뒤적거리다가 냉장고 문을 열었을 때 나는 무언가 잘못된 것을 알았다.

냉장고 전원이 나가 있었던 것이다.

냉동실을 열어 보니 그리 오래된 것 같지는 않아 보였다. 나는 황급히 침대로 달려가 커피메이커부터 확인했다. 유리그릇의 물은 미지근해졌고 커피는 처참하게 식어 가고 있었다. 긴급 가열이 필요했다. 나는 가스레인지로 달려갔다. 냄비를 꺼내 유리그릇의 미지근한 물을 붓고 그 안에 커피잔을 놓았다. 그리고 밸브를 열고 가스 노브를 돌렸다.

틀렸다! 가스레인지는 작동하지 않았다. 점화 플래그 튀는 소리만이 들리고 불은 켜지지 않는 것이었다. 몇 번을 시도해 봐도 마찬가지였다.

지금 이 방에서 커피의 열을 되찾을 방법이 완전히 사라진 것이다.

공격이 틀림없었다. 우연히 정전이 일어날 수도 있지만 가스와 함께 끊긴다는 것은 역시 석연찮은 일이다. 녀석은 내 커피메이커가 커피 온도를 유지하는 방법임을 알고서 아예 외부에서 전기와 가스를 끊어 버렸다. 어떻게 한 건지는 모르겠지만, 어쨌든 집 바깥에서 뭔가 수를 쓴 것이 분명하다.

이대로 10분? 아니, 5분만 있으면 커피는 완전히 실내온도와 평형을 이룬 '식은 커피'가 되어 버린다. 그렇게 되면 끝이다. 녀석의 승리로 돌아가는 것이다. 내가 차인 것도 열 받는데 이것까지 녀석의 생각대로 된다면 화가 나서 잠을 잘 수 없을 것이다.

용납할 수 없다. 이런 말도 안 되는 장난에 놀아날 수는 없다. 방법을, 방법을 생각하자. 손톱을 물어뜯으며 집 안 구석구석을 살펴보았다. 내 방에 무엇이 있는지는 내가 잘 안다. 그래, 그거!

나는 구석에 처박아 둔 고량주를 꺼냈다. 선물 받았지만 한 모금 마셔 봤다가 너무 독해서 방치해 둔 것이었다. 향이 다 날아간 디퓨저 통에다가 그것을 따르고, 실을 꺼내 대충 두껍게 말아 타래를 만들었다. 그러면 알코올램프 역할을 할 수 있으리라 기대했다.

충분히 적셔 머리핀으로 입구에 고정해 둔 심지에다 라이터로 불을 붙여 봤는데 의외로 불이 확 올라와서 깜짝 놀랐다. 나는 그 위에 바로 커피잔을 올렸다. 손으로 들고 있을 수는 없으니 적당한 받침대가 필요했는데 마침 수저통이 적당해 보였다. 수저통을 쏟고, 그 안에 램프를 놓고 수저통에 난 구멍 사이에 젓가락을 끼워 받침대를 만들고 그 위에 커피잔을 올려놓으면 끝.

완벽했다! 작업하는 사이 커피는 상당히 식어 버렸지만 내 기준으로는 세이프였고 다시 달궈지기 시작했다.

이럴 줄은 몰랐겠지. 하지만 이거로 영원히 버틸 수는 없을 것이다. 집에 전기와 가스도 복원해야 하고.

일단 시간은 벌었으니 전력공사와 도시가스 고객센터에 전화해서 민원을 넣고 생각했다. 아무래도 장소를 옮겨야 할 것 같았다. 남의 집 전기와 가스에 장난치는 것은 범죄의 영역이다. 녀석이 무슨 짓까지 벌일 줄 모르는 일이니 당분간 녀석이 모를 만한 곳으로 피난 가 있는 것이 낫다 싶었다. 가만히 내 인간 범위를 가늠해 보고, 우리 과의 유민주라는 애가 근처에서 자취한다는 사실을 떠올렸다. 방까지 방문한 적은 없었지만 우린 제법 친한 사이라 생각한다. 그 녀석은 과가 다르고 아예 소속 학부도 주 활동 건물도 다르니 민주를 알 가능성은 매우 적을 것이다.

나는 민주에게 바로 전화를 걸었다. 수업 중이 아니기를 빌면서. 다행히 민주는 전화를 받았다.

"민주야! 너 혹시 방이야?"

"응? 응. 아침부터 무슨 일이야?"

자다 깬 목소리는 아니었다. 나는 다급히 용건부터 말했다.

"미안한데, 혹시 며칠만 너네 집에 있을 수 있어? 우리 집 전기랑 가스가 나가 가지고."

"전기랑 가스가? 왜? 요금 안 냈어?"

"아니, 누가, 아니다, 몰라. 무슨 사고인지 누가 일부러 끊은 건지. 어젯밤만 해도 멀쩡히 잘 나왔는데 하나도 안 나온단 말이야. 그래서 나 지금 세수도 못 했어."

전 남친 얘기는 안 하는 게 좋을 것 같았다. 그리고 전기와 가스가 나간 것도 사실이니까.

"그래? 곤란하겠네."

"응. 곤란하다니까."

"그런데, 그러면 사람 불러야 하잖아."

"응. 그런데 언제 해결될지 모른다더라고."

"그래?"

"응."

민주의 말은 어쩐지 나아가다가 추진력을 잃고 뚝 떨어지는 공 같았다.

"그런데, 그래도 사람 부르려면 집에 누가 있어야 하지 않아?"

"번호 남겨 두면 되지. 여기서 거기까지 멀지도 않고."

"그런가?"

"으응."

민주는 잠시 또 말이 끊겼다.

"그런데, 미안해서 어쩌지. 내 방이 지금 너무 더러워서. 네가 오면 좀 불편하지 않겠니?"

"미안해. 그런데 주변에 자취하는 애가 너밖에 없잖아. 사람 올 때까지만 좀 있으면 안 될까?"

"그런데, 벌레 나올지도 몰라."

"나 벌레 잘 잡아! 내가 다 잡아 줄게."

"바퀴벌레인데?"

"내가 바퀴 잡는 도사잖아."

"그래?"

"응."

뭔가 이상하다. 민주는 이렇게 사람 할 말 없어지게 만드는 화법을 구사하지 않는다. 지금 민주의 말투는 마치, 별로 친하지 않은 상대에게 시험 범위 알려 달라고 말했을 때의 말투 같다. 적어도 내가 생각하기에 우리 사이가 그 정도는 아니었다.

"……왜?"

잠시 딴생각하느라 민주의 말을 조금 놓치고 말았다.

"응?"

"무슨 일 있어?"

무슨 일 있느냐니? 사정은 다 설명했지 않은가.

"말했잖아. 전기랑 가스가 끊겼다고."

"정말?"

"응?"

"정말이야? 전기 가스 끊겼다는 거."

"정말이야! 집에 와서 확인해 봐도 돼."

"그렇구나."

그렇구나, 는 또 뭐란 말인가. 머리가 간지러웠다. 내가 지금 누구와 대화를 하고 있는 건가. 상대가 정말 민주이긴 한 걸까.

"민주야. 나 정말 심각해."

나는 애원하듯 말했다. 그러나 민주는 조금 뜸을 들이다 단호하게 말했다.

"응. 그런데 어쩌지? 나 남자친구 생겼거든. 가끔 우리 집에 올 거야. 그래서 안 될 거 같아."

"남자친구? 갑자기 웬?"

"좀 됐어. 그러니까 그렇게 알아줘."

내가 알기로 불과 이삼일 전만 해도 민주는 남자친구가 없었다. 과방에서 놀 때 분명 "나도 남자친구 아이고." 하며 너스레 떨었는데. 그때 그냥 거짓말을 한 걸까? 또 정말 그런 거라면 진작 처음부터 그렇게 말하면 될 일 아닌가. 아무래도 이렇게 갑작스레 내뱉는 것은 급조된 말 같다.

하지만 그런 건 중요하지 않다. 중요한 것은 민주가 나를 거부하고 있다는 사실이다. 나는 작전을 바꾸기로 했다.

"알았어. 그럼 딴 거 하나만 들어줄 수 있어? 콘센트 하나만 빌려줘. 내가 무슨 내기 같은 거 하느라 커피를 계속 데우고 있어야 하거든. 내가 집에서 이걸 할 수 없어서 말이야. 그냥 커피메이커를 꽂아 놓고만 있으면 돼."

적어도 이 커피잔이라도 안전하게 보관할 수 있다면 내 거처야 아무래도 좋았다.

그런데 민주는 말했다.

"콘센트? 미안해서 어쩌지. 우리 집에 콘센트 남는 거 하나도 없는데."

"엉? 하나도?"

"응. 내 방이 작아서 말이야."

"멀티탭도 없어?"

"멀티탭 많이 쓰면 불나서 안 돼."

아니,

말이 턱 막혀 온다.

진작 알아채야 했다. 내게 뭔가 악감정이 생긴 것이 아니라면, 민주는 애초에 내 모든 부탁을 거절할 생각이었다.

그것이 민주의 유일한 말하기 전략이었다. 말하는 모든 것이 어설픈 변명이었다. 아마도 민주는 내가 무엇을 요구할지는 몰랐을 것이다. 그게 아니라면 이 변명들을 이해할 수 없다.

틀림없다. 민주의 이런 말들은 무언가 목적을 숨기고 있었다. 나를 방해하려는 목적. 내 의도를 방해하려는 목적. 그 녀석 짓이다. 분명히 그 녀석이 민주에게도 먼저 손을 써 두고 있었던 것이다. 그게 아니라면 이렇게 하루아침에 민주가 이상해질 리가 없지 않은가.

하지만 민주는 내가 무엇을 하려는지, 자신이 무엇을 방해해야 하는지는 정확히 알지 못했다. 콘센트를 빌리겠다는 요청에 대한 반응이 이를 증명한다. 만일 민주가 내 목적을 진작 알았다면 일단 자기 집으로 유인해 나는 내보내고 커피를 냉장고에 넣거나 부어 버렸을 것이다.

이 점은 나에게 행운이라고 해야 하나?

그렇지만 의문은 남는다.

타과생인 그 녀석이 어떻게 민주에게 손을 뻗을 수 있었을까.

아무래도 휴대폰이려나. 틈틈이 내 폰을 보면서 내 인간관계를 파악해 둔 것일까. 그렇다면 내 주변 몇 명이 내게 마수를 뻗어 올지 알 수 없다. 나는 누구를 믿어야 하고 누구에게 이 사연을 터놓아야 하는가.

이게 그렇게 심각한 일은 아니지만.

그래도 질 수는 없는 일이다.

나는 한 곳, 이 커피메이커를 며칠이고 보관할 수 있는 장소를 떠올렸다. 그곳이라면 누구를 포섭하더라도 함부로 도달할 수 없는 곳이다.

집은 일단 내버려 두고 나는 그곳으로 가기로 했다. 먼저 이 커피잔과 커피메이커를 안전하고 안정적인 곳에 두고서 다른 일들을 생각하기로 했다. 결판은 그 뒤다.

"알았어. 이 얘긴 나중에 해. 네가 뭘 알고 있는지 무슨 생각인지 하나도 모르겠지만, 다 끝나면 만나서 얘기해."

하고 전화를 끊었다.

나는 목적지에 연락을 먼저 하고서 찬물로 세수를 하고 알코올램프를 정리하고 커피메이커와 커피잔과 커피잔을 담은 유리그릇을 챙겨 집을 나섰다.

그리고 문을 나서는 순간,

나는 물벼락을 맞고 말았다.

자그마한 맨션 현관문 앞에서 누가 물을 뒤집어쓰리라 기대하겠는가. 나는 소리조차 지르지 못하고 얼어붙었지만 본능적으로 커피메이커를 끌어안았다. 커피. 커피를 지켜야 한다. 다행히 커피는 쏟아지지 않았고 물도 들어가지 않았다.

계단 위를 올려다보았다. 누군가가 후다닥 발소리를 내며 도망가고 있었다. 빈 양동이가 터덩터덩 소리를 내며 굴러떨어졌다.

노린 것이다. 내가 나오길 기다리고 있던 것이다. 무려 새벽부터. 내 방의 전기와 가스를 끊어 놓고서 내가 커피잔을 들고 문밖에 나오기를 기다리고 있었던 것이다.

아침부터 찬물을 뒤집어쓴 수모보다도, 이 집요함에 치가 떨렸다. 분명히 '적'은 내가 나올 것을 알고 있었다. 그것도 여전히 따뜻한 커피를 들고 나오리라는 것을 알고 있었다. 그래서 몇 시간이라도 기다릴 준비가 돼 있었다. 이번엔 그 녀석이 직접 움직였을까? 아니면 또 누군가를 보냈을까? 상관없었다. 그보다 중요한 것은 이것이 끝이 아니라는 사실이었다.

과연 물 한 동이로 완벽하게 커피의 열을 제거할 수 있을까? 그렇다고 가정할 수 있을까? '적'의 입장이라면, 나로서는 그럴 수 없다고 판단한다. 당연히 후속 조치가 준비돼 있을 것이다.

'적'은 물을 끼얹고서 위로 도망갔다. 아니, 그것은 도망이 아닐 것이다. 그것은 미리 계획된 행동일 것이다. 바로 후속 조치를 위해서. 바로 여기서 내가 아래층으로, 맨션 바깥으로 도망간다면 그것이 바로 '적'이 노리는 순간일 것이다. 그의 의도와 반대대로 움직여야 했다.

그렇다면, 내가 향할 곳은 위층이다. 나는 '적'이 어디로 갔는지 알고 있었다.

맨션 4층으로, 그리고 반 층 더 올라 먼지 쌓인 문을 열고 옥상으로 나는 올라갔다.

그는 한 손에는 호스를 들고 다른 한 손은 휴대폰을 귀에 갖다 댄 채 아래를 내려다보고 있었다. 내 인기척은 느끼지 못한 모양이었다.

내가 모르는 남자였다. 나이는 적당히 내 또래로 보였지만 옷차림은 꾀죄죄했고 피부 관리도 하지 않는 것처럼 보였다. 호스는 옥상 벽을 넘어 아래층에서 올라오고 있었다. 공범이 다른 곳에서 신호를 기다리는 것이 분명했다. 분명히 지금 통화 중인 자가 공범일 것이다. 그렇다면 저 핸드폰을 입수하면 두 명을 동시에 잡을 수 있다는 말.

나는 조심스레 커피메이커를 내려놓았다. 조금만 더 버텨 줘. 얼른 저들을 제압하고 콘센트를 찾아 가열을 재개해야 한다.

나는 핸드폰을 켜고 사진을 찍었다.

찰칵.

셔터음이 들리자 남자는 뒤를 홱 하니 돌아보았다.

아뿔싸.

셔터 소리를 생각 못 했다. 이 소리는 폰 설정과 관계없이 무조건 나게 돼 있었지.

"틀어!"

그는 외쳤다. 또 다른 '적'은 전화기 너머에서 그 신호를 기다리고 있었다. 하지만 물이 호스를 통해 아래층에서부터 올라오기에는 시간이 필요할 것이다.

그리고 사내는 지금 양손이 묶여 있다.

나는 멧돼지처럼 맹렬히 돌진했다. 그는 저항도 하지 못하고 내 몸통 박치기를 고스란히 받아 내고야 말았다.

호스가 바닥에 떨어졌고 이내 물이 뿜어져 나오기 시작했다. 나는 팔딱 뛰는 호스를 집어 아래층으로 집어 던졌다. 됐다. 이제 한동안 저것을 쓸 수 없을 것이다. 남은 것은 핸드폰이다. 통화 상대를 알아내야 하고 지금 이자의 이름을 알아내야 한다. 그것만이 유일한 승리였다.

하지만 남자는 예상치 못한 행동을 했다. 자신의 핸드폰을 골목 아래로 던져 버린 것이다.

그의 핸드폰은 머얼리서 야트막한 소리를 냈다. 나는 난간을 잡고 내려다보았다. 떨어진 휴대폰 위로 트럭 한 대가 지나갔고 가여운 핸드폰은 바퀴에 채여 다시 보이지 않는 구석으로 튕겨 갔다.

“흐흐, 통화 상대를 보려고 했지? 그건 안 될 거다.”

남자는 말했다. 역시 기억에 없는 녀석이었다.

“그래? 알겠어. 하지만 이 행동으로 넌 중요한 정보를 노출하고 말았지.”

나는 말했다.

“뭐라고?”

“네가 통화 상대를 숨겼다는 것. 그것은 네가 상대를 실명으로 번호등록 해 뒀다는 말이고, 또 내가 그 이름을 알고 있다는 말이지.”

남자는 당황한 듯 얼굴이 일그러졌다.

나는 이어 말했다.

“이미 네 얼굴 사진은 찍었어. 수소문해 보면 네가 누군지 알아내는 건 금방이야. 어차피 우리 학교 안에 있을 테니까. 그리고 또 다른 녀석도 금방이야. 내가 아는 녀석 중에서 너랑 연결된 녀석을 찾으면 되니까. 물론 많이 뒤질 필요는 없겠지. 이런 일을 남에게 전부 시켜서 해낼 수 있을까? 아마도 너랑 통화한 건 바로 걔겠지? 이 사건의 주도자. 내 전 남친.”

떠보려고 한 말이었지만 남자는 아무 말 없이 키득키득 웃기만 할 뿐이었다. 그것만으로 충분했다. 이 ‘작전’의 공범이 그 녀석이라면 적어도 이 옥상으로 뛰어 올라오지는 않을 것이다. 그는 지금 나와 마주치는 것을 피하려 할 테니까. 이미 시간을 많이 지체했다. 방을 나온 지 10분은 더 지난 것 같다.

나는 옥상 위 습격자를 내버려 두고 커피메이커를 다시 들고 이번에야말로 맨션을 빠져나갔다. 큰 의미는 없겠지만 커피잔을 라이터로 틈틈이 지져 주면서 서둘러 목적지로 향했다. 학교는 길 건너 바로 있었으나 목표로 한 건물까지는 또 한참을 가야 했다.

다행히 그때까지도 커피는 식지 않았다. 이미 그저께 이후로 몇 차례나 손가락을 담가 봤기에 마시기에는 부적절할 것이다. 그런 것은 중요하지 않다. 중요한 것은 이 커피를 한 차례도 식게 하지 않는 것. 그것 하나다. 물론 나는 식은 커피의 기준은 자의적으로 정했다. 허나 적당한 선이면 되지 않나. 내 기준에서 식은 커피는 손가락을 담갔을 때 약간의 이질적인 차가움이 느껴지는 커피다. 그게 몇 도인지는 모르겠지만 하여간 그대로 두면 몇 시간이고 비슷한 느낌이 나는 정도를 나는 식은 커피라고 여긴다.

지금까지 한 번도 그런 상태가 아니었다는 말이다.

지금은 조금 아슬아슬하지만 라이터의 도움과 바람을 철저히 가로막은 채로 안겨 있는 커피메이커의 구조 덕분에 커피는 지금 미지근한 정도를 유지하고 있었다.

마침내 나는 그곳에 다다랐다. 내 본거지인 학부 건물에 도착하고 엘리베이터로 꼭대기까지 올라갔다.

내가 두드린 문은 바로 우리 과의 이교한 교수실이었다.

"들어오세요."

교수실의 문은 두껍다. 복도에서 불이 나도 그 안은 안전할 것 같았다. 나는 그 안쪽 공간을 알고 있었다. 목소리가 둔탁하게 흩어지는 것은 단지 방음이 잘되기 때문이었다. 아마도 교수는 온 힘을 다해 외쳤을 것이다.

나는 문을 열었다.

이교한 교수님의 책상은 창을 등지고 문 쪽을 향해 나 있었다. 문을 열자마자 얼굴을 마주칠 수 있는 구조였다.

"어, 그래. 할 말이 있다고?"

나는 문을 닫았다. 잠가 버릴까 하는 생각도 했지만 그러면 수상하게 보일 게 분명했다. 지금은 먼저 교수를 설득하는 게 먼저다. 어차피 타과생인 그 녀석이 여기까지 쫓아올 가능성도 적었다.

"교수님. 좀 뜬금없을지 모르겠는데요. 콘센트 좀 쓸 수 있을까요?"

"콘센트?"

교수는 돋보기를 벗으며 말했다.

"허허. 콘센트 쓰려고 여기까지 온 거니?"

"아, 좀 급해서요."

"그래. 고 벽 옆에 있으니 하나 써라. 사탕 먹을래?"

"감사합니다! 사탕은 괜찮아요."

나는 교수의 시선을 느끼면서 커피메이커의 전원을 켰다. 아슬아슬했다. 유리그릇은 별도로 가져왔는데 중간에 정수기에서 따뜻한 물을 담아 올 수 있었다. 드디어 학교에서 가장 안전한 장소에서 안정적으로 커피 온도를 유지할 장치가 마련됐다.

이 방에서 퇴출되지 않는 한 말이다.

이제 그 협상을 해야 했다.

"그게 뭐냐? 커피냐?"

교수는 흥미로운 듯 물었다.

"네에. 여기엔 사정이 있는데, 이 커피를 식히지 않는 게 임무예요."

"임무? 허허. 그러면 누가 상이라도 준대?"

"그건 아니지만, 음, 뭐 그런 거죠."

"재미있게들 노네."

교수는 껄껄 웃으며 말했다.

"갑자기 찾아와서 죄송해요. 사실 이게 목적이었어요. 교수님 방이 학교에선 제일 안전하니까."

"누가 그걸 뺏으려고 하는구나."

"네. 남자친구, 아니, 이제 전 남자친구인데, 말하면 복잡해요. 믿지 못하실지도 몰라요."

"허허. 요즘 젊은이들 연애 풍습 정말 모르겠다니까. 설명해도 나 같은 구세대는 잘 모를 거야."

내가 이 교수를 택한 이유는 연이 있기 때문이기도 했지만 이렇게 함부로 선불리 학생 일에 말 얹으려 하지 않기 때문이기도 했다. 교수라고 해서 쓸데없는 잔소리를 하지 않는다는 점이 좋았다.

그와는 1학년 개론 수업 시간 때부터 만났다. 수업은 느긋했고 항상 5분 정도 여유롭게 끝내 주었기 때문에 학생들에게 인기가 좋았다. 2학년이 되어 근로 장학생을 하면서 자주 심부름을 하며 내 이름을 각인시켰는데 3학년 때 쓴 리포트가 그의 맘에 들어서 교수실로 불려가 칭찬받은 적도 있었다.

그러니까 나는 그의 성격을 어느 정도 알고 있었다는 말이다. 당연히 언덕이 있어야 비비는 법.

"부탁이 있어요. 이 커피메이커를 며칠만 여기 두면 안 될까요? 오래 걸리지 않을 거예요. 이틀이나, 어쩌면 하루. 그냥 전기 끊기지 않고 여기 올려 둔 커피가 식지만 않게 하면 돼요."

아무리 사람 좋은 분이라 해도 교수님은 어려울 수밖에 없다. 하지만 나는 나아가야 했다. 여기서 머뭇거린다면 나는 내 운명에 지고 말 것이다

말하기 전에는 조금 긴장되기도 했지만 하고 나니 역시 별게 아닌 것 같다. 일단 주사위는 던져졌다. 남은 것은 교수에게 달렸다. 허락이냐 거절이냐. 둘 중 하나일 뿐이다.

"흐음."

교수는 고개를 천천히 끄덕였다.

"그렇단 말이지. 그래. 분명히 사연이 있겠지. 내가 교수 생활 하면서 이런저런 부탁은 다 받아 봤거든. 보증 서 달라는 부탁도 받아 봤고 출국해야 하니 명의로 확인서를 써 달라는 이상한 부탁도 받아 봤고. 아, 그래도 직업이 선생이다 보니 결혼하는 학생 주례도 몇 번 서 봤는데 부모님 속이고 가짜 결혼식을 하니 가짜 주례에서 입 좀 맞춰 달라는 부탁도 받아 봤어. 하나같이 좀 거창한 이유가 있었지. 하지만 그때는 부탁도 거창했단 말이야. 그런데 이번 경우는 좀 특이하군. 굳이 표현하자면 처음 받는 부탁이야. 당연히 처음이겠지만, 부탁의 무게를 생각하면 처음 있는 일이란 말이지. 밥 한 끼 사 달라는 것 정도야 사소한 일이지만 이건 그런 차원이 아니란 말이지."

분명히 듣는 입장에서도 이상한 부탁일 것이다. 나는 사정을 설명할 준비를 충분히 하고 있었지만 교수는 물어볼 생각은 없는 것 같았다.

"이런 사소하지만 기묘한 부탁을 굳이 날 찾아와서 한다? 여기엔 정말 중요한 이유가 있다고밖에 생각할 수 없겠어. 분명히 그걸 물으면 좀 곤란하겠지. 안 그래?"

"네? 어, 뭐……."

별로 곤란하지 않다니까.

"그리고 그것은 내 힘이 필요한 일이기도 하지. 맞지? 난 이 학교에서는 나름 떵떵거리고 사는 종신 교수니까. 자네한테 필요한 건 나한테 주어진 권한이겠지?"

그의 목소리는 조금 전과 다르게 불길하게 들렸다.

"사는 건 그런 거 아니겠나. 가진 게 없고 능력이 없으면 이런저런 힘든 일이 많잖아. 바로 그런 게 힘이지. 사회적인 힘. 하다못해 서울에 땅 한 평이라도 갖고 있으면 누구도 거기 침입하지 못하도록 법적 보호를 받을 수 있어. 집이 여유로우면 알바를 안 해도 되고 배우고 싶은 거 배우고 경험하고 싶은 거 경험하며 자유롭게 성장할 수 있어. 그런데 당장 학비가 부족하면 일단 일하는 데 시간 뺏겨, 학점 관리 못 해, 대외 활동도 못 해, 대학 4년은 취직 관리하는 데 온통 소비되지, 건강한 지성인으로 자라는 데에 상당한 페널티를 안게 되는 거야. 아는 것이 힘이라고? 선생이 이런 말 하는 게 우습지만 뭘 알려고 해도 힘이 필요해. 자네도 그걸 대학 와서 절실히 느꼈을 거야.

당장 지금만 해도 콘센트 꽂을 곳이 없어서 이렇게 날 찾아왔잖아. 안 그래?"

목소리가 새어 나가지 않는 교수실. 종신 교수에게 주어진 독점적이고 배타적인 공간. 이곳에선 강의실보다도 더욱 뚜렷하게 그의 목소리가 가슴에 와 꽂혔다.

"저, 교수님, 뭘 원하시는……."

그는 스르륵 일어났다. 그리 크지 않은 체구지만 나는 그보다도 작았다. 옆에는 응접용 테이블이 있었다. 벽면에는 책이 가득 꽂혀 있었다. 나는 문을 잠그고 들어왔던가 되짚어 봤다. 맞아, 문은 잠그지 않았지. 그런데 이 문 혹시 자동 잠금이었었나? 잘 기억이 안 난다.

"그게 인류가 지금까지 살아온 방식이었어. 약자들은 한 줌 가진 것을 내놓으면서 강자의 것을 가져왔지. 하지만 그렇게는 부족했으니 약자들은 대신 자기 생명을 바쳐야 했어. 수많은 사람들의 시신을 딛고서, 그렇게 약자의 몫은 커져 갔어. 내가 한평생 연구해 보니 그 교환비는 매우 정확했단 말이야. 약자들이 가진 것은 대개 몸뚱이였지. 수많은 몸뚱이가 모여 기득권 하나를 뺏어 나눠 가지고, 또다시 그 아래 몸뚱이들이 모여 빼앗고. 찰리 채플린이 그랬지? 멀리서 보면 희극이지만 가까이서 보면 비극이라고. 대의를 위해 희생된 몸뚱이들 개개인 입장에선 역사의 발전이고 뭐고 그렇게 중요한 일이었을까?"

나는 여기서 물러나는 게 좋겠다고 판단했다.

"아, 저, 교수님. 그냥 가 볼게요. 없었던 거로 해 주세요. 콘센트는 과방에도 있으니까."

"아직 얘기 안 끝났는데."

교수는 나직하게 말했다. 나는 뒤로 물러서다가 살짝 얼어붙고 말았다.

"네, 네에……."

교수는 책상 바깥으로 나와 천천히 응접 테이블로 가 앉았다.

"자네 부탁 별거도 아니고 들어주는 건 문제가 안 돼. 대단한 생색내기가 된다고도 생각하지 않고. 하지만 그게 자네한테는 매우 중요한 일일 수도 있지. 그래서 이유는 묻지 않을게. 그렇지만 그 이유가 얼마나 중요한지는 절실함을 보면 알 수 있겠지."

그는 말했다.

"말하자면, 자기가 가진 무언가를 포기하면서까지 내 권한을 얻고자 한다면 그만큼 절실하다는 말이 되는 거야.

과거 많은 농민이 소작농으로 전락했듯이 말이야. 그들은 가진 게 몸뚱이뿐이었으니까."

이 사람은 도대체 왜 이렇게 몸뚱이를 강조하는 거지? 나는 묻고 싶었다. 하지만 차마 물을 수는 없었다. 그가 해 올 말이 무엇인지 마치 커다란 쓰나미를 목도했을 때처럼 뚜렷하게 알 수 있었기 때문이었다.

그것은 그가 이전에도 나에게 권한 것이기도 했다.

그때에는 차마 그럴 수 없다고 말했다. 고작 장학금에 내 인격권을 팔아넘길 수는 없었다.

하지만, 지금 나는 똑같은 소리를 들을 자신이 없었다. 과연 지금도 그때와 같을까. 내가 가진 절실함의 정도가. 난 그 제안을 거절할 수 있을까.

"자네가 받는 혜택은 똑같을 거야. 학비 지원되고, 장학금을 생활비처럼 쓸 수 있고. 특별히 뭔가 더 손해 보는 게 아니라는 말이지."

그만.

"자넬 1학년 때부터 눈여겨봤어. 싹싹하고 착실하고 활달한 아이라 생각했는데, 심부름도 몇 번 하고 리포트 첨삭도 하고 하며 몇 번 보니 말이야."

안 돼. 제발.

"자네에겐 싹이 보이더라고. 난 그런 걸 잘 보거든. 선생질 오래 하며 익힌 촉이라 해야 하나? 자네의 그 예리함과 문제의식. 그대로 두면 아까워. 그러니 대학원에 오지 않을래? 분명히 훌륭한 연구자로 클 수 있을 거야. 그러면 어떤 부탁이든 들어줄게."

난 그 장소에서 도망쳐야만 했다.

이제 어디로 가야 할까. 역시 과방밖에 없는 걸까. 그곳이라면 어느 정도 외부인을 막아 주긴 할 것이다. 번호 락도 있고 남의 영역이라는 보이지 않는 벽도 있으니까. 하지만 그 정도야 마음만 먹으면 쉽게 뚫을 수 있다. 그 녀석처럼 뻔뻔하다면 마음의 벽 같은 것은 문제 되지 않을 거고 번호 역시 절대적인 보호막이 아니다. 과방이야 노크만 하면 누구나 열어 주기 마련이니까.

그래도 그곳에선 내 과 친구 후배들을 이용해 방어진을 칠 수 있다. 최소한 내가 있는 동안에는. 특히나 날 괴롭히려 하는 전 남친이라고 한다면 다들 팔 걷어붙이고 도와줄 것이다. 이래 봬도 난 과 내에서 제법 덕망이 있단 말이지.

과방은 같은 건물에 있었다. 엘리베이터는 뭔가 불안해서 계단으로 조심스레, 하지만 빠르게 내려갔다. 수업 시간이라 복도에는 한가로이 방황하는 몇 명밖에 없었고 나는 별다른 방해 없이 과방 앞에 다다를 수 있었다.

어디 보자, 번호는 #4829. 안에선 별다른 인기척이 느껴지지 않았다. 나는 잠금쇠 돌아가는 소리를 기다리며 문 앞에 서 있었는데

삐빅.

잘못된 번호를 나타내는 신호였다. 버튼이 잘 안 눌릴 수도 있지. 나는 다시 비밀번호를 눌렀다.

삐빅.

하지만 반응은 똑같았다. 한 손에 무거운 커피메이커를 들고 있어서 힘 전달을 제대로 못 했나 보다. 나는 커피메이커를 옆에 내려놓으려고 허리를 숙였다.

문득, 불길한 기분이 들어서 나는 동작을 멈추었다.

번호를 잘못 누르는 것은 흔히 있는 일이다. 하지만, 하지만. 혹시나 하는 마음이 드는 것은, 내가 너무 예민해서일까? 그 녀석은 타과생이고 우리 과 과방 비밀번호까지 손을 대리라는 것은 너무 과한 의심이다. 더군다나 내가 지금 과방에 나타날 걸 어떻게 알겠는가. 과방엔 과 사람들이 수시로 드나들고 문제가 생긴다면 우리 쪽에서 먼저 손을 볼 것이다. 지금 내가 나타난 순간에 딱 맞춰서 번호를 조작하고 공격한다는 것은 말이 안 된다.

맞아. 그러고 보니 번호가 틀린 게 아니라 안에서 누가 락을 걸어 놔도 이런 소리가 났지. 종종 안에서 옷을 갈아

입거나 수상한 일을 꾸밀 때 문이 잠겨 있곤 했다. 대개 다른 사람에게 한 소리 듣곤 했지만. 그 가능성일지도 모른다. 나는 커피메이커는 든 채로 문을 손바닥으로 쾅쾅 두드렸다.

"안에 누구 있어요?"

아무 반응도 없었다.

하지만 소파에서 일어나 다가오는 중일지도 모르니.

나는 다시 문을 두드렸다.

삑, 하는 소리가 들리고 잠금쇠가 돌아가는 소리가 들렸다. 역시 안에서 누가 문을 잠그고 있었구나.

문이 열렸다. 안쪽으로 열리는 구조라 나는 그대로 서 있을 수 있었다. 문틈으로 보이는 얼굴은 처음 보는 얼굴이었다. 조금 초췌해 보이는 여자였다. 그는 내 얼굴을 내려 보더니 시선이 점점 아래로 내려가 내가 들고 있는 커피메이커에 닿았다.

당연히 나는 과의 모든 사람을 알지 못한다. 까마득한 선배나 복학생일 수도 있고 동기 중에서도 겉돌거나 겹치는 수업이 별로 없으면 모를 수 있다. 과방에서 낯선 사람을 만난다 해도 당황할 필요는 없는 것이다.

하지만 나는 정체불명의 불길함에 한 발짝 뒤로 물러섰다. 여자는 아무 말 없었다. 무언가를 생각하는 모양이었다. 하지만 과방에서 사람과 마주쳤을 때 뭔가 생각할 필요가 있을까?

막간의 찰나. 그 머뭇거림이 바로 불길함의 실체였던 것 같다.

갑자기, 여자는 손을 내게 뻗었다. 키가 큰 사람이어서 그 모습은 충분히 위협적으로 다가왔다. 여자가 노린 것은 다름 아닌 커피메이커였다. 그렇다. 이 여자 역시 '적'이었던 것이다!

'어떻게?'라는 의문은 애써 뒤편으로 밀어 두었다. 나는 반복되는 공격에 충분히 익숙해져 있었다. 나는 손을 피해 뒷걸음질 쳐서 거리를 벌리고는 냅다 도망가기 시작했다.

뒤에서 여자가 쿵쾅거리며 쫓아왔다. 나는 발을 내딛음과 동시에 상황 분석을 했다. 우리 두 사람의 키 차이는 10센티미터 이상. 당연히 보폭 차도 클 것이고 거기에 나는 커피메이커도 들고 있다. 찻잔이 넘치지 않도록 이동하려면 빠른 걸음 이상의 속도를 낼 수는 없다. 거기에 지금은 유리그릇에 물도 차 있다. 내 자세는 지금 왼손으로는 커피메이커를 안고 오른손으로는 커피잔을 감싼 상태다. 과방 안에서 나오느라 '적'의 스타팅이 늦어지기는 했지만 따라잡히는 것은 시간문제다.

어떡하지? 나는 복도 끝 꺾어지는 곳에 다다랐다. 그쪽으로는 소파도 있고 게시판도 있는 제법 넓은 공간이 있고 엘리베이터와 계단이 있었다. 엘리베이터는 다른 층으로 가고 있었다. 그쪽은 늦었다. 하지만 계단은? 금세 따라잡힐 것이 분명했다.

선택지가 많지 않았다. 나는 빨리 판단을 내려야 했다. 그사이에도 추격자는 성큼성큼 다가오고 있었다.

마침내 나는 결단을 내렸다.

나는 꺾어지는 복도 쪽으로 달려갔다.

그곳에는 강의실 네 곳과 사물함이 있었다. 사물함 끝은 벽과 만나는 구석진 자리. 그곳이라면 지나다니는 사람들 발에 채이지 않을 것이었다. 나는 그곳에 커피메이커를 내려놓았다.

그리고 나는 뒤로 돌아 복도를 막아섰다.

추격자는 내 앞에서 멈춰 섰다. 그는 탐욕스러운 눈으로 내 오른편 뒤쪽의 커피메이커를 노려보았다. 나는 공간을 내주지 않았다. 장비는 장판교를 혼자 틀어막았다고 했지. 같은 원리다. 복도는 그리 넓지 않고 그곳을 막으려면 한 명이면 충분했다.

그는 낮게 으르렁거리면서 다가왔다. 하지만 나는 물러서지 않았다. 여기서 물러서면 모든 것이 물거품이 되기 때문이었다.

무슨 일이 있어도 반드시 너만은 지켜 낼 거야.

나는 이를 악물고 주먹을 꽉 움켜쥐었다.

이내, 그가 달려들었다. 우린 동시에 양팔을 뻗었고 서로의 어깨를 움켜잡았다. 하지만 적의 팔이 더 길었고 골격도 더 굵은 것 같았다. 나는 금방이라도 밀릴 것 같았지만 마치 벽을 밀듯 다리를 뒤로 쭉 뻗고서 버텼다.

버티는 것이 고작이었다. 그의 손은 매의 발톱처럼 내 어깨를 파고들었고 나는 고개를 들 수가 없었다. 그나마 다행인 점은 내 신발이 운동화였다는 것이었다. 나는 바닥과의 마찰로 그나마 버틸 수 있었다. 내 등과 바닥의 각도가 30도는 되지 않을까 생각했다.

"그만 포기해! 이러다 다칠 수 있어!"

이름 모를 적은 외쳤다.

"절대 안 돼!"

"그깟 녀석, 너한텐 아무 의미도 없잖아!"

"네가 뭘 알아! 여기서 꺾이면, 난 완전히 지는 게 되어 버린다고!"

"내게도 '신의'가 있어. 이 '신의'를 위해선 널 꺾고 지나가야 해."

"그깟 거 내가 알 게 뭐냐고!"

신호가 왔다. 그것은 내가 기다리고 있던 신호였고 내가 이 자리에 와 있던 이유였다.

나는 순간 버티던 힘을 거두고 몸을 슬쩍 비틀었다. 적은 내 왼편으로 나가떨어졌고 나도 덩달아 넘어지고 말았다.

동시에 내 오른편 문에서 학생들이 쏟아져 나왔다. 수업 시간이 끝난 것이다!

힘의 흐름을 예견하고 있던 나는 무릎을 꿇는 데 그쳤지만 적은 멀찌감치 나뒹굴고 있었다. 그의 곁으로 학생들이 힐끗거리며 지나갔다. 나는 재빨리 커피메이커를 다시 감싸 들었다.

힘으로는 이길 수 없다. 도망갈 수도 없다. 그렇다면 내가 선택할 수 있는 것은 이것뿐이었다. 시간과 사람들을 이용하는 것.

나는 헉헉거리며 나를 노려보는 이름 모를 적을 슬쩍 돌아보았다. 매서운 시선이 다리와 다리 사이에서 점멸했다. 나는 서둘러 자리를 옮겼다. 아마도 그는 강의실과 계단과 엘리베이터가 모여 어딘가로 이동하는 사람들로 가득한 수업 직후의 복도에서 더는 나를 쫓지 못할 것이다.

이제 나는 다른 장소를 찾아야 했다. 벌써 그릇의 물은 식어 가고 있었다.

카카오톡 문자가 왔다. 조금 전에 잠깐 틈이 있었다. 교수실로 들어가기 직전, 유리그릇에 따뜻한 물을 담을 때.

나는 믿을 만한 친구에게 조금 전에 옥상에서 찍은 사진을 보내고 누군지 수소문해 달라 부탁했다. 그는 지금 휴학 중이어서 현재 누구와도 연락이 닿지 않을 것이리라 생각했기 때문이었다.

—알아냈어. 일어일문학과의 양태조라는 놈이야. 동아리 쪽으로 우리 과 김미리 선배가 알고 있더라고.

나는 걸어가면서 한 손으로 간신히 문자를 보냈다.

—혹시 얘랑 내 남친이랑 아는 사이인지 알아볼 수 있어?

—네 남친? 걔 건축학과 아냐?

—ㅇㅇ 그런데 걔랑 둘이 작당질하는 거 같아서.

—그걸 어떻게 알아내. 얘 이름 알아낸 거도 되게 운 좋은 거였거든?

—ㅇㅇ 고마워 나중에 보답.

일문학과 양태조라. 이걸 알았다면 상황이 달라지지. 정보가 생겼으니 이제는 선공이다. 도망만 다니며 공격받는 것보다 내가 먼저 적들과 직접 접촉하는 것이 이 싸움을 빨리 끝낼 수 있는 방법일 테니. 그를 만나려면 어디로 가야 할까? 아니, 최소한 정보를 얻으려면. 적의 본거지만 한 곳이 또 있겠는가.

나는 같은 층의 일어일문학과 과방 문을 두드렸다.

문은 열려 있었다. 그들은 머리도 옷도 엉망인 데다 시커면 무언가를 들고 있는 낯선 사람을 만나 적잖이 당황한 것 같다. 그 안엔 네 명이 앉아 있었고 서로 '쟤 알아?' 하는 눈빛을 주고받았다.

나는 그들이 더는 고민하지 못하게 먼저 말을 걸었다.

"저 타과생인데요, 미안한데 콘센트 좀 쓸 수 있어요?"

그들은 하나같이 고개를 끄덕였다. 고작 네 명이 무슨 대표성이 있겠냐 하겠지만 시간이 없었으므로 나는 그들의 권한 양도를 받아들이기로 했다.

"혹시 이 과에 양태조라고 있지 않나요?"

나는 네 사람에게 물었다. 짧은 머리 여학생이 대답했다.

"양태조? 혹시 이번에 복학한 양태조 선배 말하는 거예요?"

"어, 그런 사람이 있다는 건 확실하죠? 혹시 여기 자주 오나요?"

이번엔 옆에 앉은 넓죽한 남자가 대답했다.

"과방엔 잘 안 올걸요?"

"전화번호, 아, 전화는 안 되겠구나. 같은 학번이라거나 친하게 지내는 사람 알면 좀 알려 줄래요?"

"무슨 일 있어요?"

조금 전 여자가 말했다.

"이 인간이 우리 집에 침입해 가지고요. 잡아서 한소리를 해야겠거든요."

"네에? 설마 스토킹 같은? 그런 거 놔두면 안 되죠! 경찰에 신고했어요?"

정확히는 스토킹은 아니었지만 나는 멋대로 착각하게 내버려 두었다.

"신고는 일단 붙잡고 하려고요. 좀 도와줄 수 있어요?"

"물론이죠! 그런 놈 선배도 아니에요. 우리가 모든 인맥 동원해서 찾아줄게요. 마침 얘가 우리 과 회장이거든요."

하면서 건너편에 앉은 안경 쓴 남자를 가리킨다. 그는 약간 당황한 듯한 표정이었다.

나는 노파심에 전화는 안 될 거라 말해 놨지만 정말 의외로 양태조는 전화를 통해 찾을 수 있었다. 그때 그가 던져 버린 휴대폰은 다른 사람 것이었을까. 아니면 폰을 두 개 가지고 다닌 걸까.

자세한 건 상관없는 일이고 어쨌든 이번에 연결된 번호는 양태조 본인의 것인 듯했다. 그는 아무것도 모른 채 일문과 과방으로 불려왔고, 나를 보자마자 도망치려 했으며, 퇴로를 막은 학생회 임원들에게 붙잡히고 말았다.

그는 양팔을 붙들린 채 소파에 앉혀졌고 나는 그의 핸드폰을 뺏었다.

"비번."

나는 화면을 내밀었다. 그는 군말 않고 잠금을 풀어 주었다.

나는 아무 말 없이 통화 기록부터 확인했다. 여기에 그 녀석의 번호가 찍혀 있다면 그대로 게임 종료다. 녀석이 사주해서 나를 습격했다는 증거가 될 테니까. 아는 사이일 뿐이라 발뺌해 봐야 소용없다. 우리 집 옥상에서의 사진이 찍혔고 전기와 가스를 끊은 것은 분명히 실정법 위반일 테니 대충 둘러대는 것으론 안 될 것이다.

요즘 세상에 아무리 '인싸'라 해도 전화는 그리 많이 쓰지 않는 법이다. 검사는 금방 끝났다. 두어 화면 넘어가기도 전에 일주일 전 통화 내역까지 다 나와 버리는 것은 좀 심한 거 아닌가. 그런데 그중 내 전 남친 이름은 없었다.

역시 이 전화에다가는 흔적을 안 남긴 걸까. 그럴 리 없다. 그렇게 단호하게 폰을 버릴 정도면 그 폰은 그에게 그렇게 중요한 물건이 아니었다는 말일 것이다.

그리고 설령 그것이 지령을 위한 폰이었다고 해도 아무런 친분이 없는 사람의 명령을 들을까 하면 그렇다 보기도 어려웠다. 지금 우린 조금 거창한 애정 싸움을 하는 중이다. 여기에 철저히 개인 폰 비밀 폰 구분해 가며 지시 내리는 관계가 끼어들 거라 보는 것은 좀 어색하다.

아무런 사적 관계가 없는 사이에서 그런 지시를 내린다는 것은 생각하기 어렵다는 말이다.

잠깐. 몇 안 되는 통화 목록 중 어제부터 반복된 이름이 있었다. 김미영이라는 여자 이름이었다. 여자? 이 추잡한 남자한테? 나는 혹시나 하여 그 번호를 자세히 살펴보았다. 그것은 그 녀석 번호는 아니었다. 하지만 나에게 익숙한 번호였다.

그 번호는 다름 아닌

"결국 여기까지 와 버렸네."

익숙한 목소리가 들려 재빨리 고개를 돌렸다.

나는 그를 알고 있었다. 여기 찍힌 김미영 전화번호의 주인. 틀림없는 이 사건의 흑막.

바로 내 전 전 남자친구였다.

혹시 잊어버린 사람 있을까 봐서.

며칠 전에 전 남친과 데이트할 때 만났던 그 전 전 남친이다.

난 이 녀석일 거라고는 전혀 생각도 하지 못했다. 하지만 녀석이 등장하니 나는 모든 정황을 알 것 같았다. 그동안의 이해할 수 없던 일들, 타과생인 그 녀석의 짓이라고 했을 때 이해할 수 없었던 일이 이 녀석의 짓이라고 하니 행성 직렬처럼 들어맞았다.

지금 일문과 과방 주위는 구경꾼으로 인산인해였다. 미안하지만 양태조도 붙잡고 있어야 해서 다른 곳으로 옮길 수는 없다.

나는 물었다.

"혹시, 너 내 방 엿봤냐?"

"엿본 건 아니고. 너랑 얘기하려고 그저께 방을 찾아갔는데 문이 조금 열려 있더라고. 둘이 얘기하는 걸 들었어.

그 자식이 떠나고 한참 뒤에 용기를 내 벨을 눌러 봤는데 응답이 없더라고. 한번 손잡이를 돌려 보니 잠겨 있지 않아서 문 열고 널 불러 봤어. 넌 졸고 있었거든. 그래서 깨우지 않고 다시 문 닫고 나왔어. 밤새도록 문밖에서 지켜 주고 있었는데. 그런데 그때 난, 너한테 남은 미련을 봤어. 난 현실을 알려 주고 싶었어."

"민주한테도 연락했고?"

"걔 나 좋아하거든."

"교수님은? 혹시 교수님한테도 손써 놨어?"

"대학원 가겠다고 했지. 대신 너한테도 물어봐 달라고 했어. 네가 고민 중이니까 조금만 압박하면 넘어올 거라고 했지."

"과방에 있던 여자는?"

"내 전 여친."

"저 뒤엣놈은?"

난 소파에서 붙잡힌 채로 실실대고 있는 양태조를 가리켰다.

"조별과제에서 만났는데 돈 좀 썼지. 아, 쟤가 던진 건 내 폰이야. 어차피 교체하려고 했거든."

"이수철은? 내 방 뒤진 놈은? 아, 그거 너였지!"

나는 그때 마스크 쓴 침입자의 체형을 떠올렸다.

"맞아. 맨 처음엔 내가 들어갔어. 수철이는, 착하잖아. 부탁하니 들어주더라고."

"하."

기가 빨리는 느낌이다. 누가 누구한테 미련 같은 소리를 하는 거야? 한동안 별다른 연락도 없었는데 그때 전 남친과 있을 때 우연히 마주친 게 화근이었겠지.

커피가 식으면 돌아온다고. 나는 단단히 잘못 생각하고 있었다. 관우는 술잔이 식기 전에 돌아온다고 말했다. 이 말은 '금방 돌아오겠다'는 말이지 '떠날 테니 기다리지 말라'는 말이 아니었다. 그 녀석은 삼국지를 잘 모르고, 알았더라면 그런 표현을 쓰지 않았을 것이다.

나는 멋대로 여기에 오기를 부렸고 우연히 그때의 대화를 엿들은 이 녀석은 또 멋대로 오해해 버린 것이다. 우리

둘은 삼국지 내용을 알고 있었으니까. 당연히 커피가 식기 전에는 돌아와야지. 그건 우리에겐 상식이었으니까.

그는 말했다.

"이제 그만 잊으면 안 돼? 내가 많이 알아봤는데 그 자식 제대로 된 놈이 아니야. 전에도 이런 식으로 잠수 이별했다고 하거든. 사귀던 애 놔두고 1학년 마치고 바로 군대가 버리기도 하고. 이제 그만 놓아주자. 그리고 우리 다시 생각해 보자. 커피잔은 이제 열역학 법칙에게 내버려 두자."

아니, 열역학 법칙 어쩌고 뭔가 되게 로맨틱한 말인데 이건 좀.

# 포기 크랙

제4회 테이스티 문학상 우수작

범유진

『선샤인의 완벽한 죽음』, 『우리만의 편의점 레시피』 등을 발표했다. 화요일에 태어난 아이는 은총을 받는다는 마더구스의 노래에 의문을 품으며 자라났다. 의문을 가진 자는 끄적거리게 되는 법인지라 자연스레 글을 쓰게 되었다. 삶도 글도 고이지 않기를 바란다.

여자에게 시선이 간 건 지루해서였다. 애초에 잘될 수가 없는 소개팅이었다. 나는 남자의 외모가 마음에 들지 않는다는 티를 팍팍 냈고, 내 앞에 앉은 남자는 부모에게 등 떠밀려 나왔다는 오라를 전신에서 뿜어 내고 있었다. 그래도 나와 남자는 소개팅의 정석을 차근히 밟아 스파게티와 리소토를 주문했고, 적당히 가식을 떨며 서로의 신상을 캐물었다. 말이 소개팅이지, 주선자가 서로의 고모와 엄마인 이상 선 자리나 다름없었다. 소개팅남은 주야장천 인터넷에서 본 막장 연애 스토리를 읊어 댔다. 아무래도 이 자리를 잘못 끝내면, 나와의 만남을 막장 소개팅 스토리로 각색해서 올릴 것만 같았다. 고모에게 잔소리를 듣는 것도, 인터넷 썰의 주인공이 되는 것도 노땡큐였다. 그러니 참자,

싶었다. 다행히도 41층에 자리 잡은 라운지는 비싼 만큼 밥이 맛있지는 않았지만 썩 괜찮은 야경이 내려다보였다. 나는 상대의 말을 한 귀로 흘려들으며 소개팅남의 어깨 너머로 보이는 야경으로 지루함을 견뎠다.

야경은 역시 도시의 것이 좋다.

도시의 야경을 구성하는 많은 깜빡이 전구들은 야근에 시달리는 회사원과 교통 체증에 시달리며 차 안에서 참을 인(忍)자를 새기는 사람들이다. 나 역시 원래는 깜빡이 전구지만, 일순간 전구 무리에서 벗어나 전구를 감상하는 위치가 된다. 순간의 전복. 그러나 곧 전구로 돌아갈 것을 알기에, 그 아름다움은 무너져 내릴 수밖에 없다.

무너질 것이 예정된 아름다움. 그것만큼 내 가슴을 뛰게 하는 것은 없다.

"심부름센터 운영이요? 제가 아는 그 심부름센터……?"

"맞아요. 아, 전 미행 이상 범법 행위에 저촉되는 의뢰는 안 받습니다."

"여자가 하기엔 좀 험한 일 아닌가요."

남자의 말에 지루함이 60퍼센트 증가했다. 더 이상 야경으로는 커버가 안 되겠다 싶어, 무슨 핑계로 3분의 2나 남은 식사를 남기고 이 자리를 떠날까 머리를 굴리던 때였다. 나와 대각선 자리에 앉은 여자가 가방에서 립스틱을 꺼내는 것이 눈에 띄었다. 100미터 밖에서도 알아볼 수 있는 브랜드 로고가 선명히 박힌 립스틱은, 내가 살까 말까 망설이고 있던 신상이었다. 남의 발색 샷을 보는 건 언제나 재미있는 법이다. 하물며 지루함에 몸부림치던 때에야 두말할 필요가 없다. 나는 스파게티를 부지런히 입으로 옮기며, 계속해서 여자를 훔쳐봤다. 여자는 립스틱을 무척 천천히 발랐다. 연분홍색 립스틱이 여자의 입에 닿아 선명한 빨간색으로 변하는 순간, 내가 손에 쥐고 있던 포크에서 스파게티 면이 후드득 떨어져 내렸다.

찍고 싶었다. 저 여자를.

한 남자가 여자의 앞자리로 다가왔고, 여자는 몸을 반쯤 일으켜 남자를 맞이했고, 남자는 여자의 입술에 키스를 하고, 자신의 입술에 묻은 립스틱을 혀끝으로 핥았다. 한 자리 건넌 내 좌석에서도 잘 보일 만큼 선명하던 여자의 입술 색이 뭉개지듯 흐려졌다. 나는 여자에게서 시선을 뗐다. 여자를 보는 동안에 잊고 있던 지루함이, 견딜 수 없이 강해졌다. 집에 돌아가서 소파에 눕고 싶다는 충동이 온몸을 들썩이게 만들어 더 이상 참을 수 없었다.

"그래도 결혼하면 그만두실 거죠? 다이 씨 집안이면 굳이 외동딸이 일을 안 해도……. 사회생활을 하고 싶으신 거면 카페나, 공방처럼 좀 우아한 직종도 괜찮겠네요. 제가 원래 결혼 생각이 없었는데, 다이 씨는 좀 괜찮은 여자 같아요. 다른 여자들처럼 내숭도 안 떨고. 질척거릴 것 같지도 않고. 보시다시피 제가 외모도 괜찮고, 조건이 되다 보니 귀찮은 일을 좀 겪어서 방어적이 되었는데, 다이 씨라면 진지하게 사귀어 봐도 좋겠단 생각이 드네요."

이 이상은 무리다. 엎자. 나는 소개팅남을 지그시 바라보았다. 인터넷 어딘가에 '쌍년과의 소개팅 썰 푼다'의 '쌍년'이 되는 것쯤, 이 지루함을 견디는 것보다야 참을 만한 일이다.

"술은 패스할게요. 저는 원래 결혼 생각은 있는데, 그쪽이 좀 안 괜찮은 남자 같아요. 내숭을 좀 떠셔야 할 것 같네요. 더불어 겸손도. 저 먼저 일어날게요. 계산은 제가 하고 나갈 테니깐 천천히 드시고 나오세요. 더치페이 안 하셔도 돼요. 거울 하나 선물해 드리고 싶은데, 더 이상 만날 일 없을 테니깐 밥값 한 끼 안 내신 걸로 거울 사세요."

나는 자리에서 일어났다. 소개팅남도 일어났다. 소개팅남이 나를 향해 얼굴을 붉히며 무언가 말하려던 때, 뒤에서 쿵 소리가 났다. 나는 범죄 재현 프로그램의 한 장면처럼, 뒤에 앉아 있던 남자가 의자 아래로 쓰러져 떨어지는 것을 봤다. 립스틱을 바르던 여자가 손으로 입을 틀어막았고, 웨이터가 달려왔고, 누군가가 구급차를 부르라고 소리를 질렀다. 소개팅남은 어수선한 상황을 멍하니 보다가 진이 빠진 듯, 내게 말했다. 서로의 고모와 엄마에게는 아무 사건 없이 그냥 잘, 헤어졌다고 말하자고. 소개팅 내내 들었던 말 중에 유일하게 쓸모 있는 것이었다. 나는 고개를 끄덕였다. 립스틱을 바르던 여자가 남자의 옆에서 우왕좌왕하는 것을 보다 나는 가게를 나왔다.

빨갛게 물들어 달싹이던 여자의 입술.

한 달 후, 그 여자와 다시 마주하게 될 줄을 그때는 몰랐다.

* * *

"남편의 회사에서 유품을 정리해서 가져와 주세요."

그 여자다. 립스틱. 나는 여자가 건네준 명함을 봤다. 유향기. 나는 한 달 전 호텔 라운지에서 쓰러지던 남자를 떠올렸다. 하지만 아는 척을 해서는 안 되었다. 심부름센터를 찾는 사람들이 원하는 것은 자기 일을 처리해 주되, 생활을 침범하지 않는 누군가이다. 내가 할 일은 모른 척하는 것, 그리고 의뢰인들이 말하기를 기다리는 것이다. 유향기는 한참이나 자신의 손톱 끝을 튕겼다. 유향기의 손가락 끝은 둥글었다. 손가락만이 아니었다. 유향기는 모든 것이 둥글었다. 얼굴도, 몸매도, 분위기도. 공기 중에 몰랑몰랑

한 것들을 모두 모아 걸쳐 입고 있는 듯 둥글고 부드러운 인상을 가진 사람이었다.

"회사에서 유품을 택배로 부쳐 주지 않았어요?"

나는 슬쩍 운을 띄웠다. 유향기는 그제야 손톱 튕기기를 멈췄다.

"예. 보내 줬어요. 그런데 직원들이 공용으로 쓰는 휴게실에 남편의 물건이 남아 있대요. 별것 아니고 많은 양이 아니라고, 버려도 되느냐고 묻더라고요. 시어머니가 전화를 받으셨는데, 가지고 오라고 하시더라고요. 그런데 제가, 회사를 가기가 좀…… 껄끄러워요. 거기가 저희 시부모님 회사예요. 남편이 살아 있을 때는 시부모님과 함께 살았는데, 지금은 저 혼자 나와서 지내는 상태고요. 혹시라도 회사에서 마주칠까 봐요. 그래서 다른 사람에게 부탁해야지 싶었는데, 친구한테 부탁하기엔 너무 미안하더라고요. 안 그래도 제 일 때문에 한 달간 친구가 정말 신경을 많이 써 줬거든요. 고민하다가, 심부름센터라는 게 있다기에 찾아봤어요."

시어머니가 가지고 오라고 해서 남편의 유품을 챙기지만 혹시라도 마주치기를 원하지 않는다. 게다가 남편이 근무하던 회사는 시부모의 회사. 그 상황만으로도 유향기와 시부모의 관계가 눈앞에 그려졌다. 아마도 시부모는 며느리를 꽤나 통제해 왔을 테고, 유향기는 거기에 순응했을 터였다. 시어머니의 요구에 "그런 건 그냥 버리라고 하세요." 라고 말하면 될 일을, 심부름센터까지 찾아온 걸 보면 말이다.

"잘 오셨어요. 혹시 이 심부름센터가 어떤 곳인지는 알고 오셨나요?"

"아니요. 잘은……. 여자분이 하신다는 것만 알고 왔어요. 이 전에 한 군데 전화를 해 봤는데, 어떤 남자가 받아서는 자기들은 그런 잔심부름은 안 한다고 화내면서 끊더라고요. 깜짝 놀라서 가슴이 막 뛰더라니까요."

경직되어 있던 유향기의 표정이 살짝 풀어졌다. 그 순간 나는, 이 의뢰를 받기로 결심했다. 나는 유향기 앞에 계약서를 내밀었다.

"여기는 저 혼자 하는 심부름센터예요. 그러니 의뢰를 받고 안 받고는 제 마음대로. 기본 금액은 5만원. 그 이상은 고객분이 원하는 대로 비용을 지급하시면 됩니다. 의뢰 만족도가 낮다, 하면 아예 안 주셔도 되고요. 대신, 반드시 지급해야 할 것이 있어요."

"……뭔가요?"

"제가 원하는 고객님의 신체 부위 중 한 곳을 찍은 사진 한 장이에요. 찍는 것은 저. 사진은 저의 보관용일 뿐, 외부에 공개하지 않습니다."

"신체…… 부위요?"

유향기의 아랫입술이 살짝 벌어졌다. 나는 자리에서 일어나 소파 뒤, 창가에 놓인 탁자로 갔다. 전기 포트에 물을 끓이고, 찬장에서 컵을 꺼내 유향기의 앞에 놓았다. 티포트에 홍차 잎을 넣고 물을 부었다. 컵에 홍차를 따르자 수면에 안개가 내려앉은 듯 희뿌연 갈라짐이 생겼다.

"이거, 꼭 먼지처럼 보이죠."

계약서를 뚫어지라 바라보던 유향기는, 내 말에 컵 안을 들여다보았다.

"그러네요. 잘못 탄 건가요? 홍차 타는 거 까다롭다고, 남편이 자주 말했어요."

"포기 크랙(Foggy Crack)이에요. 뜨거운 물을 온도가 낮은 찻잔에 부으면 온도 차로 수증기가 생기죠. 전 이게 좋더라고요. 보세요. 이렇게 흔들면 곧 사라져 버리는 주제에, 필사적으로 예쁜 무늬를 만들어 내고 있잖아요. 전 홍차 맛은 잘 몰라요. 즐기지도 않죠. 하지만 이 포기 크랙을 보고 싶어서, 홍차를 타요."

나는 다시 유향기의 건너편 자리로 가 앉아, 탁자 위에 펜을 올려놓았다.

"의뢰를 받은 내용은 절대 누설하지 않고, 의뢰인이 이야기하지 않는 것은 질문하지도 않고, 이후 다시 연락하는 일도 없습니다. 저에게 의뢰하시면 의뢰한 일은 의뢰 완성과 동시에 조금 전의 수증기처럼 사라지는 거예요."

홍차가 미지근하게 식을 즈음, 유향기는 내가 내민 펜을 집어 들었다.

"한 가지, 더 부탁드릴 게 있어요."

"뭘까요?"

"딸기우유요. 그날, 남편이 회사에서 딸기우유를 마신 게 확실한지 알아봐 주세요."

딸기우유? 예상외의 부탁에, 나는 눈을 끔뻑였다. 다시 한참이나 손톱을 튕기던 유향기가, 간격을 두고 털어놓은 이야기는 이랬다.

정수혁은 과민성 쇼크로 사망했다. 처음에는 라운지에서 먹은 음식을 의심했다고 한다. 하지만 음식에서는 무엇도 발견되지 않았다. 경찰과 보험사, 양쪽에서 사인 조사에 나섰지만 역시 특별한 점은 발견되지 않았다. 보험사에서는 정수혁이 비만이었고 그날 날씨가 유독 추웠던 점을 들어 비만세포가 유발 요인이 되어 쇼크가 온 것이라 주장했다. 정수혁의 부모는 보험사의 주장에 펄펄 뛰었다. "우리 아들이, 뭐가 뚱뚱하다는 거야!"라고. 그리고 유향기를 의심했다. 유향기는 평소 아스피린을 복용했는데, 그 약을 정수혁에게 먹인 것이 아니냐고 말이다. 아스피린 역시 잘못 복용할 경우 과민성 쇼크의 원인이 될 수 있다고 했다.

"남편은 이전에도 아스피린을 먹었어요. 멀쩡했고요. 시부모님도 사실은 알고 있을 거예요. 자기들 주장이 엉터리라는 걸. 하지만 아들의 죽음을, 어떻게든 제 탓으로 돌리고 싶어 하시는 것 같아요. 대놓고 말씀하시더라고요. 네 책임을 밝혀낼 거라고. 우리 아들 유산 한 푼도 못 가져가게 할 테니 각오하라고. 예전부터 절 싫어하셨거든요. 같이 살 때도 매일, 보기 싫다는 말씀뿐이셨어요."

"……용케 결혼하셨네요."

유향기는 살짝 웃었다. 유향기의 입술은 아무것도 바르지 않은 듯 메말라 보였다.

"아이가 생겨서 한 결혼이에요. 그게 아니었으면 저도 남편과 결혼할 생각은 조금도 없었어요. 남편이 저를 일방적으로 따라다녔거든요. 3개월째에 유산이 되어 버릴 줄 알았으면, 결혼하지 않았을 거예요. 시부모님도 그렇게 생각했겠죠. 손이 귀한 집안이라고, 너 같은 건 며느리로는 자격 미달이지만 아이를 가졌으니깐 결혼을 허락한다고 말하던 분들이니깐."

유향기는 정수혁의 장례가 끝난 후 시가를 나왔다. 그러자 시부모는 더욱 펄펄 뛰었다고 했다. 남편이 죽었어도 시댁 귀신이 되어서 시부모를 보살필 생각을 해야지, 바로 쑥 나간 것이 유향기가 정수혁을 해친 증거라고 우긴다는 거였다. 시부모는 유향기가 새로 얻은 원룸 앞까지 찾아와 살인자라고 외치며 소문을 퍼뜨리고 다녔다. 그러면서도 경찰의 조사는 원치 않는다고 해 수사를 종결시켰다. 보험사도 사고보다는 병으로 귀결되는 쪽이 지급해야 할 보험금이 적기에 이 이상 개입하지 않을 것이라 했다.

"……남편이 왜 죽었는지, 이유를 모르니깐요. 그런 시부모님 앞에 당당히 나서서 제가 그런 게 아니에요, 라고 외칠 수가 없는 거예요. 무엇보다 무서운 건 혹시 정말로, 내가 뭘 잘못해서 남편이 죽은 건 아닐까. 그런 생각이…… 불쑥불쑥 든다는 거예요. 그러니깐 저는 알아야만 해요. 이 죄책감에서 벗어나기 위해서라도."

"그걸 위해서 알아야 하는 게 딸기우유의 섭취 여부라는 건가요?"

"예. 남편이 그날 스쳐 가듯 말했어요. 팀의 막내가 딸기우유를 줬다고. 그러니 혹시 우유에 문제가 있었던 건 아닐까 싶었죠. 하지만 다들 제 말에 귀 기울여 주지 않아요. 증거가 없다고요. 그래서 희철 씨……, 아. 팀의 막내가 이 희철 씨예요. 희철 씨에게 연락을 했지만 통 받지를 않아요. 이해해요. 시부모님이 예전부터 저에게 다른 남자가 있다고 의심을 하셨거든요. 그래서 전에 희철 씨가 연락했을 때, 소동이 일어난 적이 있거든요. 그렇다고 제가 회사에 가기는 껄끄러워서요. 거기가 시부모님 회사거든요."

"딸기우유 말이죠. 분명히."

"예. 딸기우유."

* * *

정수혁이 다니던 회사는 식자재 개발 및 유통을 전문으로 하는 곳이었다. 식자재 도매상가가 모여 있는 단지 한쪽에 자리 잡은 회사는 3층짜리 건물의 한 층을 사용하고 있었다. 사원증이 없는 사람도 자유롭게 드나들 수 있는, 도어록을 사용하지 않는 낡은 건물이었다. 나는 유향기가 알려 준 대로 정수혁이 근무했던 수출입 영업부의 문을 열고 들어갔다. 대여섯 명의 직원들이 자리에 앉아 근무를 하고 있었다. 그중 가장 문과 가까운 자리에 앉아 있던 한 명이, 나를 보고 자리에서 일어났다. 가슴에 달린 사원증에 이름이 적혀 있었다. '이희철.' 오늘의 타깃이었다.

"어떻게 찾아오셨어요?"

"정리 대행업체에서 나왔습니다. 전 정다이라고 해요. 정수혁 씨 유품을 가지러 왔습니다."

이희철의 눈썹 끝이 잠시 위로 올라갔다. 이희철은 나를 위아래로 빠르게 훑었다. 눈썹은 곧 제자리를 찾았고, 이희철의 입술 끝이 벙긋 위로 올라갔다.

"향기 씨가 올 줄 알았는데. 이런 미인분이 올 줄은 몰랐네요. 이쪽으로 오세요."

이희철은 앞장서 사무실을 가로질렀다. 나는 이희철의 뒤를 따라가며 빠르게 사무실 안을 눈으로 훑었다. 사무실 창가 쪽, 널찍한 자리가 텅 비어 있었다.

"저기가 정수혁 씨 자리였나 봐요?"

"아, 네. 맞아요."

"한 달이나 되었는데도 아직 후임이 안 정해졌나 보네요."

이희철은 사무실 가장 안쪽에 있는 탕비실 안으로 들어갔다. 그다지 넓지 않은 방 안에 작은 냉장고와 전자레인지, 커피메이커 등 잡다한 가전제품이 어지럽게 들어차 있어서 나와 이희철이 들어간 것만으로 공간이 꽉 찼다. 이희철은 찬장을 열었다.

"당연히 박 주임님이 대리로 올라가겠지, 했는데 아직 발령 명령이 안 났어요. 정 대리님이, 사장님 아들이잖아요. 유명했거든요. 사장님이 아들 끔찍이 여기는 거. 1년 전에 대리님이 처음 오셨을 때부터 말 많았어요. 왜, 드라마 같은 거 보면 사장 아들이 임원이 아니라 사무원부터 시작하면 사장 아들이라는 거 숨기고 그러잖아요. 그래야 후계자 수업이 된다고. 그거 다 뻥이라니까요."

이희철은 찬장에서 홍차 캔 다섯 개와 티포트, 디퓨저를 꺼내 찬장 아래 탁자에 턱턱 늘어놓았다.

"이겁니다. 유품."

"홍차요?"

"예. 주임님은 그냥 놔두고 마시자고 하는데, 전 이거 보는 것만으로도 싫어서요. 갖다 버린다고 했더니 그럼 전화해서 가져갈지 물어보라고 하더라고요. 그냥 버렸다가 나중에 사장님이 아시면 괜히 문제가 될 수 있다고. 향기 씨한테 전화할까 했는데……. 전에 향기 씨한테 전화했더니 정 대리님이 받으셔서는, 둘이 무슨 관계냐 어쩌느냐 닦달을 하셨던 게 기억나서요. 에라, 모르겠다 하고 사장님 댁에 연락했죠."

"향기 씨가…… 사모님이죠?"

쇼핑백에 홍차를 담던 이희철은 멈칫, 손을 멈추고 내 표정을 살폈다.

"설마 사장님이나 부사장님에게 이른다거나 하진 않을 거죠?"

나는 그런 이희철을 향해 공범의 미소를 지어 보였다.

"설마요. 이를 만한 내용도 없는데요. 유향기 씨가 정수혁 씨 아내라고 들었는데, 친하게 부르는 게 신기해서 물어본 것뿐이에요."

"향기 씨가 이 회사에서 근무했거든요. 제 입사 동기예요."

"그럼 정수혁 씨와 유향기 씨, 사내연애로 만나서 결혼한 거예요?"

"그렇지 않을까요? 갑자기 결혼 발표해서 저도 깜짝 놀랐어요."

이희철은 내게 쇼핑백을 내밀었다.

"여기요. 이게 다입니다."

"좋은 브랜드의 홍차뿐이네요. 주임님 말대로 두고 마셔도 괜찮을 것 같은데."

"그런 말씀 마세요. 저 진짜 홍차 싫어합니다."

내내 웃음을 띠고 있던 이희철의 표정이 확 일그러졌다.

"아니, 정 대리님 때문에 싫어하게 되었죠. 대리님이 어찌나 홍차에 까다로우신지. 홍차를 타 갈 때마다 물이 너무 뜨겁다, 너무 차다, 향이 잘 안 우러나왔다. 찻잎이 제대로 춤을 췄냐 어쩌느냐 어쩌나 구박을 하던지. 제가 팀 막내거든요. 그래서 온갖 잡일 다 맡아 해요. 그렇다고 업무가 적은 것도 아닌데 티백도 아니고, 잎차를 우리고 있으면 짜증이 확 나요. 게다가 꼭 점심시간 10분 남겨 놓고 밀크티를 달라고 하는 거예요. 직접 만든 거로! 거기, 쇼핑백 안에 딸기향 나는 홍차 있거든요. 그걸로 만들라고. 딸기 밀크티를! 사흘에 한 번씩 우유 왕창 데워서 만들었다가 냉장고에 넣어 두어야 하는데, 우유 데우고 있으면 내가 뭔 짓을 하나 싶고……. 전 이젠 카페 가서도 홍차는 안 시켜요. 진절머리 나서."

"정수혁 씨, 좋은 상사는 아니었네요."

이희철은 직장 생활에, 특히 정수혁에게 꽤 쌓인 것이 많은 듯했다. 아니면 내가 그에게 보여 준 공범의 미소가 꽤나 근사했거나. 그것도 아니면 그냥 수다쟁이거나. 이희철은 탕비실을 나오면서 내게 엄청난 비밀 이야기를 털어놓는 듯, 속삭였다.

"좋은 상사는 무슨…… 평판 최악이었죠. 오죽하면 그런 소문이 돌았겠어요?"

"그런 소문요?"

"홍보팀의 김하은 주임이, 정 대리님을 죽였다는 소문요. 둘이 불륜 관계였다나. 김 주임님이 정 대리님에게 이혼하라고 닦달하는 걸 본 사람도 있어요. 헛소문이겠죠, 뭐. 정 대리님이 갑자기 돌아가셨으니깐. 회사 사람들은 소식도 모르도 있다가 장례식 마지막날에야 허둥지둥 조문 갔어요. 과민성 뭐……? 보기와는 다르게 정 대리님이 몸이 약했구나, 하고 다들 놀랐죠."

나와 이희철은 탕비실을 나왔다. 이희철은 사무실 밖까지 나를 따라 나왔다. 엘리베이터 버튼을 누른 뒤에도 이희철은 내 옆을 서성거렸다. 나는 너에게 호의를 가지고 있다는 기운을 숨길 생각도 없이 풀풀 뿜어 내는 그의 모습에, 나는 의외로 일이 쉽게 풀릴 것임을 직감했다.

"다이 씨. 번호 교환 안 할래요? 우리 말 참 잘 통하는 것 같은데."

"글쎄요……. 참, 정수혁 씨요. 딸기 밀크티를 그렇게 좋아하면 딸기우유도 좋아하셨겠네요?"

"그럴걸요. 말로는 밖에서 파는 딸기우유는 자기 입에 안 맞는다나 입맛 까다로운 척했거든요? 그런데 제가 밀크티 만들기 귀찮아서 몇 번 딸기우유 사서 준 적 있단 말이죠. 잘만 마시던데요. 오히려 달달하게 잘 탔다고 칭찬받았다니깐요."

"안 걸렸어요?"

"딱 한 번 걸렸죠. 저번 달에. 외근 준비 때문에 바빠 죽겠는데 밀크티 타령을 하기에 탕비실 냉장고에 있는 딸기우유 줬거든요. 근데 어떻게 알고 이런 메시지를 보냈어요. 보세요. 이거."

이희철은 내게 자신의 휴대폰에 남은 메시지를 보여 주었다. '너 이거 딸기우유지? 내일 두고 보자. 너.' 메시지가 발송된 날짜는 15일. 내가 정수혁을 호텔 라운지에서 봤던, 그날이었다. 나는 빙긋 웃으며 내 휴대폰을 꺼내 들었다.

"진짜 짜증 났겠다. 저도 회사에 지랄 상사 한 명 있어서 잘 알아요. 제 상사는 글쎄, 제가 자기 단골 커피숍이 아니라 편의점에서 커피 사 왔다고 절 한 달 동안 쪼았다니깐요."

"진짜요? 대박. 어디든 있구나. 이런 사람."

"저 이거 찍어 가도 돼요? 지랄 상사한테 보여 주고 반응 좀 보고 싶어서요. 이런 미친놈 있는데 어떤 것 같냐고. 분명히 욕할 거야. 자기 한 일은 생각도 못 하고."

"백 퍼센트 그럴걸요. 찍어 가세요. 돌려 까기라도 해야 스트레스가 풀리죠."

"역시. 희철 씨와는 말이 좀 통하네요."

찰칵. 나는 정수혁이 보낸 메시지를 휴대폰 카메라로 찍었다. 임무 완료. 나는 휴대폰을 다시 가방에 넣었다. 때마침 도착한 엘리베이터의 문이 열렸고, 나는 엘리베이터 안으로 발걸음도 가볍게 올라탔다. "다이 씨. 번호는, 번호는요!" 이희철의 외침은 스르륵 닫히는 엘리베이터의 문틈에 짜부라져 사라졌다.

엘리베이터는 곧 1층에 도착했다. 건물 정문을 연 순간,

매캐한 담배 연기가 코끝을 찔렀다. 냄새가 나는 쪽으로 고개를 돌리니, 한 여자가 문 앞 기둥에 기대어 서 담배를 피우고 있었다. 나와 시선이 마주치자 여자는 내 쪽으로 성큼성큼 걸어왔다. 여자는 내 앞을 전봇대처럼 가로막고 섰다. 여자는 약간의 흐트러짐도 없는 표정으로 나를 내려다보며 물었다.

"심부름센터 사람 맞죠? 그쪽."

"맞습니다. 누구세요?"

여자의 대답을 기다릴 필요는 없었다. 가슴에 달린 사원증에 이름이 적혀 있었으니깐. 김하은. 여자의 이름을 본 순간 뇌에서 떠오른 생각이 입 밖으로 튀어 나갔다.

"아. 정수혁 불륜 상대."

"아니거든요!"

김하은이 버럭 소리를 질렀다. 김하은의 입술에 칠해진 빨강이 낯익었다. 그날, 라운지에서 유향기의 입술을 물들이던 색이었다.

"정수혁 씨에게 이혼하라고 했다던데요."

"그야, 향기가 이혼을 원하는데 그 새끼가 안 하고 버티니깐."

"유향기 씨하고 아는 사이세요?"

"친구예요. 고등학교 때부터 절친. 정수혁하고는 대학 동기고요. 내가 왜 이런 이야기를 그쪽한테 해야 해요? 향기가 그쪽에게 뭘 부탁한 건지나 말해 주세요. 향기가 아무래도 이상한데 나한테 이야기는 안 해 주고. 지갑에서 심부름센터 명함을 발견하고 얼마나 가슴이 철렁했는지 알아요? 아무리 캐물어도 오늘 그쪽이 회사로 올 거라는, 만나 보면 이상한 사람 아닌 거 알 거라는 그런 말만 하고."

"안 되는데요. 영업 원칙이라서."

내 대답에 김하은은 담배를 깊이 빨아들였다. 나는 김하은의 입술을 빤히 바라보았다. 나와 김하은은 한참이나 대립하듯 마주 서 있었다. 김하은의 미간에 깊은 주름이 새겨질 때, 나는 김하은에게 물었다.

"립스틱 뭐 쓰세요?"

김하은은 웬 뜬금없는 질문이냐는 듯, 눈만 깜빡거렸다.

"제가 사고 싶던 컬러인 것 같아서."

"……Y브랜드 슬림라인 111호요."

"역시. 유향기 씨도 그거 가지고 있지 않아요? 바른 거 봤었는데. 같은 색인데도 발색이 다른 게 신기하네요."

"제가 선물해 준 거예요. 만날 정수혁 때문에 똑같은 것만 바르니깐, 가끔이라도 기분 전환 하라고. 혹시라도 다른 거 바른 거 알면 정수혁이 지랄할까 봐, 원래 바르던 거랑 비슷한 색으로 고르긴 했지만요."

"정수혁 때문에?"

"향기한테, 자기가 정한 화장품만 쓰게 했어요. 유기농 식물성 색조 어쩌고 하는 거. 일반 색조 화장품은 닿으면 간지럽고 냄새 심하게 나서 싫다나. 하여간 까다로운 척은 혼자 다 하는 놈이었어요. 의처증 주제에. 그거, 홍차죠? 정수혁, 비염이에요. 홍차향 전혀 못 맡으면서 홍차 잘 아는 척도 얼마나 하던지."

김하은은 담배 연기를 길게 내뿜으며 혼잣말처럼 중얼거렸다.

"……불륜이라니. 내가 정수혁을 죽였으면 죽였지."

김하은은 주머니 안에서 재떨이를 꺼내 담배를 비벼 끄고는, 내 옆을 지나 건물 안으로 사라졌다. 나는 주차장으로 향했다. 내 머릿속에서는 단시간에 입력된 정보들이 빙글빙글 돌아가고 있었다. 비염이었던 정수혁. 유향기에게 정해진 화장품만 쓰게 하던 정수혁. 딸기우유를 밀크티인지 알고 잘만 마시다가, 의자에서 굴러떨어진 그날만 딸기우유라는 걸 알아차렸다는 정수혁. 유향기에게 입을 맞추던 정수혁. 나는 차 운전석에 앉아 휴대폰 사진첩을 열었다.

'미리 찍어 놓길 잘했다고 생각했는데 말이야.'

나는 유향기의 입술 사진을 바라보았다. 유향기가 의뢰를 하러 오던 날에 찍은 것이다. 아무것도 바르지 않은 듯

옅은 색의 입술. 하지만 역시, 아주 약간 부족하다. 아주 약간. 그 선명한 빨강. 뭉개지기 직전의 그 빨강을 얻을 수는 없을까. 사진을 뚫어지라 들여다보다 차에서 내렸다. 회사 건물 근처를 둘러봤다. 건물 횡단보도 건너편, 편의점이 있었다.

나는 횡단보도를 건넜다.

* * *

사흘 만에 마주한 유향기의 입술은 빨갛게 물들어 있었다. 그날의 색이다. 나는 유향기에게 이희철의 메시지를 전송한 뒤, 내 휴대폰과 클라우드에서 사진이 완벽히 삭제된 것을 확인시켜 주었다. 나는 쇼핑백에 담긴 홍차를 유향기에게 건넸다.

“이걸로 의뢰는 완료입니다.”

“감사합니다.”

유향기는 차분하게 쇼핑백을 받아들었다. 이대로 유향기가 문을 열고 나가면, 더 이상 기회는 없다. 유향기를 흔들어 볼 기회. 나는 준비해 두었던 딸기우유 두 개를 탁자에 올려놓았다. 유향기의 시선이 잠깐 우유에 닿았다가, 재빨리 거두어졌다.

"이건 뭔가요?"

"시간이 있으면, 잠깐 제 이야기를 듣지 않으시겠어요?"

"이야기요?"

"말씀드렸죠. 저는 의뢰인이 말하지 않는 것은 질문하지 않아요. 그러니깐 지금부터 제가 하는 이야기는 유향기 씨에게 하는 질문이 아닙니다. 일방적으로 제가 쏟아내는 망상일 뿐이에요. 듣고 싶지 않으면 언제든 자리에서 일어나 문밖으로 나가시면 됩니다. 다 듣는다고 해서, 무언가 바뀌는 것도 없습니다."

심부름센터에 온 사람들 중에, 이야기를 듣지 않고 나간 사람은 이제껏 없었다. 내가 쏟아 낼 '망상'이 자신이 숨기려는 비밀일 수도 있다는 불안에 굴복하는 것이다.

"……무슨 이야기인데요?"

잡았다. 유향기를 흔들 수 있을 것이다. 나는 속으로 쾌재를 불렀다.

"일단 일주일에 서너 번, 편의점에서 딸기우유를 간식으로 사는 남자에 대한 이야기를 할까요. 그 사람은 식품회사에서 일하고 있죠. 그래서 식품첨가물에 대해 일반 사람들보다 좀 더 잘 알고 있는 편이에요. 그 사람이 그러더라고요. 자기는 편의점에서 딸기우유를 살 때, 꼭 S사의 것만 산다고. S사는 딸기우유에 코치닐 색소를 넣지 않거든요. 회사 주변 편의점에 확인했더니 남자의 말은 사실이었어요."

코치닐 색소. 선인장에 기생하는 곤충(coccus cacti), 이른바 연지벌레에서 추출하는 적색계의 염료다. 햄, 맛살, 우유, 화장품 등에 천연색소로 활용된다. 세계보건기구(WHO)에 의해 알레르기 유발 의심 물질로 규정되었으며 홍조 및 가려움과 같은 가벼운 증상부터 급성 쇼크에 이르기까지 다양한 증상을 일으킨다. 이희철은 내게 연지벌레가 징그럽다고, 그거 사진 한 번 보면 색소 안 든 것만 고르게 된다고 너스레를 떨었다.

"그 회사, 그 팀에서 딸기우유를 먹는 사람은 그 남자뿐이죠. 그런데 딱 한 번, S사의 것이 아니라 D사의 딸기우유가 들어 있던 적이 있었대요. 그 남자는 자기 상사에게 종종 딸기우유를 밀크티라고 속이고 주었는데, 그날만 상사가 눈치를 챘다고 해요. 알아봤더니 D사의 딸기우유에는 코치닐이 들어 있었죠."

나는 이야기를 멈추고 유향기의 표정을 살폈다. 별 변화가 없었다. 유향기는 사무실에 들어왔을 때처럼 수줍은 듯 약간 고개를 숙인 채 앉아 있을 뿐이었다.

"그럼 그 상사 이야기를 해 볼까요. 그 상사는 색소가 들어간 화장품을 싫어했다고 해요. 그래서 그의 아내는 색소가 들어 있지 않은 화장품만 발라야 했죠. 딸기우유도 그렇고, 화장품도 그렇고. 상사는 아마 코치닐 알레르기가 아니었을까요. S사의 딸기우유야 색소가 안 들었으니 그냥 마셨겠지만, D사의 딸기우유를 마시고는 두드러기든 뭐든 났겠죠. 하지만 상사는 주변에 자신의 알레르기를 알리지 않았어요. 알레르기 검사를 받았는지도 의문이죠."

의외로 그런 법이다. 땅콩을 먹고 자기가 땅콩 알레르기가 있다는 걸 알게 되어도, 병원에 가서 알레르기 진단 검사를 하는 사람은 많지 않다. 성인이 된 후에 알레르기가 생긴 경우라면 더욱 그렇다. 어린아이야 급식 등 증명 서류를 제출해야 할 일이 많지만, 성인은 자기가 알아서 조심하면 된다고 생각한다. 특정 음식이 아닌 색소 알레르기를 타인에게 일일이 설명하는 게 번거롭기도 했을 터이다. 더군다나 정수혁은 허영심이 강한 타입이었다. 홍차 맛을 몰라도 전문가인 척하고, 비염에 걸린 것도 부끄럽게 생각하는 타입. 하지만 알레르기 때문에 병원에 간 적이 있다면, 그 기록은 남아 있을 터이다.

"만약 제가 그 상사의 아내라면 어떨까, 생각을 해 보면 이래요. 남편이 코치닐 알레르기로, 특히나 다른 사람이 준 음료를 마신 것이 사망 원인이라면 그건 사고사로 판정날 확률이 높죠. 병사보다는 보험금 책정이 월등히 높게 될 거예요. 더군다나 그 아내가 만약, 남편을 살해했다는 누명에 시달리고 있다면 더욱더 누가 남편에게 딸기우유를 먹였음을 증명할 필요가 있겠죠. 그건 D사의 것이어야만 해요. 하지만 그 증거를 아내 본인이 모을 수는 없죠. 너무 적극적으로 움직이면 주변 사람들에게도, 보험사에도 의심받을 테니깐. 그래서 그것을 증명해 줄, 제삼자가 필요해진 거죠."

유향기가 고개를 들고 나를 마주 보았다. 유향기는 난처한 듯 코끝을 찡그리며 미소 지었다. '심부름꾼으로 써먹어서 죄송합니다.'라고 말하는 듯이. 나도 웃었다. 본격적인 흔들기는 이제부터였다.

"상사는 D사의 딸기우유를 먹은 날 저녁, 식당에서 쓰러집니다. 남자가 상사에게 딸기우유를 내어준 건 오후 5시쯤이라고 해요. 상사가 식당에 간 건 저녁 7시쯤이었지요. 알레르기로 급성 쇼크가 나타나기에는 시간 텀이 길지요. 물론 알레르기 증상은 사람에 따라서는 시차를 두고 나타나기도 합니다만. 그래서 여기부터 본격 망상 타임입니다. 만약 제가 이 사건을 맡는다면 말이죠. 전 상사의 아내에게 물어볼 겁니다."

"뭐라고 묻고 싶으신데요?"

"그날 립스틱은 뭘 바르셨나요, 라고."

흔들렸을까. 나는 주머니 속 휴대폰을 꽉 움켜쥐었다. 유향기의 표정이 아주 잠깐이라도 무너진다면, 그 순간을 놓치지 않고 찍을 작정이었다.

다음 순간, 유향기는 웃었다. 그때까지와는 전혀 다른, 단단한 웃음이었다. 실패다. 유향기는 무너지지 않았다.

"친구가 아래에서 기다리고 있어서, 이만 가 볼게요. 참, 이거."

유향기는 발아래 놓아두었던 작은 쇼핑백을 꺼내 내게 내밀었다.

"도와주신 게 감사해서요. 받아 주세요."

유향기는 내게 쇼핑백을 안기고는, 뒤돌아보지 않고 사무실을 나갔다. 나는 유향기를 붙잡지 않았다. 유향기는 더 이상 내게, 아름다워 보이지 않았으니깐. 쇼핑백을 열어보니 안에는 홍차가 들어 있었다. 스트로베리 센세이션. 딸기향이 첨가된 티백 홍차.

"더 이상 건드리지 말라는 거지. 이건."

나는 자리에서 일어나 포트에 물을 데웠다. 티백을 컵에 넣고, 뜨거운 물을 부었다. 홍차가 우러나면서 포기 크랙이 생겨났다. 잔을 손에 들고 창가에 서서, 아래를 보았다. 유향기가 김하은과 함께 걸어가고 있었다.

'어쩐지. 너무나 눈을 끄는 아름다움이지 싶었어.'

무너지는 것은 아름답다. 그것만이 내 시선을 끈다. 유향기가 그 짧은 순간, 내 시선을 잡아끌었던 건 무너지고 있어서일 것이다. 정수혁이 의자 아래로 굴러떨어지던 그때, 유향기의 삶 일부분은 분명 빠르게 붕괴하고 있었다. 본인의 의지로, 무너뜨리고 있었다. 천천히, 입술에 립스틱을 꾹꾹 눌러 바르며 무너질 각오를 다지고 있었다.

무너질 각오를 한 사람은, 그만큼 빨리 삶을 쌓아 올린다. 이전보다도 단단하게.

'이번에도 베스트 샷은 손에 넣지 못했네.'

단 한 번이라도 찍고 싶다. 이전보다 단단하게 자신을 쌓아 올린 사람이, 무너지는 순간의 아름다움을. 하지만 이제껏 한 번도 성공하지 못했다. 그래도 언젠가는 찍고야 말 것이다.

잔을 흔들자 포기 크랙은 우아하게 흔들리다가 사라졌다. 홍차를 한 모금 마셨다. 맛없다. 나는 아무리 좋은 홍차라도 별맛을 느끼지 못한다. 그저 쓰고 떫을 뿐이다. 그렇지만 나는 매일 홍차를 끓인다. 홍차의 맛은 어찌 되든 좋다. 진실이 어찌 되든 상관없듯이. 중요한 것은 포기 크랙, 무너지는 틈새의 아름다움이다.

# 어떤 커피부터 사원 복지라고 할 수 있을까

제4회 테이스티 문학상 우수작

유사본

서울 출생. 어린 시절 학급문고에 꽂혀 있던 장르소설들과 PC통신 연재 게시판의 다양한 작품들을 접하며 장르소설 읽고 쓰기에 취미를 붙였다. 매 순간 키보드와 워드프로세서의 존재에 감사하는 악필. 서재가 있는 집을 꿈꾸며 오늘도 책과 블루레이 디스크와 게임 타이틀을 택배 박스 그대로 쌓는 중.

이막손 씨는 의료폐기물 상자를 헤집다가 내게 걸렸다.

못 본 척 퇴근이나 할걸.

예전에 막손 씨가 일회용 포셉을 한 번 쓰고 버렸다고 부장에게 욕먹고 쓰레기통을 뒤지던 게 기억나, 안쓰러운 마음에 다가간 게 실수였다.

―막손 씨, 뭘 그렇게 찾아요? 또 부장님이 뭐라 했어요?

나는 어두침침한 비상계단에 한 발짝 들어섰고.

눈이 어둠에 익숙해졌을 때.

의료폐기물 상자를 파헤쳐, 다 쓴 혈액 투석기 필터를 쭉쭉 빨아먹고 있던 이막손 씨를 마주했다. 핸드타월과 필터 포장지와 다 쓴 주사기가 굴러다니는 가운데, 빠르게 굳어 가는 피 섞인 투석액을 단 1시시라도 빨아먹으려 들던 막손 씨의 몰골은 다시 잊지 못할 모습일 것이다.

그때 피에 젖은 얼굴을 보며 내가 처음으로 느낀 감정이 역겨움도, 두려움도 아닌 측은함이었다는 것까지도.

* * *

막손 씨는 간호보조원이었다. 하늘색 유니폼을 입었으되 조무사 자격증도 없었다.

하지만 조선 팔도 병원을 다 돌았다는 (다소 낡은) 농담이 농담처럼 느껴지지 않을 정도로 그이의 손길은 능숙했다. 혈액 투석 전문의원은 이번이 처음이라는데. 기계 다루는 것도 어려워하지 않아서, 반년 만에 그이가 웬만한 신규 간호사를 도와줄 정도였다.

이제 서른이나 넘었으려나 싶은 외모라 어디서 그렇게 열심히 일하고 살았나, 했는데.

"나, 흡혈귀예요."

오후 5시. 카페에서 듣기엔 너무 생경한 헛소리였다.

그이는 필터 빨아먹은 흔적이 남았나 확인해 보려는 건지, 손거울을 열어 제 입가를 살폈다. 남들보다 조금 날카로운가 싶은 송곳니가 반짝 빛나다 입술에 숨었다.

"진영 쌤?"

"아, 네."

"무슨 생각 해요? 참고로 이 사실을 들킬 때마다 정신과 예약해 보라는 충고는 서른 번 정도 들었으니 굳이 말하지 말아요."

촉탁직원도 협력 대학병원에서 정신건강보건실 진료 봐 주던가, 까지 생각하다 포기했다. 어차피 남의 일이다.

나는 따듯한 아메리카노를 마셨고, 그이는 녹차가 서빙되어 나오자마자 티백을 뺀 후 맹물을 마시며 말을 이어 나갔다.

"나도 지긋지긋하니 간단히 말할게요. 피 마시려고 병원 일 하는 거 아니고요, 애먼 사람 안 건드려요. 그리고 이거."

그이가 주민등록증을 내놓았다.

1958년생. 신분증에 박힌 사진은 지금 모습 그대로였다.

하지만 주민등록증 사진은 갱신할 수 있다. 사람이 동안일 수도 있지.

대충 그렇게 넘겼다.

그다음? 당연히 집에 가고 싶다는 생각만 했지. 8시 출근, 4시 30분 퇴근이 내 일상이다. 괜히 누구 도와주려고 마음먹었다가 시간 빼앗기는 건 예정에 없었어.

하지만 막손 씨는 이야기의 둑이 터진 듯 혼자 조잘조잘 잘도 떠들었다.

오래 버티긴 했지만 언젠가 들키겠지 싶긴 했다. 그래도 잘못한 건 없다. 원래 면허를 따고 싶었지만 그러려면 대학도 나오고 실습도 다녀야 하는데 해를 오래 못 보는 나에게는 힘들다. 간호조무사 자격증이라도 따려 했는데 병원 실습 시간 780시간을 채워야 한다기에 기절하는 줄 알았다. 밥값도 안 줄 거면서 너무하지 않냐 등등. 공감은 가는데, 정말 귀 막고 집에 가고 싶어지는 이야기이기도 했다.

내 표정이 점점 굳어 가고 있으니, 막손 씨가 슬슬 눈치를 보다 말했다.

"저기. 이를 거 아니죠?"

"어떻게 일러요. 막손 씨 말마따나 잘못한 게 없는데."

생각만 해도 피곤하다.

1년간 멀쩡하게 잘 일하던 직원이 의료폐기물로 내다 버린 혈액 투석 필터에 남은 피를 쪽쪽 빨아먹다 나에게 걸렸다고 증언해 봤자, 이상한 약 맞았냐는 의심은 내가 받겠지.

솔직히 내 알 바도 아니었다. 당장 퇴근해서 기절하고 싶었다. 내일도 8시까지 출근하려면 6시 30분에 일어나야 한다고.

나는 딱 하나, 궁금했던 것만 물었다.

"안 더러워요?"

막손 씨는 어깨만 으쓱했다.

"환자 보균 여부는 전산에 뜨잖아요. 그거 보는 거죠. 그리고 필터 거친 부분만 먹어요."

"……아니, 솔직히. 쓰레기통에 버려져 있던 건데."

"우리 폐기물 박스 깨끗하잖아요? 요양병원처럼 똥기저귀가 들어 있길 해, 외과처럼 수술 부위 패킹했던 거즈가 들어가 있길 해. 거의 물기 닦은 핸드타월이랑 식염수 주사기 정도인걸."

하루이틀 해 본 일이 아닌 모양이다.

내 점점 일그러지는 얼굴을 뭐라 해석했는지, 막손 씨는 갑자기 손사래를 쳤다.

"아. 환자 배액관으로 나온 건 안 마셔요."

역겨운 상상에 더는 버틸 수 없었다. 차라리 혈액팩을 훔쳐 마신다고 하는 게 나았을 것이다.

내가 후딱 아메리카노를 들이키고 일어났을 때, 그이도 엉거주춤 자리에서 일어나 말했다.

"혹시 낮근무 하실 때 소아환자 들어오면 문자 하나만 보내 줄 수 있어요? 나중에 커피 상품권이라도 보내 드릴게요. 네?"

"봐서요. 그럼 수고하세요."

나는 못 들은 척 이야기를 얼버무리고 계단을 올랐다.

햇살 하나 들어오지 않는 지하 카페를 벗어나자, 어느

새 길게 늘어진 겨울 오후의 그림자가 내 퇴근을 반기고 있었다.

* * *

만약 막손 씨가 50킬로그램이라도 넘었더라면. 하다못해 45킬로그램이라도 넘었더라면 나도 이런 짓을 하지는 않았을 것이다.

하지만 그이는 나보다 조금 작은 키에 40킬로그램이나 될까 싶을 정도로 마른 몸이었다. 팔은 수액 폴대만큼이나 가늘어서, 그이가 1리터짜리 수액을 품 안 가득 나를 때마다 병원 사람들은 팔뚝이 뚝 꺾이지나 않을까 싶어 숨을 삼키곤 했다.

연민 때문일까.

나는 29킬로그램짜리 소아 환자가 병원에 온 날, 막손 씨에게 연락했다.

우리 병원은 자그마한 투석 전문 의원이다. 여기 오는 환자들은 대부분 생활 사이클이 안정된, 주 3~4회가량 투석을 주기적으로 받는 어른들뿐.

하지만 제 고향인 협력 대학병원의 모든 것을 그리워하는 우리 총무부장님께서는 그곳의 모든 급한 환자를 대신 받아 주려 노력하시며, 그 덕분에 가끔 소아 환자의 투석을 진행하게 될 때가 온다.

투석 준비 과정에서, 우리는 생리식염수로 필터를 씻어낸 후 환자의 혈관을 기계에 연결한다. 환자의 피가 필터를 채우고 불순물과 수분이 빠져나가는 과정에서 대부분의 환자는 혈압이 떨어진다. 혈압이 안정적인 사람만이 혈액 투석을 할 수 있는 이유다.

한편, 체중이 적게 나가는 소아 환자는 필터를 채우는 것만으로도 혈압이 위험할 만큼 떨어질 수 있다. 그 때문에 소아 환자 투석을 위해서는 미리 혈액은행에서 피를 받아 와 필터를 채워야 한다.

그리하여 29킬로그램짜리 환자의 투석을 완료했을 때, 피가 약간 남은 혈액팩이 내 손에 들어왔으며.

본인 근무 시간보다 일찍 출근한 막손 씨가 비상계단에 숨어 혈액팩을 뜯어 핥고 있다는 이야기가 되시겠다.

선글라스와 마스크로 가리지 못했던 부분의 피부가 조금 그을려 있었다.

한참 정신없는 식사를 마친 후. 그야말로 괴물 같은 몰골이 된 막손 씨가 날 올려다보며 어설프게 웃었다. 식사의 흥분이 가시지 않았는지, 마른 팔다리가 문자 그대로 사시나무처럼 덜덜 떨렸다.

"진영 쌤, 고마워요. 정말 오래간만에 제대로 먹었네."

"몇 밀리리터 되지도 않잖아요. 그걸로 식사가 돼요?"

"뭐…… 죽지는 않아요."

머릿속에 질문이 한가득 떠올랐다.

영양소가 빵빵하지도 않을 텐데 꼭 피를 마셔야 하나? 생리식염수나 포도당 용액, 혈액 대용제로는 대체가 안 되나? 어차피 위장을 통해 소화시켜야 한다면 다른 식이를 시도해 본 적은 없나?

그렇게 묻고 싶었지만. 그이는 '정신과 다니라는 충고를 서른 몇 번씩' 들었다니 이 질문도 지긋지긋하게 들었을 것 같아서 참았다. 보다 솔직하게 말하자면 "그렇게 물어본 녀석들은 다 내 배 속에 있지."라는 답변이 나올 것 같았다.

그리고, 내가 굳이 서른 몇 번째 질문자가 되지 않더라도.

애초부터 본인이 가장 많이 스스로에게 물어본 질문이었겠지.

저 비쩍 마른 팔다리를 보면 답이 나오지 않는가.

내가 말이 없자, 막손 씨는 다시 혈액팩 비닐을 씹어먹을 듯 핥았다. 피에 물들었던 혈액팩이 거의 투명해졌다.

그때쯤 막손 씨의 눈에도 처음 보는 생기가 돌아왔다. 그이는 혈액팩을 던지고, 폐기물 박스 옆의 손 소독제를 손이 흥건해질 정도로 뿌려 문지른 후 스마트폰을 쥐었다.

"커피 모바일 상품권 보내 줄게요. 좋아하는 브랜드 있어요?"

"병원 주변에 있으면 괜찮아요. 라떼로 해 주면 좋고."

"라떼, 잠시만요. 더 비싼 거 해도 되는데."

곧 내 핸드폰에 메시지가 도착했다. 병원 길 건너, 프랜차이즈 카페의 라떼 한 잔, 그리고 치즈케이크 한 조각. 센스 있네.

"고마워요. 잘 먹을게요."

"뭘요, 내가 더 고맙지. 다음에 또 비슷한 일 있으면 연락 부탁해요."

"……있으면요."

소아 환자가 투석하러 이런 작은 의원에 오는 경우는 거의 없다. 그건 막손 씨도 잘 알고 있겠지.

그이는 입 주변까지 소독제로 뽀득뽀득 닦은 후 마스크를 끼고 자리에서 일어났다. 밤늦게까지 이어질 야간 근무를 위해서다.

문득, 너스 스테이션을 본 그이가 멈춰 섰다.

"환자분이 커피 쏜 모양이네. 내 몫 있으면 진영 쌤이 마셔도 돼요."

"두 개 마셨다간 오늘 못 잘걸요. 그러고 보면 우리 카페 갔을 때 막손 씨 아무것도 안 마셨죠? 물이랑 피박에 안 들어가요?"

투석액 섞인 피를 먹는 걸 보면 꼭 그렇지만도 않을 것 같은데.

막손 씨는 고개를 갸우뚱, 하다가 한쪽 입꼬리를 올렸다. 분명 마스크 너머에 가려져 있는데도 느껴졌다.

"배고프다고 목구멍에 모래를 넘길 순 있겠죠. 하지만 그런 데 익숙해지긴 싫어요."

막손 씨는 그대로 스테이션 안으로 들어갔다. 그이의 근무가 시작된다. 나는 일부러 조금 느지막하게 들어갔다.

"진영 쌤. 퇴근한 거 아니었어요? 오래 남아 있네."

"뭐 좀 찾아보느라고요. 이제 갈 거예요."

"커피 하나 들고 가. 보호자분이 쐈어요. 뜨아, 아아. 골라."

나는 따듯한 아메리카노를 골랐다. 커피를 배급하던 동료는 곧 출근하는 저녁 근무자에게도 커피를 권했다.

마지막에 커피 한 잔이 남았다. 동료는 대놓고 시선을 피하는 막손 씨를 바라보았지만, 예의상으로라도 권할 기회는 없었다. 퇴근 시간만을 손꼽아 기다렸을 부장이 사무실을 나와 마지막 커피를 낚아챘다.

* * *

우리 병원에 한동안 소아 환자가 찾아오는 일은 없었다. 당연했다. 막손 씨는 비상계단에 숨어 다 쓴 필터를 빨았다. 나는 필터를 가능한 한 새 의료폐기물 봉투에 버리려 했지만 쉬운 일은 아니었다. 의료폐기물 상자에는 때로 누군가가 다 마신 테이크아웃 커피잔, 환자가 쓴 휴지, 음료수 병 따위가 들어가곤 했다. 나는 그런 날 막손 씨를 돌아보고 쓸데없는 감정을 느끼지 않으려 노력했다.

그와 별개로. 막손 씨는 대화에도 굶주려 있었는지, 때로 나를 병원 지하 카페로 이끌고는 했다.

그이는 여전히 카페 음료를 마시지 않았다.

때문에, 그이는 대화가 어설프게 끊기는 순간마다 입을 축이는 대신 젖어 널브러진 티백을 바라보곤 했다.

"향은 좋은데."

"모래 먹는 것만큼 싫어요?"

"그 정도는 아니에요. 근데…… 이런 건 사는 데 필요하지 않은 거잖아요."

"밥도 못 먹는 와중에 기호품으로 배 채우긴 싫다?"

"비슷해요. 안 그래도 내 위 쪼그라들어서 주먹 반쪽만도 못할 텐데. 그걸 괜히 이런 거에 맛 들여서 채웠다간 나중에 식사를 못 하지."

"뭔 소린지는 알겠는데요."

나는 남은 카페라떼에 시럽을 주욱 짜 넣었다.

"요새 커피를 기호품으로 먹는 사람이 얼마나 된다고요. 주말이면 모를까, 대부분 평일에 정신 차리려고 먹는 거지."

"정신이 차려져요?"

"그런 느낌적인 느낌."

"뭔데요. 아, 그래서 데이 출근하는 사람들이 죄다 손에 커피 들고 있는 건가."

"바로 그거죠. 매일매일 죽을 것 같아요. 커피는 아슬아슬하게 사람 안 죽게 만드는 구명줄인 거지."

"……데이 근무 많이 힘들어요? 우리 병원은 일반 데이랑 좀 다르잖아요."

"종합병원 3교대보다는 훨씬 낫죠. 왜요?"

막손 씨가 한숨을 푹 쉬었다.

"부장이."

"또 염병해요?"

우리 의원 총무부장은 모든 인사와 경리와 물류를 자신이 관리한다 믿어 의심치 않지만 그 대부분의 업무는 최종 결재를 질질 끄는 염병으로 이루어져 있다. 애초에 이 손톱만 한 의원에 총무부장씩이나 되는 직책을 만든 것도 협력 대학병원에서 사고 친 인간을 받아 주기 위해서였다는 건 우리 의원의 공공연한 비밀이다.

그래도 간호사에게 던지는 염병이라고 해 봐야 평소에는 약 아껴 써라, 핸드타월 아껴 써라, 마스크 아껴 써라, 화장하고 다녀라 정도였는데.

막손 씨에게 전달된 염병의 방향은 조금 달랐다.

"제가 새벽 1시까지 풀근무하잖아요. 그거 쪼개 달래요."

"네?"

"지금 근무 일수 사수하고 싶으면 밤에만 일하지 말고 세 시간 30분씩 쪼개서 낮 시간에도 일하라는데."

"멋대로 변경이 돼요? 막손 씨 야간근무 계약 아닌가?"

"……라고 하기에는 계약 기간이 얼마 안 남았네요."

"아."

이 사람, 촉탁이었지.

말하면서도 짜증 나는지, 막손 씨는 말을 끊고 젖은 티백을 코 아래에 가져다 대고 심호흡을 했다.

이러니저러니 해도 좋은 냄새는 좋은가 보다.

"낮근무 때 오는 환자는 대부분 노인이에요. 귀 어두우신 것 빼고는 할 만해요. 그런데 막손 씨, 낮에 일할 수는 있어요?"

"출퇴근할 때 잘 싸매면 문제는 없을 거예요. 낮에 별로 안 빡세다니 다행이네요."

"진짜로 하시려나 봐. 해 본 적은 있어요?"

"없지만, 까라면 까야죠. 피 구하기 쉽고, 자격증 없는 사람도 받아 주고, 외창 없는 의원 찾기 힘들어요."

그이의 한숨이 죽 흘렀다.

흡혈귀를 다루는 호러 영화에서 가끔 나오는 불멸자의 고통, 천형과도 같은 삶 운운하는 문장 몇 개가 내 머릿속을 스쳐 지나갔다. 하지만 내 눈앞에 있는 이 여자는 그런 대단한 문장과도 상관없이, 출근길에 내 다리 위로 자가용이 지나가 한동안 출근할 수 없게 되기를 바라던 옛날의 나처럼 보였다.

다시 떠오른 생각이지만, 협력병원 정신건강보건실이 촉탁직원도 봐 주는지 궁금해졌다. 기나긴 삶에서 꾸준히 먹을 수 있는 게 우울뿐이어서는 곤란하지 않은가.

* * *

오늘 알게 된 것. 협력병원 정신건강보건실은 촉탁직원의 진료 또는 상담을 받아 주지 않는다.

그리고 또 하나.

막손 씨는 커피를 마시면 토한다.

그이는 울 것 같은 얼굴로 바닥을 닦았다. 아무래도 배 속에 들어갔다 나온 물건이다 보니, 다들 "커피 못 마시는 체질인가 봐."라며 위로할 뿐. 바닥 정리를 도와주지는 않았다.

고작해야 오후 3시. 태양도 그럭저럭 기울어진 시간이건만. 막손 씨는 이 시간에 깨어 있는 것도 힘든 듯, 커피를 닦으면서도 꾸벅꾸벅 졸았다.

부장이 한숨을 쉬었다.

"커피를 마시는 것보다 더 확실하게 잠 깨는 법이 커피를 엎는 거라고 하잖아. 그런데 막손 씨는 왜 잠을 못 깨?"

"죄송합니다……."

"나오기 전에 잠 안 잤어요?"

"잤는데요……. 제가 정말, 컨디션이……."

"아이고오."

부장이 천장을 올려다보았다. 그동안 막손 씨의 고개가 툭, 떨어졌다 되돌아왔다.

"막손 씨 낮근무 한 지 벌써 일주일이에요. 그동안이면 충분히 수면 사이클 조절할 수 있지 않아요?"

"하지만 전 밤근무만 하기로 하고 들어왔었는데……."

"새 계약서 썼잖아요, 응?"

부장이 막손 씨 앞에 쪼그려 앉았다. 막손 씨는 아직도

풀을 바른 듯한 눈을 끔뻑, 떴다. 부장은 그마저도 마음에 안 드는 듯했다.

"그리고 우리, 다음 달부터 야간 투석 시간 단축할 거란 말이에요."

"네?"

생전 처음 듣는 소리에 모든 직원이 고개를 돌렸다. 부장은 꿋꿋하게 막손 씨만 쳐다보며 말했다.

"아, 근무 시간 자체는 당분간 똑같을 거예요. 여러분도 좀 빨리 정리하고 일찍 돌아갈 여유가 생기는 거지. 하지만 막손 씨?"

"……네."

"30에서 7을 세 번 빼면?"

"……잠깐요. 8?"

"안 되겠네."

부장은 막손 씨 눈앞에서 손을 휘이 저어 댄 후, 그이를 부장실로 데리고 갔다. 부장실이라고 해 봐야, 저 인간이 자기 방을 달라고 해서 작은 수액 창고 하나를 정리한 공간. 목소리는 줄줄 새어 나올 것이다.

어차피 비몽사몽인 막손 씨는 별로 도움이 되지 않았다. 우리 모두는 조금 바쁘더라도 아까보단 마음 편하게 일했고, 또한 문틈으로 새어 나오는 마음 불편한 이야기를 애써 무시하려 했다.

"인간적으로 직장에서 꾸벅꾸벅 졸면 안 되죠. 기본이잖아요. 낮근무도 우리가 뭐 억지로 시켰어요?"

"그렇죠……."

"막손 씨가 일 잘해 주니까 받아 준 거예요. 원래대로라면, 솔직히 신분증도 본인 맞나 싶은데……. 나이가 너무 안 맞잖아. 나 그거 보고 신분증 도용한 탈북자라고 의심한 거 알아요?"

좀처럼 웃을 이 없을 농담.

나는 일부러 그때 카트를 시끄럽게 밀어, 다른 동료들이 그 문장을 듣지 못하게 했다.

부장이 짜증을 냈다.

"다 부숴라, 부숴. 아무튼 내가 믿어 주는 만큼 그쪽도 뭘 보여 달라 이거지. 원래 촉탁은 이런 거 안 되는데, 우리는 회의 좀 해서 막손 씨도 직원 복지 받을 수 있게 했어요. 이 카드, 이제부터 지하 카페에서 보여 주면 커피 살 때 샷 추가 무료."

"……감사합니다."

"그러니까 잠 좀 깨요. 어차피 내일은 막손 씨가 해 달란 대로 밤근무 배치해 놨으니까 잘 부탁해요."

나는 스마트폰 속의 근무표를 살폈다. 내 착각인지는 모르겠지만 내일 밤, 병원에는 간호사가 없다. 예약 환자가 없는 날인 모양이었다. 하지만 누군가가 찾아온다 한들, 막손 씨는 서류상으로만 근무 중일 간호사를 대신해 환자를 대할 것이다. 어차피 누구도 막손 씨에게 면허를 증명하라는 말은 하지 않겠지.

곧 부장실 문이 열리고, 막손 씨는 졸음이 뚝뚝 떨어지는 눈으로 그 방을 나왔다. 투석액 박스를 쥔 그가 박스를 실수로 떨어뜨리기까지는 3분도 걸리지 않았다. 수간호사는 도저히 못 참겠다는 듯, '커피가 없으면 녹차를 마시면 되지'라며 머그잔에 현미녹차 티백을 담고 뜨거운 물을 부었다. 아무래도 막손 씨 60여 년 인생 중 최악의 하루는 오늘이 될 모양이었다.

하지만 우리 또한 부적절한 하루를 맞이한 건 마찬가지였다.

저녁 근무자의 퇴근 시간이 앞당겨지면서 택시비 지원이 중단될 거란 뉴스가 단체 카톡방에 올라온 것이다.

부장의 '우리 유부들 많잖아, 남편 불러― 이 기회에 밤 데이트도 하는 거지ㅎ'라는 훌륭한 마무리를 보고, 누군가가 손에 잡히는 대로 항응고제 바이알을 쥐며 부장실을 쳐다보았던 것도 같다.

의료진의 약물을 이용한 살해 시도는 징역 30년짜리라

고, 누군가가 팁처럼 중얼거렸다.

일단 나는 참아야지.

하지만, 피곤 속에서도 유독 우울해 보이는 막손 씨가 참아 낼지는 알 수 없는 문제였다.

* * *

부장이 갑자기 사람들을 잘라 내고 의원을 뒤집기 시작한 데에는 다른 이유가 있는 모양이었다.

협력병원에서 병원혁신팀이라는 정체불명의 부서를 만들 예정인데, 거기 부서장을 맡을 경력직이 필요하다나.

요약하면, 우리 의원이 부장의 앞날을 위한 포트폴리오이자 혁신 대상이 되었다는 소리다.

부장은 혼자 신났다. 수간호사는 '아이고, 아이고' 이 단어만 반복하다 퇴근했다. 원장은 아무 생각이 없었다. 아니, 점점 없어지는 것 같았다. 부장이 협력병원에서 신세를 많이 졌다던 제약회사 직원들이 퇴근 시간마다 기다렸다가 비싼 술집에 모시고 가는 게 이틀에 한 번꼴인데 제정신을 유지할 수 있다면 그게 용한 거지. 원장은 부장과 함께 숙취 해소 음료와 고카페인 음료를 입에 달고 살았다.

점점 업무 난이도가 올라가고, 서비스 퀄리티를 높이겠

다며 업무 외 교육 시간까지 늘었다. 차라리 종합병원으로 이직하는 게 낫지 않겠느냐는 이야기가 젊은 직원들 사이를 오갔다. 간호 공무원을 준비하는 사람도 있었다. 물론 대부분은 퇴근하자마자 기절해서 다른 데 쓸 체력도 정신도 없었다. 나 또한 마찬가지였다.

하지만, 그리고, 어느새.

병원에 또 소아 환자가 왔을 때. 나는 뒤늦게 '아, 막손 씨.'라고 이름을 떠올리고, 핸드폰을 들다가 문득 옆을 돌아보았다.

오후 1시.

눈이 말똥말똥한 막손 씨가 나를 바라보며 배시시 웃었다.

"막손 씨, 괜찮아요?"

"별로 괜찮진 않은데. 버틸 만해요."

빨리 마시기나 하라는 듯, 막손 씨가 내 데스크 앞의 커피를 가리켰다. 우유 거품이 커피잔 벽에 다닥다닥 달라붙은 미지근한 라떼. 그러는 막손 씨의 손에는 뜨끈한 테이크아웃 잔이 들려 있었다. 아메리카노 냄새가 풍겼다.

"커피 마실 수 있어요, 이제?"

"아뇨. 부장님 줄 거예요."

막손 씨는 자랑하듯, 커피 뚜껑에 적힌 '병원-샷 추가'를 가리켰다. 복지 따위 없던 이 의원에 부장님이 부임하자마자 이루어 낸 위대한 첫 직원 복지의 결과물이었다. 물론 저 샷을 누리려면 커피를 사야 하며, 부장에게 카페의 지분이 있을 거라는 사실은 그 누구도 의심하지 않는 부분이었다.

그런 인간이 뭐가 예쁘다고 커피를 갖다 바쳐.

하지만 아메리카노 냄새를 훅, 들이마시는 막손 씨는 꽤 행복해 보였다.

"그동안 전 못 먹을 거라며 괜히 커피를 미워했는데. 부장님 드린다고 꼬박꼬박 뽑다 보니 이젠 향을 알겠더라고요. 제가 옛날에 마지막으로 마신 게 커피믹스였는데, 그것보다 훨씬 좋아."

"마지막? 못 마셨잖아요."

"80년대."

"아."

막손 씨가 자신에게도 노화가 찾아올 거라 믿던 시절 이야기일까.

"'여직원' 세 글자로 내 직무가 다 설명되던 시절이지. 커피 타고, 전화 받고. 근데 그때나 지금이나 안 바뀌는 게. 직위에 '장'자 붙인 사람들은 앉은 자리에서 커피 받는 걸 지들 복지로 여긴다니까."

"일반 사원 복지는 커피 안에 뭐 넣는 거고요?"

"어머, 진영 쌤 나빴네."

막손 씨는 눈웃음을 지었다.

"냄새만 내가 다 가져갈 거야, 냄새만."

그이는 다시 코를 벌름거리며 샷 추가한 아메리카노의 냄새를 들이마셨다.

나 같으면 절대 못 해. 내가 마시지도 못할 커피, 냄새만 맡고 남에게 줘야 한다니.

막손 씨는 입맛을 다시며 "와, 정말 괜찮네."라고 말한 후 커피를 부장실에 배달했다. 익숙하게 커피를 받던 부장은 감사 인사도 하지 않았다. 다음부터는 샷 추가를 반만 해 달라고 투덜거렸을 뿐이다.

* * *

막손 씨는 낮근무도 버텨 내면서 원래의 근무 일수를 되찾았다. 그이는 하나둘 사람이 빠져나가는 우리 의원의 중요한 기둥이었다. 그러나 부장은 되려 그이가 자신에게 은혜를 입었다고 생각하는 듯했다.

원래 병원이 굴러가려면 일정 수의 간호사가 근무해야 한다. 하지만 저 '아무것도 할 줄 모르는' 여자를 앉혀 놓고 뭐라도 시켜 주면 대단히 양보하는 것 아니냐, 라는 게 부장의 주장이었다.

뭐, 달리 말하자면 간호사가 일한다고 이름만 걸어 두고 그만큼의 근무는 막손 씨가 버텨 낸다는 의미다.

그 둘 사이에서 어떤 거래가 이루어졌는지 나는 모른다.

내가 아는 거라곤, 인사 담당자와 계약직 직원 사이에서는 공정한 거래가 이루어지기 어렵다는 것뿐. 가끔 들락거리는 제약회사 직원들이 막손 씨에게 알은체하는 것으로 미루어 볼 때 그이가 인맥에 있어 빈털터리는 아닌가 보다, 하고 안심하는 게 내 안도의 전부였다. 제약회사 직원들은 낄낄대며 가끔 원장을, 대부분 부장을 데리고 '회의'를 하러 나갔다.

자, 그러면 부장에게 기회는 왔을까? 30년 된 빌딩 3층에 자리 잡은 자그마한 혈액 투석 의원 총무부장으로 버티던 중, 15층짜리 대학병원의 병원혁신팀장으로 거들먹거릴 운명이 찾아왔을까?

커피를 쪽쪽 빨아 가며 본인이 근무 중인 의원보다 그분의 고향, 대학병원을 미래를 더욱 걱정하며 공부하고 일하던 총무부장께서는, 그로부터 반년이 지난 뒤에도 창고만큼이나 좁아터진 부장실에 앉아 있는 신세였다.

소문에 의하면, 그쪽 분들과 진행했던 아주 중요한 술자리에서 너무 일찍 취해 버려 밉보였다나. 참으로 부장에게 어울리는 멍청하고 불공정한 사유였다.

매우 비웃고 싶었다. 생각 같아서는 직원들을 한데 모아 축배라도 들고 싶었다. 우리의 일상은 그 정도로 메말라 있었다. 더 이상 협력병원에 잘 보일 이유가 없으니 협력병원의 응급환자를 받는 일은 없었지만 그렇다고 있던 환자가 사라지지는 않았다. 신규 직원 보충은 없고, 우리의 눈 밑에는 그늘이 쌓여 갔다. 건물 지하 카페 주인은 '여러분 덕분에 1층 가게를 낼 수 있을 것 같다'는 농담 아닌 진담을 했다.

그리고 정말로 카페 겉면에 '임대 예정: 권리금 상담' 딱지가 붙었던 날. 막손 씨는 한숨을 쉬었다.

"이 집이 진해서 좋았는데."

하지만 막손 씨의 불행은 그걸로 끝나지 않았다.

예전에도 느꼈던 건데. 이 사람의 삶에는 액땜이라는 개념이 없고 재앙의 전조만이 존재하는 듯했다.

샷을 절반 추가한 아메리카노를 받아든 순간. 부장은 제 스트레스 풀이의 타깃을 막손 씨로 잡아 버린 것이다.

"막손 씨. 마약 금고 건드렸죠?"

자주 쓰지는 않지만, 우리 의원에도 마약 금고가 있다.

마약류나 향정신성의약품으로 분류된 진통제를 보관하는 철제 금고.

실무자에게는 수액 상자만큼이나 친숙하고 지겨운 일감일 뿐이지만, 어찌 됐든 지엄하신 '마약류 관리에 관한 법률 및 시행규칙'에 따라 관리되는 물건이다 보니 지금의 부장처럼 누가 취조하듯 물어보면 불안해지기 마련이다. 여상스레 대답하려던 막손 씨의 목소리가 끝에 가서 조금 떨렸다.

"네? 마약 금고야 항상 건드리죠. 잔량 마약 정리하는 게 제 일인데."

"잔량 마약 분량이 안 맞는 것 같아서."

아무래도 부장은 막손 씨를 생각보다 큰 곤경에 빠트릴 생각인 모양이었다.

그 이야기를 들은 수간호사도 움찔했다. 부장은 신경 쓰지 말라는 듯 손짓하고 부장실 문을 닫아 버렸다. 대단한 문제를 일으키려는 게 아니라 문제를 일으키는 척해서 누가 바닥에 납작 엎드리는 꼴을 보고 싶은 모양이었다.

"요즘 막손 씨 혼자 얼굴 너무 좋아졌더라."

명백했다.

모두 더 이상 듣지 않으려고 부장실에서 멀리 떨어졌다. 제 호기심을 못 이겨 일부러 다가가는 사람도 있었지만, 다른 동료가 일부러 다른 일을 시켜 잡아끌었다. 도와주진 않을지언정, 누군가가 비참해질 순간에 동참하고 싶지는 않았을 것이다. 나 또한 그러했고.

이야기는 제법 길었다. 기다리다 못한 사람들이 일부러 "막손 씨 어딨어? 여기 새 필터 좀 준비해 주셔야 하는데!" 라고 소리 질러 보기도 했다. 그래도 부장은 좀처럼 막손 씨를 놓아주지 않았다.

한참의 시간이 지난 후.

딱 부장의 퇴근 시간이 되었을 때, 부장실에서 눈시울이 벌겋게 물든 막손 씨가 나왔다. 우리 모두 고개를 돌렸다.

막손 씨는 부장에게 꾸벅 인사했다.

"그동안 감사했어요. 그래도 직원이라고 복지도 신경 써 주셨는데."

부장은 손사래를 치며 영혼 없는 말을 보탰다.

"됐어요. 막손 씨 좋게 봐서 너무 많은 일을 맡겼던 나도 문제였지. 얼마나 피곤했겠어. 그래도 앞으로 자기 일 아니다, 싫은 건 적당히 거절해요. 알겠죠?"

"예. 조심할게요."

"바로 그만두라는 거 아닌데 왜 마지막처럼 그래요. 그럼 내일 봐요?"

부장은 곧 짐을 챙겨 부장실을 나왔다. 우리는 아무 말도 하지 못했다. 눈앞에서 면박당하고 반쯤 협박당한 후 계약 중지를 통보받은 사람에게 무슨 이야기를 할 수 있겠는가.

막손 씨는 의외로 덤덤했다. 또는, 덤덤함을 연기했다.

"부장님, 커피 안 먹고 가셨네."

반 샷 추가한 커피는 곧 쓰레기통에 버려졌다.

* * *

지금까지 병원 내 대부분의 문제에 대하여 '아이고'라는 세 글자로 일관되게 반응해 온 수간호사는 막손 씨의 퇴사에 대해 처음으로 한탄했다. 부장은 요즘 같은 구직난에 아무나 들어올 거라 믿어 의심치 않는 모양인데. 막손 씨만 한 사람을 어디서 구하며, 또 얼마나 걸려야 능숙해지게 만들겠는가. 수간호사는 언제든 일하고 싶으면 연락 줘라, 다른 병원이라도 소개해 주겠다며 명함을 막손 씨 주머니에 찔러 넣었다.

막손 씨는 아무렇지도 않게 웃으며 그날 업무를 끝냈다.

그나마 친하다고 생각했던 내게도 눈길 한 번 주지 않았다. 그래, 흡혈귀인지 뭔지. 그 비밀을 아는 사람은 어디에든 있겠지. ……하지만.

그이가 낮에도 일할 수 있도록 만든 게 무엇인지를 알게 된 건 내가 처음이리라. 알고 싶어서 알게 된 건 아니었다.

그날. 수간호사가 퇴근하려는 나를 붙잡고 말했다. “내일 막손 씨 혼자 밤근무 하는 날이거든? 진영 쌤이 친하다며. 많이 화났으면 좀 달래 주지 않을래?” 말이나 되나 싶은 구석이 한두 개가 아니었다. 혼자 밤근무 하는 사람에게 무슨 기름을 끼얹으라는 거냐, 우리는 친하지는 않다, 대체 무슨 말로 어떻게 달래야 하는가 등.

물론 나는 사회인 ‘The 을’다운 미소를 지었고, 수간호사는 사회인 ‘The 중간관리직’다운 설명을 했다.

요약하면 ‘막손 씨가 앙심을 품을 경우, 이 병원에는 붙잡고 늘어질 만한 약점이 많다.’는 것이었다. 부장이야 자기 기분 따라 떠들고 여차하면 협력병원으로 돌아갈 생각이었나 보지만 수간호사로서는 그런 간단한 문제가 아니었겠지.

나는 일단 고개를 끄덕였다. 수간호사는 간식이라도 사 가라며 3만원이 충전되어 있다는 프랜차이즈 카페 카드를 내밀었다. 나는 그걸 내 지갑 속에 고이 보관하고, 대신 향초 가게에 들러 커피향 캔들을 내 돈으로 샀다. 그리고 다음 날, 밤 10시. 일부러 투석 환자도 없을 법한 시간을 골라 나는 병원 계단을 올랐다. 엘리베이터도 잠긴 시각. 내 발소리만 불안하게 울렸다.

문이 열리고.

진료실 너머. 병사처럼 사열한 투석 기기들을 지나 도착한 티룸 한구석, 불을 환하게 켠 채 막손 씨가 티타임을 즐기고 있었다.

그래, 영락없는 티타임이었다.

액체를 머그잔에 담아 끓는 물에 중탕시켜 홀짝이는 그 모습. 옆에 중탕용 전기 포트도 놓여 있겠다. 얼핏 봐서는 이상할 게 없었다.

내가 가까이 다가가 그 내용물을 보기 전까지는 말이다.

"막손 씨……?"

"어머! 진영 쌤, 웬일이에요? 뭐 두고 갔어요?"

"아뇨. 저기, 그……."

"안 잡아먹어요. 내가 그랬잖아요. 경찰서 갈 일은 안 만든다니까."

글쎄. 경찰은 어디까지 용인할까?

머그잔에 가득 담긴 건 분명 피였다. 녹슨 쇠 냄새가 풍겼다. 굳지 않는 건, 아마 테이블 구석에 설탕병인 척 놓여 있는 항응고제 덕분이겠지.

나도 모르게 한 발짝 물러났을 때.

그제야 티룸 구석에 서 있는 누군가가 눈에 띄었다. 양복 차림의 남자였다. 넥타이와 셔츠는 죄 풀려 있었고 가슴팍에서는 술 냄새가 났다.

"어, 제약회사 직원분 아니에요?"

"안녕하세요. 저 기억하시네요. 나중에 요양병원 일 하실 거면 저희 회사 당뇨약이랑 혈압약도 기억해 주십쇼!"

그는 쾌활하게 대답했다. 그리고 막손 씨에게 가볍게 묵례하고 나가는데, 정작 그의 입에서 술 냄새는 나지 않았다.

말똥말똥한 제약회사 직원이 문을 나서자 막손 씨가 말했다.

"흡혈귀 중에 영업직 뛰는 사람들이 좀 있거든요. 정확히는 술집에서 해 질 녘부터 새벽까지 놀아 주는 담당. 안 취하고 오래 버틸 수 있으니까요."

"아……."

내 입에서 얼빠진 소리만 흘러나왔다. 빨리 상식이 통하는 세상으로 돌아가고 싶었다.

하지만 막손 씨의 이야기는 진창처럼 내 발목을 붙잡았다.

"한편 저는 낮에 일하자니, 무슨 수를 내야겠더라고요. 그때 생각한 게 커피예요. 안 그래도, 이놈의 직장에서 다들 커피를 물처럼 마셔 대니까 나도 마셔 보고 싶어서 미쳐 버리겠는 거 있죠. 그런데 저 영업 직원이 힌트를 준 거야."

"뭐라고요?"

"술이 먹고 싶어서 죽을 것 같은 날에는, 작정하고 영업 대상을 꽐라로 만든 후 그 피를 한잔하신다나."

"어…… 그러면."

"네."

그이가 씩 웃었다.

"누구 혈중 카페인 농도를 높인 후 한잔하면 되지."

애먼 사람에게는 안 덤빈다면서요.

그 질문 대신, 더 멍청한 질문이 튀어나왔다.

"……맛이 나요?"

"커피를 많이 먹인 다음에 빠니까 그냥 피하고는 다르던데요. 뭐, 피를 끓여서 추출하는 건 불가능하고."

"효과는 있었나 봐요. 낮에도 깨어 있고."

"그랬죠. 진짜 이건 기호품이면서 직장인의 필수의약품이라니까."

우리 둘 다 목적어는 생략했다.

어차피 막손 씨가 누구 피를 탐했을지는 뻔하지 않은가.

그이에게 베풀어 준 회사 복지를 그대로 자기가 다 처먹었고, 그이가 이끄는 대로 온갖 접대 자리에 함께했던 그분 말이다.

……뒤늦게 생각하는 거지만.

아무래도 그이가 갖다 바치던 진한 아메리카노에는 사비로 추가한 에스프레소가 두 샷 정도는 더 들어 있을 것 같았다.

그이는 그 에스프레소가 0.1퍼센트나 함유되어 있을까 싶은 잔 내용물을 휘이, 돌리고는 꿀꺽 삼켰다. 제법 행복해 보였다.

“카아. 그런데 진영 쌤, 이 시간에 여긴 왜 왔어요? 내일 오프인가?”

“수간호사님이 막손 씨 좀 달래 보래서.”

감출 의리도 없다.

막손 씨가 입술을 삐죽였다.

“말리는 시누이가 더 밉다니까. 나도 이 병원 걸고넘어질 생각은 없어요. 며칠 뒤에 부장님 술 먹이고 설득해 볼 생각인데.”

“예, 이건 제가 고른 뇌물. 작별 선물이 아니었으면 좋겠네요.”

나는 커피향 초를 내밀었다. 그이는 방긋 웃으며 내 선물을 받아들고 비닐을 살짝 뜯어 그 냄새를 맡았다.

“아하하, 좀 달고롬하네. 물 탄 믹스커피 같아.

“그 커피……보다는 커피향이 나지 않을까요.”

“뭐야. 그래도 이거 나한테는 커피라고요.”

막손 씨는 깔깔 웃으며 자리에서 일어났다.

할 일은 다 했겠다. 나는 마실 것을 찾지 않고 자리에서 일어났다. 그이도 나를 붙잡지 않고 마중 나왔다.

모든 기계가 꺼진 밤의 의원은 한없이 을씨년스럽다. 응급 투석 환자를 받지 않게 된 이래로 쓰지 않게 된 혈액 냉장고만 웅웅거리며 돌아갔다. 그 안에 길게 늘어진 수액 줄 때문에 문이 제대로 안 닫히는 모양이었다. 냉장고 문틈. 무언가가 똑, 똑 떨어지는 소리가 들렸다. 소리는 시계 초침처럼 끊김 없이 이어졌다.

나는 그쪽을 더 돌아보지 않았다.

우리가 문 앞에 섰을 때. 막손 씨는 마지막으로 말했다.

"사실, 저도 진짜 커피를 마시고 싶어요. 그래서 콜드브루라는 걸 시도해 보려고요."

그이의 눈이 신문물을 접한 사람처럼 반짝였다. 폐기물 상자를 뒤져 투석액 섞인 피를 빨아먹던 그 사람은 어디로 갔을까. 정말, 사람을 바꾸는 건 취미요, 기호식품과 함께 보내는 시간이다. 이 미소에 왠지 나도 한몫했다는 생각에, 입가에 부드러운 미소가 맺혔다.

어쩌면 막손 씨, 조만간 의원에서 홈카페를 차릴지도 모르겠네.

병원을 나서 귀가하는 길. 나는 아직 문을 연 카페에서 내 몫의 라떼를 주문했다.

막손 씨의 콜드브루는 언제쯤 완성될까. 오늘 밤 안에는 되려나?

저 안에서 부장이 얼마나 버텨 줄지 모르겠는데. 항응고제도 쓰고 있겠지.

살해 의도가 있으면 30년이라는 이야기가 떠올랐다. 계속 살려 두고 싶은 마음으로 한 일이라면 몇 년 형이 나올까. 괜히 궁금해졌다.

속으로 키득거리며, 나는 막손 씨의 가상의 콜드브루를 향해 건배하듯 내 라떼를 부딪쳤다.

# 다이아몬드는 영원히

제4회 테이스티 문학상 우수작

전효원

잘 벼려 낸 칼을 쓰는 직업을 갖고 있으며, 손에서 칼을 내려놓은 동안에는 휴대폰과 엄지 두 개를 사용하여 글을 쓴다. 쉽고 재미있게 읽히면서도 생각할 거리를 한두 가지 정도 담아 내는 이야기를 목표로 하고 있다. 삼라만상에 다양한 관심을 두고 있어 이것저것 주워들은 것은 많지만, 어느 분야든 깊이 파지 않는 성격으로 심도 있는 지식은 부족한 편이다. 대자연 속에서의 휴식을 즐기지만 잠은 튼튼한 지붕 아래에서 자야 하는 모순적인 취향의 소유자이다.

십 년 넘게 고수하던 긴 머리를 단발로 자른 날이었다. '고수했다'라고 하면 뭔가 대단한 의지가 담긴 것처럼 들리니, 그냥 '유지했다'로 바꾸는 게 낫겠다. 십 년 넘게 유지하던 긴 머리를 단발로 자른 날이었다. 특별한 이유 없이 계속 두었던 긴 머리를 특별한 이유 없이 잘랐다.

"안녕하세요. 머리 잘랐네요?"

완전히 바뀐 헤어스타일에 마스크까지 썼는데도 나를 알아봐 준 바리스타에게 살짝 감동해 버렸을까. 가끔 들러 테이크아웃만 하던 카페였는데, 스툴을 빼고 엉덩이를 걸쳤다.

그곳 '스퀘어 커피'에는 보통 카페의 테이블이라 할 만한 것은 없다. 넓지 않은 실내 공간의 대부분을 차지한 탁구

대 크기의 테이블에 에스프레소 머신과 드립 도구들이 올라와 있다. 맞은편으로는 앉으면 바닥에 발이 닿지 않는 높이의 의자 네 개만 놓여 있다. 간혹 거기 앉아서 바리스타와 얘기를 나누는 손님들도 있었지만, 대부분 테이크아웃이었다. 그날 전까지는 나도 마찬가지였고.

"머리, 잘 어울려요."

바리스타의 큰 눈이 반달 모양으로 웃었다. 그녀처럼 쇼트커트로 자를 걸 그랬나. 단정하게 빗어 넘긴 흑발이 멋져 보였다.

"고맙습니다."

헤벌쭉 바보 같은 웃음을 마스크가 가려 주어서 다행이었다.

"뭘로 드릴까요?"

손가락으로 메뉴를 주욱 훑었다. 스퀘어 커피는 딱 하나의 하우스 블렌드와 대여섯 종류의 싱글 오리진 커피를 팔았다. 원두를 고르고 나면, 핫인지 아이스인지, 그리고 블랙인지 화이트인지를 고르게 된다. 화이트는 커피에 우유나 오트밀크를 섞은 것을 가리킨다. 그 외에 다른 메뉴는 전혀 없다. 스퀘어라는 이름답게 바리스타만큼이나 메뉴도 단정하고 각진 느낌이다.

손가락이 멈췄다. 적당한 산미. 시트러스. 말린 자두. 루이보스. 바닐라 향. 초콜릿.

"이걸로 주세요. 과테말라 우에우에테낭고."

"네, 블랙으로 따뜻하게 드리면 되죠?"

"네."

바리스타는 정확하게 계량한 원두를 분쇄해서 드리퍼에 담고, 정확한 온도의 물을, 초시계를 확인하며 정확한 속도로 부었다. 매 단계마다 일일이 확인하는 것이 자칫 초심자처럼 보일 수도 있지만, 군더더기 없는 움직임은 그녀의 검은색 터틀넥 스웨터만큼이나 단정했다. 다 내린 커피를 작은 유리컵에 조금 따라 향과 맛을 확인하고는 컵에 옮겨 담아 내 앞으로 건넸다. 반지도 매니큐어도 없는, 손가락이 길고 아름다운 하얀 손이었다.

"머리, 왜 잘랐어요?"

질문을 받고서야 깨달았다. 그래, 나는 누군가에게 이 이야기를 하고 싶었구나. 저이는 그걸 어떻게 눈치챘을까. 커피를 한 모금 마셨다. 초콜릿. 가슴속에서 뭔가가 울렁였다.

"구 년째 다니는 미용실이 있어요. 다들 한 군데 정해서 계속 다니잖아요. 예약하기도 편하고, 적립 포인트도 있고. 내가 원하는 스타일을 잘 이해하는 선생님한테 해야 잘 어울리게 나오기도 하고."

말을 멈추고 눈빛으로 동의를 구했다.

“그렇죠.”

“거긴 엄청 넓은 프랜차이즈 미용실인데요. 처음 만났을 때는 그 선생님도 디자이너로 승격된 지 얼마 안 된 때였어요. 딱 봐도 티가 나더라고요. 그땐 저도 갓 스물이 된 대학 신입생이라 뭔가 동질감이 느껴졌나 봐요. 조금 서툴긴 했는데 괜히 정이 가더라고요.”

커피를 한 모금 마셨다. 바닐라향. 루이보스.

바리스타는 나의 눈을 들여다보며 이야기를 듣고 있었다. 그녀는 삼십 대 초반 같기도 마흔 즈음 같기도 했다. 항상 혼자 일하는 걸로 보아 아마도 이 카페의 주인이리라.

“어떻게 보면 사실상 내 이십 대를 함께 보낸 분이죠. 얼레벌레 대학 다니고, 졸업하고 취업하느라 뛰어다니고, 잠깐 회사 다니다 때려치우고, 소설 쓴다고 빌빌거리는 지금까지요. 속 깊은 대화는 아니라도, 머리 하면서 이런저런 얘기를 나누게 되잖아요. 친구나 가족하고는 또 다른 대화 상대가 되더라고요.”

“맞아요.”

말린 자두.

“근데 오늘 예약하려니까 그 선생님이 미용실을 그만두셨다는 거예요. 다른 지점으로 옮긴 거면 거기로 가려고 했는데, 결혼해서 지방으로 이사 갔다는 거 있죠. 미용 일도 계속 할지 말지 모른다고."

시트러스. 적당한 산미.

"십 년 가까이 봤는데, 연락처는커녕 이름도 몰라요. 세라 선생님인데 본명은 아닌 느낌이잖아요. 거기 선생님들 다 영어 이름 같은 걸로 부르던데. 음, 이게 뭔지 모르겠어요. 각별한 사이도 아니고, 한두 달에 한 번 볼까 말까 한 사이였는데. 뭔가 서운하고 서글픈 기분."

"뭔지 알 것 같아요."

"그래서 오늘 처음 소개받은 선생님께 저한테 어울릴 만한 스타일로 원하시는 대로 해 달라고 말씀드렸어요. 그 결과."

양손 검지로 단발이 된 머리를 가리켰다.

"긴 머리도 괜찮았지만 단발도 잘 어울려요. 새 선생님도 눈썰미가 좋은데요?"

"아유, 고맙습니다."

커피를 마시고 유리문 밖을 보았다. 늦가을 해가 짧아져서 벌써 어둑했다. 얇은 코트를 입고 멋 부릴 수 있는 얼마 안 되는 날들이다. 몇 주만 지나면 못생기고 두꺼운 패딩을 입고도 오들오들 떨어야 하는 계절이 들이닥칠 것이다. 기회를 놓칠세라 나도 아끼는 코트를 입었다. 검은색에 가까운 보라색에 펄이 들어간 그 코트를 입으면, 나 자신이 조개 속의 진주라도 된 기분이었다. 머리끝이 코트 깃에 닿았다. 유리에 비친 내 모습이 낯설었다. 그때 문에 붙은 영업 시간이 눈에 들어왔다.

"어? 마감하실 시간 지났네요?"

서둘러 조금 남은 커피를 마셨다.

"괜찮아요. 커피 한잔 더 하고 가요. 잠깐만요."

그녀는 간판 불을 끄고 블라인드를 내린 다음 내 앞으로 돌아왔다. 아이패드로 재생 중이던 음악도 정지시켰다. 그러고는 메뉴가 인쇄된 종이를 내 쪽으로 밀었다.

"전소린이에요."

메뉴를 보다가 그녀의 말에 고개를 들었다. 그녀는 마스크를 벗은 맨얼굴이었다.

"네?"

"내 이름. 나중에 알고 싶어질 수도 있잖아요."

음악 소리가 없으니 중저음의 깨끗한 발음이 나에게 정확히 와닿았다. 나에게 그녀의 목소리만 허락된 기분. 조금 어색했지만 싫진 않았다.

"아? 곧 떠나시나요?"

그녀는 다문 입술로 웃으며 어깨를 가볍게 으쓱했다.

"글쎄요. 뭐, 언젠가는?"

"아, 저는 한채연요."

나는 괜히 안심이 되었다.

"반가워요, 채연 씨."

"반갑습니다."

"……."

"……소린 씨."

소린 씨는 다시 다문 입술로 빙긋 웃더니 갈색 앞치마를 벗어 벽에 걸어 두었다.

"커피 골라 봐요. 내가 드리는 거예요."

"아, 그러시진 않아도……."

"내가 못 가게 붙잡았잖아요."

"그럼 편하신 걸로 주세요."

"오늘은 선택을 남에게 맡기고 싶은 날인가 봐요?"

마음을 들킨 것 같아 왠지 부끄러웠다. 소린 씨는 마음을 들여다보는 기술이 대단했다. 어색하게 바보처럼 웃었는데 이번엔 가려 줄 마스크가 없었다.

"나는 부룬디가 당기네요. 두 잔 내려서 함께 마셔요."

"네, 고맙습니다."

소린 씨가 다시 단정한 동작들로 커피를 내리기 시작했다. 앞치마와 마스크가 없어서인지 조금은 편안한 느낌이었다. 드리퍼에 물을 부으며 올라오는 커피 향에 미소 짓는 입술도 보이고. 눈이 마주쳐서 얼른 메뉴판으로 시선을 옮겼다. 부룬디 카얀자. 복숭아향. 패션프루트. 블루베리. 아쌈. 브라운 슈거.

"그거 알아요?"

소린 씨가 커피를 건네며 말했다.

"부룬디는 지도를 보면 나라가 하트 모양이에요. 그걸 생각하면서 마시면 커피도 왠지 그런 맛이 나요."

나는 커피를 입에 머금고 눈을 감았다. 화사한 하트 모양의 맛. 가게 이름부터 행동 하나까지 전부 칼각의 에지(edge)를 세우는 사람이 앞치마를 벗자마자 하트 얘기를 꺼내는 게 의외라는 생각이 들었다. 한쪽 입꼬리가 나도 모르게 올라갔다.

"기분 좋은 맛이죠?"

그제야 내가 미소 짓고 있다는 사실을 깨닫고 눈을 떴다.

"네, 맛있어요."

"곧 새로운 아프리카 원두가 또 추가될 거예요. 아직 로스팅을 못 했는데, 샘플 테이스팅 해 본 느낌은 아주 좋았어요."

"어떤 거예요?"

"르완다, 키부 레이크."

그 지명을 듣고 나는 움찔 놀랐다. 표정을 약간 찌푸린 것 같다. 나를 보던 소린 씨의 눈이 조금 커진 걸로 볼 때.

"왜요?"

"별건 아니고요. 제가 얼마 전에 소설을 쓰느라 르완다에 대해 자료 조사를 했거든요. 근데 천구백구십사년 르완다 대학살 때, 백 일 동안 백만 명이 목숨을 잃었고, 그중 다수가 키부 호수에 버려졌다고 하더라고요."

나는 아프리카에서 성범죄를 저지르고 귀국한 남자의 이야기를 위한 조사를 하면서 르완다 대학살에 대해 알게 되고 큰 충격을 받았다. 핵폭탄 같은 대량 살상 무기도 없이, 마체테 따위의 원시적인 무기로, 그렇게 짧은 기간에 그렇게 많은 인명 피해가 발생했다는 사실이 너무도 끔찍했다. 그 말인즉슨, 수없이 많은 살인자가 있었다는 뜻이기 때문이다. 집단 광기의 잔인함이 극에 달한, 인류 역사상 최악의 사건 중 하나였다.

"저는 그 이후로 와플도 안 먹어요."

"와플은 왜요?"

"그 배경에 부족 간의 갈등을 부추긴 벨기에가 있었거든요."

"그래서 와플을? 채연 씨, 귀엽네요."

"네?"

얼굴이 달아올라 고개를 숙이고 커피를 마셨다. 패션프루트와 아쌈의 느낌이 겹쳐지며 손가락 하트를 만드는 것 같았다.

"와플은 죄가 없어요. 그만 금지령을 풀어 주세요."

"네……."

"그리고 원혼으로 가득한, 썩은 물이 고인 웅덩이를 상상하는가 본데, 키부 호수는 보통 생각하는 호수의 개념이 아니에요. 크기가 서울 전체 면적의 다섯 배에 가까운걸요. 바다나 마찬가지죠."

"아아……."

소린 씨는 나를 보며 계속 미소를 짓고 있었다. 나를 너무 귀엽게만 보지 말아 달라고요.

"근데 채연 씨는 무슨 소설을 쓰길래 그런 조사를 해요?"

좋아. 내가 얼마나 살벌한 글을 쓰는 사람인지 말씀드리죠.

"주로 범죄소설 아니면 공포물요."

"추리소설 같은 건가요?"

아, 실패다. 단번에 약점을 공격당했다.

"아뇨. 추리물은 못 써요."

"왜요?"

"추리물은 치밀한 계획이나 기발한 트릭이 필요하거든요. 근데 저는 어쩌다 보니 사건에 휘말려 버리는 사람들의 이야기가 많아요. 의도치 않게 일이 커진다거나. 덕분에 지나치게 우연성에 기댄다, 개연성이 부족하다 하는 평을 듣는 편이죠."

소린 씨는 커피를 마시고 다시 미소를 지었다.

"러브 스토리 같네요."

"네?"

사지가 절단되고, 피가 낭자하고, 가끔은 유령까지 나오는데, 러브 스토리라니요.

"사랑에 빠지는 게 그렇지 않나요? 어쩌다 보니, 의도치 않게 그 감정에 휩쓸려 버리는 거죠. 거기 어디에 개연성이 있나요?"

웃으며 머리를 만지는 손을 따라 소린 씨의 귀 아래 목덜미에 터틀넥으로 가려져 있던 높은 음자리표 타투가 눈에 띄었다. 어떤 악보가 감춰져 있을까. 연주하고 싶다. 그녀를 연주해 보고 싶다. 으앗, 내가 무슨 생각을 하는 거지?

"그, 그런가요?"

"그럼요. 세상에 우연히 생기는 일들이 얼마나 많은데요."

"위로…… 감사해요."

소린 씨는 어깨를 으쓱하고는 커피를 마셨다.

"근데 조금 의외네요."

나의 말에 소린 씨의 큰 눈이 더 동그래졌다.

"뭐가요?"

"그게…… 소린 씨는 매사에 정확하고 철저한 이미지인

데 그런 말씀을 하셔서요. 제가 잘못 봤네요."

소린 씨가 또 다문 입술로 미소 지었다. 그녀가 미소 지을 만한 이야기를 계속 해 주고 싶었다.

"잘못 본 건 아니에요. 제가 관리 가능한 부분은 확실하게 관리하는 편이에요."

"커피 드립 공식 같은 거요? 커피 내릴 때 보면 진짜 안드로이드 같으세요."

이번엔 고개를 젖히고 하하, 소리 내어 웃었다. 나도 기분이 좋았다.

"가능한 부분을 조여 놔야 풀어진 부분을 마음껏 즐길 수 있거든요."

소린 씨가 내 쪽으로 얼굴을 가까이하더니 은밀하게 속삭였다. 그리곤 내 눈을 보며 다시 소리없이 웃었다. 나는 살짝 어린아이 취급을 당하는 것 같아 약간 약이 올랐지만 왠지 기분은 좋았다.

"지금은 어떤 얘기 쓰고 있어요?"

"아, 뭔가 사건에 대한 아이디어가 없어서 고민 중이에요."

버릇처럼 머리를 긁었다. 미용실에서 발라 준 헤어 에센스 덕분에 매끄러운 감촉이 낯설었다. 헝클어진 부분이 없게 매만지고 손을 내렸다.

"사건이라…… 요 며칠 사건이 벌어지는 중이긴 한데."

나는 귀가 쫑긋해서 몸을 앞으로 기댔다.

"잠깐 계세요. 이제 슬슬 가게 마감 좀 할게요."

소린 씨는 쥐락펴락 완전히 나를 농락하고 있었다. 에스프레소 머신 청소를 시작한 그녀를 보며, 평소 같으면 인사를 하고 일어났겠지만, 사건이라는 단어를 들은 이상 잠자코 기다릴 수밖에 없었다. 오히려 내가 뭐 도울 일은 없을까 두리번거리는 형국이었다. 블라인드 틈새로 밖을 살피니 이미 완연한 밤이 되었다.

"채연 씨, 앞에 입간판 좀 들여놔 주실래요?"

"앗, 네!"

문 앞 길가에 서 있던 네모반듯한 입간판을 안으로 들였다. 보통은 영어 대문자 에이 모양의 간판을 세우던데, 여기는 역시나 네모 모양 받침대에 똑바로 서 있는 네모난 간판이다. 이런 사람이 풀어질 때는 마음껏 즐긴다 이거지? 괜히 가슴이 두근거렸다. 나는 입간판을 어느 위치에 어떤 각도로 둬야 하나 고민했다. 출입문 바로 옆의 벽에 딱 닿게 둘까, 사이를 조금 떼는 걸 좋아하려나. 저쪽 코너에 모서리를 맞춰서 세워 둘까. 아니면 어중간한 자리에 삐뚤어지게 놔 볼까. 고개를 돌렸더니 소린 씨가 두리번거리는 나를 보며 웃고 있었다.

"그냥 대충 둬요."

"네."

나를 귀엽다고 생각하는 게 분명했다. 이래 봬도 스물아홉인데 단발머리 때문인가. 케이트 블란쳇. 그래, 소린 씨의 목소리는 케이트 블란쳇과 닮았다. 낮고 굵으면서 명료한 음색. 충분히 예의를 갖추고 부드럽게 말하지만, 왠지 명령으로 받아들이게 되는 힘이 느껴지는 목소리. 거부감 없이 복종하게 만드는 마력. 나는 그 상황을 즐기게 되는 포로. 으앗, 이건 아니지!

"제가 아는 카페들 여럿이 최근에 도둑을 맞았어요."

청소가 끝난 에스프레소 머신의 물기를 새하얀 마른행주로 닦아 내며 소린 씨가 이야기를 시작했다. 대단한 사건은 아니고 좀도둑인가 싶어 조금 실망했지만, 설마 이게 다는 아니겠지 기대하며 그녀가 가리키는 대로 다시 의자에 엉덩이를 걸쳤다.

"그러니까 지난 이틀 동안 아홉 곳의 카페에 도둑이 들었어요."

"그렇게나 많이요?"

"네. 다들 가게 문을 닫은 밤사이에 피해를 입었어요."

짧은 시간에 많은 범죄가 벌어진다는 것은 범인이 여러 명일 가능성을 시사했다. 하지만 카페라는 곳이 그렇게 조직적으로 노릴 만큼 매력적인 먹잇감인가? 요즘은 현금 쓰는 사람도 거의 없을 텐데.

"카페에 도둑맞을 게 많나요?"

소린 씨는 검은 스웨터를 팔꿈치까지 걷어 올리고 설거지를 시작했다. 새하얀 팔이 절제된 동작으로 움직여 서버와 드리퍼를 닦아 냈다. 고무장갑을 끼시지. 피부 상하는데.

"없죠. 카페에 값나가는 거래 봤자, 에스프레소 머신이나 로스팅 기계 정돈데, 간단히 들고 갈 수 있는 게 아니잖아요."

"그러게요. 그럼 딱히 도난당한 건 없는 거예요?"

"네. 근데 가게를 온통 난장판으로 뒤집어 놨대요."

"아하, 도둑이라기보다는 테러 쪽이군요."

소린 씨는 설거지를 마치고 마른행주로 싱크 주변을 닦은 다음 걷었던 소매를 내렸다. 그리곤 태블릿으로 정산을 시작했다.

"제가 볼 때는."

나는 범죄 전문가라도 되는 양, 추리를 펼쳤다.

"인근 카페 주인이 경쟁 업체에 테러한 게 아닐까 싶은데요?"

"근데 한 사람이 아니에요."

소린 씨가 바지 뒷주머니에서 휴대폰을 꺼내더니 갤러리에서 사진을 찾아 내게 건넸다.

"오른쪽으로 넘기면서 보세요. 영상도 있어요."

시시티브이 화면이 저장된 사진들이었는데, 검은 마스크를 쓴 사람이 원두가 담긴 통과 마대를 바닥에 쏟아 버리고 있었다. 과연 다른 카페에서 찍힌 사진에는 체격이 다른 사람이 있었다. 공범이 최소 세 명은 되는 것 같았다.

문득 티트리오일 향이 확 느껴져서 고개를 돌리니 소린 씨가 어느새 옆에 앉아 핸드크림을 바르고 있었다. 내가 좋아하는 향인데.

"여러 명 맞죠?"

생각 없이 향을 맡고 있던 나는 괜히 으흠, 목을 가다듬었다.

"그거야 심부름센터 같은 데 시켰을 수도 있죠."

대꾸를 하며 손가락으로 사진을 넘겼는데, 할리 데이비슨을 타고 있는 소린 씨의 사진이 나왔다. 징 박힌 검은 가죽 재킷을 입고 카우보이 부츠를 신은 모습이었다. 가끔 짤뚱한 아저씨들의 웃긴 만세 사진이 도는 커다란 바이크인데, 소린 씨의 시원시원한 팔다리가 돋보였다.

"어떻게 생각해요?"

"멋있어요."

"아니, 카페 침입 사건들요. 하하, 고마워요."

"아아……."

나는 목을 움츠리며 서둘러 휴대폰을 돌려주었다.

"저는 어쨌든 동종 업계 사람이 벌인 일이 맞는 것 같아요. 피해 입은 카페들이 서로 상관관계가 있나요? 뭔가 공통적으로 원한이 있는 사람이 있을까요?"

"글쎄요. 피해 카페들은 아주 멀진 않아도 서로 경쟁할 정도로 상권이 겹친다고 보긴 어려워요. 십 미터마다 카페가 있는 판국에 일 킬로 떨어진 곳을 경쟁 상대로 여기진 않죠."

"아까 동영상 보니까 집기들은 별로 관심 없고 원두 쪽을 집중 공략하던데요."

소린 씨는 예리하게 짚었다는 듯이 손가락 총을 쏘았다. 내 심장에 명중.

"공통점이라면 그게 공통점이에요. 직접 로스팅을 하는 카페들이라는 점."

로스팅된 원두를 납품받아서 커피를 파는 것이 아니라, 생두를 받아서 자기 스타일에 맞게 로스팅을 하고 몇 가지 원두를 섞어서 블렌드를 개발하기도 하는 곳은 일명 로스터리 카페라고 부른다. 이것도 유행처럼 번져서 원두를 직접 볶는다는 카페들이 많이 생겼다. 하지만 로스팅을 티브이 예능 프로에서 솥뚜껑에 원두 볶는 걸 보고 배웠는지, 무조건 강배전 해서 쓰고 검은 물을 내는 곳도 적지 않았다. 그런 곳을 보면 나는, 차라리 주변에 맛있는 원두 납품하는 곳에서 받아 쓰시지, 요즘엔 어느 업체의 원두를 받아 쓴다는 것도 홍보 요소가 되는데, 하는 생각이 든다. 예를 들어 커피 유나이티드 같은 곳. 처음 가는 카페에서 '저희는 커피 유나이티드의 원두로 커피를 내립니다.'라고 적혀 있으면, 어느 정도 확신을 가지고 커피를 주문할 수 있다.

"혹시 원두 납품 업체 소행 아닐까요? 원두를 다 망쳐서 자기네 원두를 주문할 수밖에 없도록 만든 거 아니에요?"

"가능성이 있긴 한데, 그 카페들이 자기 업체에 주문을 할지 어떻게 알죠?"

"그래서 여러 곳을 동시에 테러한 것일 수도 있죠. 몇 군데만 걸려라 하는 생각에. 커피 유나이티드 같은 업체가."

"채연 씨, 임찬형 대표님 알아요?"

"네? 누군데요?"

"커피 유나이티드 대표님요."

"아, 저는 그냥 그 업체 이름만 알아요."

"다른 데면 몰라도 그분은 아닐걸요. 소규모 카페들 엄청 잘 챙겨 주시는 분이에요."

소린 씨가 잘 모르시나 본데, 보통 추리소설에서는 그런 평을 듣는 사람이 범인일 가능성이 크답니다. 나는 일단 말을 아꼈다. 가장 범인이 아닐 것 같은 사람이 범인이다.

그래야 반전의 재미가 있으니까. 지금 이 사건의 경우 임찬형 대표 아니면…… 소린 씨? 에이, 설마.

"맞다. 전에 보니까 벚꽃길 마카롱 가게에서 스퀘어 커피 원두 쓰던데요."

"맞아요. 고맙게도 제 원두 써 주시는 가게가 몇 군데 있어요."

소린 씨는 찬찬히 고개를 끄덕이는 나를 쳐다봤다.

"어? 나도 용의선상에 오른 건가요?"

"옛? 아니, 아니에요!"

나는 당황해서 양손과 고개를 함께 내저었다. 너무 과하게 부인하는 것처럼 보였겠다. 소린 씨는 또 귀엽다는 듯이 미소를 지었다.

"그러고 보니 채연 씨, 전에 한 번 원두 사 갔었는데, 그 후론 안 사 가네요. 별로였어요?"

"그건 아니지만, 집에서 제가 드립을 해서 마시니까 뭔가 그 맛이 안 나긴 하더라고요. 역시 전문가가 내려 준 커피가 맛있구나 깨달았죠. 드립을 제대로 배우지 못해서 그럴 수도 있고요."

소린 씨는 잠깐 생각하더니 일어나서 바닥에 발을 디뎠다. 편하기만 한 내 운동화와 달리, 편해 보이면서도 예쁜 암갈색 로퍼였다.

"이리 와 봐요. 드립 가르쳐 줄게요."

"아? 정말요?"

"집에서 핸드밀 쓰죠? 칼리타?"

"네."

나도 서둘러 일어나 소린 씨를 따라 맞은편으로 돌아 갔다.

"원두는 굵은 소금 정도 크기로 분쇄하면 돼요."

"네."

"예가체프로 해 볼까요?"

"좋아요!"

"우선 이십 그램을 계량하고…… 집에 저울 있어요?"

"네, 다이소에서 산 싸구려지만."

"여기요."

소린 씨는 원두를 넣은 핸드밀을 내게 밀었다. 나는 분쇄기의 나무로 된 몸통을 오른손으로 잡고 왼손으로 금속 손잡이를 돌렸다. 드르륵드르륵. 원두가 갈리며 구수한 향이 피어올랐다.

"채연 씨 왼손잡이네요?"

"네."

"나도 그런데."

알죠.

소린 씨는 종이 필터의 옆구리를 접어 드리퍼에 얹고는

서버에 올렸다.

"필터를 미리 적시는 사람도 있는데, 저는 거기까진 필요치 않다고 생각해요. 대신 서버랑 커피잔은 뜨거운 물을 담아 적당히 데워 주는 게 좋아요. 특히 날이 쌀쌀할 때는요. 다 갈았으면 주세요."

"네."

나는 핸드밀의 윗부분을 돌려서 열고 분쇄된 원두를 필터에 쏟았다. 통이 뒤집힌 상태로 밑을 탁탁 쳐서 가루들이 다 떨어지게 했다. 소린 씨가 버튼을 눌러 저울의 영점을 맞추었다. 테이블 위 서버가 올려진 부분에 전자저울이 설치되어 있었다.

"물의 온도는 구십이 도 정도가 적당해요."

소린 씨가 하얀색 발뮤다 전기 주전자를 내게 건넸다.

"우선 사십 그램을 전체적으로 적셔 줘요."

주전자를 받아 들고 조금씩 조심스럽게 따랐는데 저울의 디지털 숫자는 금세 사십삼 그램을 표시했다. 한쪽엔 물기가 닿지도 않았는데.

"괜찮아요."

내가 흘끔 쳐다보자 소린 씨가 안심시키며 전자저울의 타이머 버튼을 눌렀다.

"이제 삼십 초를 기다려요. 블룸이라고 하는 단계인데,

문을 열기 전에 노크를 하는 느낌이랄까요."

물에 젖은 커피 가루가 슬쩍 부풀어 올랐다. 타이머가 삼십 초에 가까워지자 소린 씨가 주전자를 잡고 있는 내 왼손에 자신의 왼손을 포갰다. 키스하기 전에 손을 잡는 느낌이랄까요. 오른손은 내 오른 어깨에 올라왔다.

"자, 이제 구십 초 동안 백육십 그램의 물을 천천히 붓는 거예요. 너무 세지 않게 골고루. 많이 부풀었다 싶으면 잠시 기다려 주고. 뒤섞이지 않게 천천히."

소린 씨는 설명을 하며 내 손을 천천히 이끌어 드리퍼에 물을 고르게 따랐다. 그녀의 숨결이 내 왼쪽 목에 느껴졌다. 단단한 목소리와 달리 숨결은 부드럽고 섬세했다. 머리를 잘라서 다행이라고 생각했다. 저울이 이백 그램을 표시하자 소린 씨가 내 손을 놓고 반걸음 떨어졌다. 아직 팔십일 초밖에 안 됐는데.

"지금은 커피가 계속 내려오게 둬도 돼요. 하지만 백오십 초가 지나면 드리퍼를 빼야 해요. 시간이 너무 오래 지나면 쓴맛이 나오거든요."

우리는 작은 잔 두 개에 커피를 나누어 담고 다시 의자에 앉았다.

"어때요? 사실 별거 없죠?"

"그동안 제가 너무 아무렇게나 내렸던 거 같아요. 시간과 무게를 제대로 맞춰서 해야 하는데."

그랬다. 나는 원두에 비해 물을 너무 많이 부어 맹탕을 만들었다가, 어느 날은 너무 적게 부어 사약을 만들었다가, 빨리 세게 부어서 원두 가루가 뒤섞여 필터 옆면에 다 붙어 버리기도 하고, 때로는 너무 오래 걸려서 인생의 씁쓸함을 맛봤던 거다. 소린 씨와 손을 잡고 내린 예가체프는 모든 계절의 꽃이 만발하고 두근거리는 맛이었다.

커피를 음미하다 눈이 마주쳐서 얼른 시선을 옮겼다.

"왜요?"

"아뇨."

"아직도 내가 의심스러워요?"

"아니, 그런 거 아니에요!"

사실은 이제 소린 씨가 범인이라 해도 상관없다는 기분이었다.

"임찬형 대표님도 아닐 거예요. 이번에 르완다 원두 수입하는 것도 그분이 끝까지 도와주신걸요. 본인 원두는 수입이 무산됐는데도."

"수입이 무산되다니요?"

나는 범행 동기를 들은 듯한 느낌이었다.

"임 대표님은 이번에 콩고 키부 원두를 수입할 예정이었어요. 그분이야 워낙에 다량으로 들여오시지만 우리 같이 소량으로 수입하는 카페들은 여러모로 번거롭거든요. 근데 인근에서 출발한다며 컨테이너에 우리 자리를 마련해 주신 거죠. 고맙게도."

소린 씨가 자꾸 좋게만 얘기하니 내 마음은 그 사람이 범인이었으면 좋겠다며 심통이 났다.

"근데 그 원두를 현재그룹 정영수한테 다 뺏겨 버렸다지 뭐예요."

"그럴 수가 있어요?"

"콩고가 아직도 좀 그런가 봐요. 어지간한 건 다 무장 세력들이 장악하고, 돈이면 다 되는. 무장 세력들이 원래는 다이아몬드가 주요 사업이었는데, 요즘엔 커피에까지 손을 뻗쳤다고 하더라고요."

"현재그룹에서는 왜 그랬을까요?"

"정영수 부사장이 처음에 블루보틀을 한국에 들여오려고 했대요."

"그 사람 폼나는 거 좋아하기로 유명하죠."

"근데 블루보틀 본사에서 직접 한국에 진출해 버리면서 계획이 틀어지고, 자체 프랜차이즈를 론칭할 예정이라고 해요."

"그래서 원두를 강탈하면서까지 모으고 있다는 건가요?"

뭔가 아귀가 안 맞았다.

"제가 커피를 잘 아는 건 아니지만, 아직까지 콩고 커피는 마셔 본 적도 없는 것 같은데, 그렇게까지 가치가 높아요? 케냐, 게이샤, 이렇게 유명한 거면 그런가 보다 하겠지만, 뭔가 이상한데요?"

소린 씨도 동의한다는 듯 고개를 끄덕였다.

"맞아요. 임 대표님도 당장의 가치보다는 가능성을 보고 진행했던 건으로 알고 있어요."

거, '님'자 좀 빼고 얘기하면 안 되나요. 나는 아직 그 사람이 제일 의심된다고요.

"새로 론칭하는 프랜차이즈 카페에서 중요하게 여길 만한 원두는 아니라는 거죠?"

"네."

"그 원두도 키부 호수 근처에서 재배되는 거예요? 거기가 커피 재배지가 많은가 봐요."

"네. 키부 호수 동쪽엔 르완다, 서쪽엔 콩고가 있는데, 양쪽 모두 커피를 많이 재배해요. 르완다가 먼저 발달했고, 콩고가 뒤따르고 있죠. 콩고의 커피 농가들은 무장 세력의 눈을 피해서 원두를 작은 배에 싣고 키부 호수를 건너 르완다에 팔기도 한대요. 험한 호수가 위험하기도 하고, 사정을 아는 르완다 측에서 헐값밖에 안 쳐 주는데도 그게 낫다는 거겠죠."

나는 사건의 실마리를 찾았다. 범인이 임 대표인지 정 부사장인지는 확실치 않았다. 심정적으로는 임 대표가 범인이었으면 했지만, 현실적으로는 정 부사장일 가능성이 커 보였다. 어쨌든 범행이 왜 벌어졌는지는 알 것 같았다.

"이번에 임 대표한테 도움을 받은 사람이 소린 씨 말고 더 있나요?"

"아, 르완다 원두 단가를 낮추느라 여럿이 함께 수입을 진행했어요. 공동구매처럼 많이 주문해서 나눈 거죠."

"그 사람들이 이번에 침입 피해를 입지 않았나요?"

소린 씨는 잠깐 생각을 하다 휴대폰을 확인했다.

"그러고 보니 그렇네요. 전부 이번에 르완다 원두를 받은 카페들이네요! 근데 그게 무슨 연관이 있을까요? 아직도 임 대표님을 의심하시는 거예요? 자기는 원두도 못 받았는데 저희만 받아서 화풀이라도 하셨을까 봐요?"

나는 고개를 저었다.

"아뇨. 범인은 아마 임 대표가 아니라 현재그룹 쪽일 거예요. 르완다 원두는 총 몇 명이서 나눴어요?"

"저까지 열 명이에요. 그게 동기라면 이제 저만 남은 건가요?"

소린 씨는 아직까진 내 말을 완전히 믿지는 않으면서도

살짝 겁을 먹은 것 같았다. 걱정 마세요. 제가 지켜 드릴게요. 나는 의자에서 일어나 일단 출입문을 잠갔다. 범인은 틀림없이 오늘 밤 스퀘어 커피를 방문할 것이다. 그 전에 우리가 빠져나갈 수 있기를. 하지만 빈손으로 나갈 순 없지.

"아까 세상엔 우연히 벌어지는 일들이 많다고 했죠?"

나를 따라 의자에서 일어난 소린 씨가 고개를 끄덕였다.

"이건 어디까지나 추리에 의한 가설이에요. 현재그룹은 콩고에서 뭔가를 몰래 밀수하려고 했어요. 아마도 무장 세력과 협력을 했겠죠. 그걸 커피 원두에 섞어서 수입을 할 계획을 세웠어요. 그런데 임 대표가 이미 원두를 대량으로 계약을 해 버린 후였죠."

"그래서……."

"네, 중간에 원두를 무리하게 강탈하는 바람에 이 스토리에 이름이 남아 버렸어요. 어쨌든 커피에 섞은 밀수품이 잘 들어오기만 하면 별문제 없이 끝날 일이었죠."

나는 남아 있던 예가체프를 입에 털어 넣었다. 식어도 맛이 좋았다.

"그런데 거기에 우연성이 개입해요. 내가 오늘따라 이 의자에 앉고, 소린 씨가 나를 붙잡은 것처럼요."

그건 우연이 아니고 운명인 것 같긴 하지만요.

"가난한 콩고 농부가 밀수품이 섞인 커피를 뭔지도 모르고 키부 호수 건너 르완다에 내다 판 거예요. 르완다 상인은 늘 하던 대로 대충 확인하고 마대만 갈아서 다시 팔았을 거고, 그게 한국으로 왔어요."

소린 씨도 이제 내 말을 이해한 것 같았다. 그녀의 큰 눈이 반짝거렸다.

"그래서 그 밀수품을 찾으려고 이번에 르완다 원두를 들여온 카페들을 뒤졌다는 거군요?"

"네, 마대를 열어 로스팅하기 전에 서둘러야 했을 거예요. 문제의 그 원두는 어디에 있나요?"

소린 씨는 가게 뒤편을 가리켰다. 그냥 하얀 벽면인 줄 알았는데, 자세히 보니 손잡이도 안 달린 문이 감춰져 있었다. 인테리어도 소린 씨답다.

"저쪽이 로스팅 룸이에요. 원두는 저기에 있어요."

"저기도 밖으로 통하는 문이 있나요?"

"네."

우리는 함께 벽을 향해 걸음을 옮겼다.

소린 씨가 내 손을 잡고 물었다.

"그 밀수품이란 건 역시……?"

나는 흥분과 기대감이 느껴지는 그녀의 손을 꼭 쥐고 대답했다.

"다이아몬드죠."

우리는 서로의 떨리는 손을 힘주어 잡았다. 그리고 보이지 않던 문을 열었다.

# 사건은 식후에 벌어진다

1판 1쇄 찍음 2021년 8월 6일
1판 1쇄 펴냄 2021년 8월 13일

**지은이** | 김노랑, 김태민, 한켠, 박하루, 범유진, 유사본, 전효원
**발행인** | 박근섭
**편집인** | 김준혁
**책임편집** | 장은진
**펴낸곳** | 황금가지

**출판등록** | 2009. 10. 8 (제2009-000273호)
**주소** | 06027 서울 강남구 도산대로 1길 62 강남출판문화센터 5층
**전화** | **영업부** 515-2000 **편집부** 3446-8774 **팩시밀리** 515-2007
**홈페이지** | www.goldenbough.co.kr

도서 파본 등의 이유로 반송이 필요할 경우에는 구매처에서 교환하시고
출판사 교환이 필요할 경우에는 아래 주소로 반송 사유를 적어 도서와 함께 보내주세요.
06027 서울 강남구 도산대로 1길 62 강남출판문화센터 6층 민음인 마케팅부



ISBN 979-11-5888-405-5 03810

㈜민음인은 민음사 출판 그룹의 자회사입니다.
황금가지는 ㈜민음인의 픽션 전문 출간 브랜드입니다.